唐代诗人的齐鲁文化情结

于年湖　著

齊魯書社

山东省社会科学规划研究项目 12CWXJ11

目　录

绪 论

在我国众多的地域文化中,齐鲁文化是中华传统文化中最古老最丰富并具有导向作用和影响力的“主动脉”。它形成并成熟于先秦时期,发展演变于汉至隋唐时期。齐鲁文化的兼容性、宽容性与多样性构成了其基本品格与特质。

齐鲁文化作为中国传统文化中的主流,自20世纪30年代开始,已有学者进行专门的研究,如张立志的《山东文化史研究》[①]。从80年代开始,随着考古工作的深入与中国传统文化探源研究的趋热,齐鲁文化研究也取得了丰硕成果,综合研究如安作璋等主编的《齐鲁文化通史》[②],王志民主编的《齐鲁历史文化丛书》[③],郭墨兰主编的《齐鲁文化》[④],王勇、王金成编著的《齐鲁文化》[⑤],杨金秀编著的《齐鲁文化》[⑥]等。

受梁启超先生创立的文化地理学和陈寅恪先生倡导的“地域—家族”研究方法的启发,20世纪90年代以来,一些学者尝试

---

① 张立志:《山东文化史研究》,齐鲁大学国学研究所,1939年。

② 安作璋:《齐鲁文化通史》,中华书局2004年版。

③ 王志民:《齐鲁历史文化丛书》,山东文艺出版社2004年版。

④ 郭墨兰:《齐鲁文化》,华艺出版社1997年版。

⑤ 王勇、王金成:《齐鲁文化》,时事出版社2008年版。

⑥ 杨金秀:《齐鲁文化》,吉林文史出版社2010年版。

将唐诗纳入地域文化研究的视野，并取得了明显的成就，代表成果如李浩的《唐代三大地域文学士族研究》[①]、戴伟华的《地域文化与唐代诗歌》[②]、周建军的《唐代荆楚本土诗歌与流寓诗歌研究》[③]等。这些成果注意到由地域所造成的唐代文学形态的特殊性，揭示出唐代文学多元的发展状态，对唐诗研究领域的拓展无疑是很有意义的。然而在已有的唐诗与地域文化关系研究中，人们对关中文化、吴越文化、荆楚文化、岭南文化、巴蜀文化关注较多，而对齐鲁文化参与构筑唐诗的关注则有所忽略。

具体研究齐鲁文化与中国古典文学的关系的著作，只有陈元锋的《唐代诗人与山东》（上述《齐鲁历史文化丛书》之一种）及王志民主编的《齐鲁文化与中国古代文学研究丛书》。但前者属于文化普及读本，只简括地介绍了唐代诗人与山东的关系；后者则只涉及齐鲁文人与六朝文风、齐鲁文化与明清小说、《诗经》的齐风研究、清诗与传统、聊斋风俗文化论、齐鲁典籍与小说滥觞，至于齐鲁文化对唐代诗人及其创作影响的研究则付之阙如。因此，关于这方面的研究，不仅是深入细致、探幽察微的纵深研究还明显不够，有待开发的横向空间也很大。

唐诗是中国古典诗歌中最具标志性的亮点，唐诗中所表现的时代精神最能激起当代人的民族精神和民族豪情。齐鲁文化是中华民族优秀传统文化中的瑰宝，齐鲁区域作为中国历史上先秦时期表现最优异并且首先崛起的文化中心，涌现了一大批至今仍对中华文化乃至世界文化产生影响的文化巨子，他们奠定了中华

---

① 李浩:《唐代三大地域文学士族研究》，中华书局 2008 年版。

② 戴伟华:《地域文化与唐代诗歌》，中华书局 2006 年版。

③ 周建军:《唐代荆楚本土诗歌与流寓诗歌研究》，中国社会科学出版社 2006 年版。

文化的基脉。因此，齐鲁文化为历代士大夫文人所景仰，对他们产生着很强的吸引力。

以泰山文化为核心的齐鲁山水文化体现的是齐鲁文化中的自然文化。在漫游之风盛行的唐代，许多诗人都有漫游齐鲁的经历，如李白、杜甫、高适等；也有一些人是因为仕宦而来到齐鲁，如李邕、王维、韩翃等。在或漫游或仕宦的过程中，他们被齐鲁壮丽秀美的自然山水深深地吸引，毫不吝惜自己的诗笔，留下了一首首赞美诗。与此同时，齐鲁的山水文化也对他们的人格塑造产生了深刻影响。唐代诗人对齐鲁山水文化的关注首先表现在对泰山的钟爱上。“苍然万古，与国并存”的泰山，是古老而昌盛的中华民族的象征，是中华民族雄伟形象的化身，还是一座蕴藏美质、激发灵感、触动爱国情思的灵山、美山。对于喜好漫游的唐代文人而言，泰山是他们的必到之地，登临泰山，油然而生“会当凌绝顶，一览众山小”的豪迈情怀，这对他们的人格塑造及其诗歌创作都产生了深刻的影响。济南也是唐代诗人们常到之地，他们对济南山水的描写包括千佛山、大明湖、济南三亭、鹊山湖、华不注山、舜井等。唐代诗人对其他齐鲁山水名胜的描写主要包括鲁郡的整体山水、东鲁门、石门山、尧祠、单父琴台、任城南池、大庭库以及东平山水、崂山、蒙山、云台山等。

以孔子为核心的圣贤文化体现的是齐鲁文化中的人文文化。俗话说，一方水土养一方人，物华天宝、人杰地灵的齐鲁大地造就出一代又一代的英杰，这其中不乏堪称圣贤的伟大人物，如孔子、孟子、墨子、晏婴、管仲、颜渊、曾子、仲由、原宪、子贡、子由、诸葛亮等。这些圣贤人物的思想和事迹广为流传，也影响了一代又一代的唐代诗人，对唐代诗人思想的形成以及人格的塑造也都起到了极其重要的作用。在人格精神上，他们追求“内圣外王”的理想人格，受孔子的影响而产生的仁爱之心，受孟子的影响而产生的浩然之气，对颜回、原宪等的接受而安于贫穷，对管鲍等的接受而重视友谊等；他们既有囊括天地、笑傲王侯的雄伟气概和以拯救天下为己任的宽广胸怀，又有安贫乐道的清高和对朋友倾情倒意的真诚。在题材取向上，由盛唐而中唐，诗人关注现实的成分逐渐增强。齐鲁文化中经世致用的特点，对他们拯世救民，关注社会人生，乃至开宗立派、创制立说影响很大。在审美取向上，齐鲁文化重质尚实的传统，对唐诗充盈的气势和真实之美颇具影响力。在诗歌风格上，盛唐诗歌雄浑悲壮风格向中晚唐含蓄深婉风格的转变，在一定程度上也受到了齐鲁文化含蓄内敛特点的影响。

以孔孟思想为核心的儒家文化是齐鲁文化的核心，亦是中国传统文化的核心。因此，从这个意义上讲，齐鲁文化的基本精神就是中国传统文化的基本精神。齐鲁文化精神中的爱国主义精神、仁民爱物精神、自强不息精神和创新精神对唐代诗人的人格精神以及创作产生了深刻影响，对整个唐代文化精神也起到了强烈的支撑作用。

对唐代诗人与齐鲁文化关系的研究，其价值和意义不仅在于学界对这方面的研究还较薄弱，更在于文学史意义上，通过这一探讨研究，可以丰富对唐诗广泛的内涵、多样的风格和高度的艺术水准原因的揭示；同时，对当前文化建设中更好地吸取民族文学精华，弘扬民族精神，创新性地传承中华优秀传统文化，促进国民素质的提高，推动中国传统文化研究向前发展也具有一定的借鉴意义。

第一章 唐代诗人与齐鲁山水文化

在漫游之风盛行的唐代，许多诗人都有漫游齐鲁的经历，如李白、杜甫、高适等；也有一些人是因为仕宦而来到齐鲁，如李邕、王维、韩翃等。在或漫游或仕宦的过程中，他们被齐鲁壮丽秀美的自然山水深深地吸引，毫不吝惜自己的诗笔，留下了一首首赞美诗。而与此同时，齐鲁的山水文化也对他们的人格塑造产生了深刻影响。

第一节 唐代诗人与泰山文化

泰山文化在齐鲁文化乃至整个华夏文化中都占有极其重要的位置，刘树琪先生曾指出："泰山是中国唯一一座贯穿五千年文明史，在不同文化畛域均有深远影响的历史文化名山。"[①]自孔子的"登东山而小鲁，登泰山而小天下"[②]始，中国古代的文人士子们便产生了一种似乎与生俱来的泰山情结。西汉时的司马迁将"人固有一死，或重于泰山，或轻于鸿毛，用之所趣异也"（《报任安书》）作为自己忍辱负重生活下去的精神支柱。三国时期的曹植曾宣称："我本太山人，何为客淮东。"（《盘石篇》）同样把泰山看

① 陈伟军：《泰山文化概论》序言，山东人民出版社 2012 年版。

② 杨伯峻：《孟子译注》，中华书局 2016 年版，第 243 页。

成是自己精神的寄托和生命的归宿。到了唐代,随着到过泰山的文人士子越来越多,这种泰山情结更是发展到了一个高潮。其中一个很重要的表现是:唐代涌现了大量的咏泰山诗。这些诗歌或咏封禅,或记游写景,或寄赠,或伤悼,都包含着诗人们浓厚的泰山文化情结。

一、封禅类诗歌与诗人的泰山文化情结

泰山封禅是历代帝王神乎其事、无比隆重的盛典,"是显示帝王尊贵无上的象征,也是粉饰太平安乐、国家兴盛、政权稳固的标志"①。司马迁的《史记·封禅书》列举了无怀氏、伏羲、神农、炎帝、黄帝、颛顼、帝喾、尧、舜、禹、汤和周成王等十二位上古三代的帝王曾封禅泰山。其后,又先后有六位帝王先后封禅泰山,分别是:秦始皇、汉武帝、汉光武帝、唐高宗、唐玄宗和宋真宗。其中唐高宗的封禅发生在乾封元年(666),唐玄宗的封禅发生在开元十三年(725)。围绕着这两次封禅,产生了大量的封禅类诗歌。这些诗歌的文化内涵主要表现在以下几个方面:

(一)描写封禅大典盛况,歌颂盛世气象

这类诗歌最具有代表性的是张说的《封泰山乐章》,《全唐诗》在本诗的题注中写道:"《唐书·乐志》曰:'开元十三年,明皇封泰山祀天乐:降神用《豫和》。六变。迎送皇帝用《太和》,登歌、奠玉帛用《肃和》,迎俎用《雍和》,酌献、饮福并用《寿和》,送文舞出、迎武舞入用《舒和》,终献、亚献用《凯安》,送神用《豫和》。'"②全诗如下:

---

① 郭墨兰:《泰山文化》,华艺出版社1997年版,第303页。

② 王启兴主编:《校编全唐诗》(上),湖北人民出版社2001年版,第236页。

豫和

款泰坛，柴泰清。受天命，报天成。竦皇心，荐乐声。志上达，歌下迎。

亿上帝，临下庭。骑日月，陪列星。嘉祝信，大糦馨。澹神心，醉皇灵。

相百辟，贡八荒。九歌叙，万舞翔。肃振振，铿皇皇。帝欣欣，福穰穰。

高在上，道光明。物资始，德难名。承眷命，牧苍生。寰宇谧，太阶平。

天道无亲，至诚与邻。山川遍礼，宫徵维新。玉帛非盛，聪明会真。正斯一德，通乎百神。

飨帝飨亲，维孝维圣。缉熙懿德，敷扬成命。华夷志同，笙镛礼盛。明灵降止，感此诚敬。

太和

孝敬中发，和容外彰。腾华照宇，如升太阳。贞璧就奠，玄灵垂光。礼乐具举，济济洋洋。

肃和

奠祖配天，承天享帝。百灵咸秩，四海来祭。植我苍璧，布我玄制。华日裴回，神烟容裔。

雍和

俎豆有馥，粢盛洁丰。亦有和羹，既戒既平。鼓钟管磬，肃唱和鸣。皇皇后祖，来我思成。

寿和

烝烝我后，享献惟夤。躬酌郁鬯，跪奠明神。孝莫孝乎，配上帝亲。敬莫敬乎，教天下臣。

寿和

皇祖严配，配享皇天。皇皇降嘏，天子万年。

舒和

六钟翕协六变成，八佾倘佯八风生。乐《九韶》兮人神感，美《七德》兮天地清。

凯安

烈祖顺三灵，文宗威四海。黄钺诛群盗，朱旗扫多罪。戢兵天下安，约法人心改。大哉干羽意，长见风云在。

豫和

乐已终，烟燎上。怀灵惠，结皇想。归风疾，回风爽。百福来，众神往。

在其他诗歌中，也有一些对封禅大典盛况和盛世气象的片段式描写。如：

明君封禅日重光，天子垂衣历数长。九州四海常无事，万岁千秋乐未央。

日观仙云随凤辇，天门瑞雪照龙衣。繁弦绮席方终夜，妙舞清歌欢未归。

翠凤逶迤登介丘，仙鹤裴回天上游。借问乾封何所乐，人皆寿命得千秋。

千年圣主应昌期，万国淳风王化基。请比上古无为代，何如今日太平时。

——卢照邻《登封大酺歌四首》

天齐标巨镇，日观启崇期。岧峣临渤澥，隐嶙控河沂。
眺迥分吴乘，凌高属汉祠。建岳诚为长，升功谅在兹。
帝猷符广运，玄范畅文思。飞声总地络，腾化抚干维。
瑞策开珍凤，祯图荐宝龟。创封超昔夏，修禅掩前姬。
东后方肆觐，西都导六师。肃驾移星苑，扬罕驭风司。
沸鼓喧平陆，凝跸静通逵。汶阳驰月羽，蒙阴警电麾。
岩花飘曙辇，峰叶荡春旗。石闾环藻卫，金坛映黼帷。
仙阶溢秘秬，灵检耀祥芝。张乐分韶濩，观礼纵华夷。
佳气浮丹谷，荣光泛绿坻。三始贻遐贶，万岁受重釐。
菲质陶恩奖，趋迹奉轩墀。触网沦幽裔，乘徼限明时。
周南昔已叹，邛西今复悲。

——李义府《在嶲州遥叙封禅》

龙图冠胥陆，凤驾指云亭。非烟泛济浦，绿字启河汀。
画裳晨应月，文戟曙分星。四田巡揖礼，三驱道契经。
行欣奉万岁，窃抃偶千龄。

——薛克构《奉和展礼岱宗涂经濮济》

拂汉星旗转，分霄日羽明。将追会阜迹，更勒岱宗铭。
林戈咽济岸，兽鼓震河庭。叶箭凌寒娇，乌弓望晓惊。
已降汾水作，仍深迎渭情。

——萧楚材《奉和展礼岱宗涂经濮济》

这类诗歌继承了《诗经》颂诗的写作传统，用极其典雅的语言记叙了封禅时所用的音乐及封禅的过程，歌颂了帝王的丰功伟绩。作品阿谀逢迎之迹明显，文学价值不高。但这类诗歌具有较高的史学价值。一方面，其对封禅仪式所用音乐和封禅过程的记录可以帮助后人了解古代帝王的封禅活动；另一方面，这类诗歌对我们了解当时的政治文化也有一定的价值。

（二）借封禅表达诗人致君尧舜的功业理想

封禅是盛世的象征，恰逢盛世的文人士子也深受鼓舞，他们渴盼在盛世一展自己的才华，在封禅诗中趁机表达自己致君尧舜的功业理想，希望得到天子的垂青。

李义府在唐高宗时曾累官工部尚书，晚年以罪流于巂州即邛西。在《在巂州遥叙封禅》一诗的结尾处写道："触网沦幽裔，乘徼限明时。周南昔已叹，邛西今复悲。"诗中以《诗经·周南·兔罝》为典来抒发自己的心情。《兔罝》具体内容为："肃肃兔罝，椓之丁丁。赳赳武夫，公侯干城。肃肃兔罝，施于中逵。赳赳武夫，公侯好仇。肃肃兔罝，施于中林。赳赳武夫，公侯腹心。"诗歌通过对猎人铺设兔网的描绘，对猎人英雄气概的摹状以及对猎人为公侯所起的作用的表述，表达了诗人对猎者的赞美之情。兔罝，是用来捕兔子的网，此处系指用网捕兔子的人，这是一些地位卑贱的人，难以得到君主的重用，但他们渴盼得到感召和重用。另外，用来捕兔子的网，也象征着保家卫国的网，由众多的贤能之士构成的网，有如此众多的贤能之士构成这样的网，国家当然能够安泰，百姓当然能够安宁。李义府破坏了这张网，因此被贬"幽裔"（偏远之地），承担起了"乘徼"（守边）的责任。此时的他"今复悲"，这样的感叹一方面表达了自己的失意情绪，另一方面借助诗歌前半部分对封禅盛况的渲染也透露出了自己渴望再次被天子垂青的心情。

元和十三年（818），唐宪宗曾有来年二月封禅泰山的计划，此时官位卑微的鲍溶正卧病淮南，无缘亲观封禅盛典，遗憾之余，他写下了《闻国家将行封禅聊抒臣情》一诗聊抒己怀：

云雨由来随六龙，玉泥瑶检不乾封。山知槱柞新烟火，臣望箫韶旧鼓钟。清跸间过素王庙，翠华高映大夫松。旅中病客谙尧曲，身贱何由奏九重。

装在玉制的书籍封套中的封禅玉牒墨迹未干，天子如云雨般的恩泽即将施与神圣的泰山。天子封禅祭天时，山中的景象也必然焕然一新，即使是旧鼓钟也会演奏出箫韶一样的美妙音乐。禁止行人出行后，天子的仪仗将浩浩荡荡行过孔子庙，以翠羽为饰的旗帜与秦始皇避雨时的泰山松交相辉映。如果能够亲临这样的盛典，该是一件多么荣幸的事情啊！然而一因“病客”，一因“身贱”，鲍溶无缘“奏九重”。这样的表达一方面抒发了诗人的遗憾之情，另一方面也透露出了自己渴望进身朝廷为国效力的心情。

另外如李峤诗作《山》结尾处的“已开封禅所，希谒圣明君”、王昌龄《代扶风主人答》中的“天子初封禅，贤良刷羽翰”、徐氏《丈人观谒先帝御容》结尾处的“期修封禅礼，方俟再跻攀”等，也都借封禅表达了诗人致君尧舜的功业理想。

（三）借对封禅的希冀，表达对国家中兴的期盼

唐朝自安史之乱开始由盛转衰，中晚唐的有识之士都期盼着国家能够中兴，而封禅是国家兴盛的象征，因此诗人们对封禅的希冀表达出了这种期盼。

刘禹锡是一个极具革新精神的中唐诗人，他积极参与了王叔文倡导的政治革新，以自己的实际行动表达了对国家中兴的期盼。在他的封禅诗《平齐行二首》（其二）中也表达了这种期盼：

> 泰山沉寇六十年，旅祭不享生愁烟。今逢圣君欲封禅，神使阴兵来助战。妖气扫尽河水清，日观杲杲卿云见。开元皇帝东封时，百神受职争奔驰。千钧猛簴顺流下，洪波涵淡浮熊罴。侍臣燕公秉文笔，玉检告天无愧词。当今睿孙承圣祖，岳神望幸河宗舞。青门大道属车尘，共待葳蕤翠华举。

此诗作于元和十四年(819)，时刘禹锡因政治革新运动失败而谪居连州(今属广东)，虽然仕途失意，但他一直有“沉舟侧畔千帆过，病树前头万木春”(《酬乐天扬州初逢席上见赠》)的乐观精神，当他听到唐宪宗即将封禅泰山的消息后，倍受鼓舞，欣喜之余写下了这首诗。自安史之乱爆发后，泰山一带已沉寇六十余年了，这一段时间这里一直是妖气弥漫，如今唐宪宗的平叛战争取得了胜利，为封禅泰山扫除了障碍。“圣祖”唐玄宗封禅泰山，创造了“开元盛世”的辉煌。如今“睿孙”唐宪宗即将继承“祖上”做法而封禅泰山，这里的“岳神”和“河宗”欢欣鼓舞，刘禹锡也期待着国家能够“共待葳蕤翠华举”。

马戴生活在中晚唐之交的动荡年代，早年屡试不第，困于场屋(科举考试的场所)垂三十年，但他一直没有放弃努力，对国家的命运也十分关注，他在府试时曾写下一首《府试观开元皇帝东封图》：

> 俨若翠华举，登封图乍开。冕旒明主立，冠剑侍臣陪。迹类飞仙去，光同拜日来。粉痕疑检玉，黛色讶生苔。挂

壁云将起，陵风仗若回。何年复东幸，鲁叟望悠哉。

登封图展开后，翠羽为饰的旗帜首先映入眼帘，这旗帜好像正迎风飘扬，旗帜之下，带着“冕旒”（皇帝之帽）的天子赫然立在中间，周围是佩戴“冠剑”（臣子之剑）的群臣争相簇拥。天子此时的形象可以与神仙相媲美，其光彩可以与日同辉。画中的粉痕仿佛又把观众带入了真实的封禅场景中，图中的黛色也像真的长了青苔一样。画面的上方似乎正风起云涌。这样的描写很形象地再现了天子封禅时的壮观情景。在诗歌的末尾，作者写道：“何年复东幸，鲁叟望悠哉。”他在慨叹不知何时天子能再次东封泰山，从而免除鲁地百姓的日夜期盼之苦。这种期盼实际上是在表达对国家中兴的渴望。

另外如陈陶《续古二十九首》（其十）中的“周穆恣游幸，横天驱八龙。宁知泰山下，日日望登封”和《朝元引四首》（其四）中的“宝祚河宫一向清，龟鱼天篆益分明。近臣谁献登封草，五岳齐呼万岁声”，也同样借封禅表达了对国家中兴的期盼。

二、记游写景类诗歌与诗人的泰山文化情结

封禅类诗歌体现了泰山深厚的文化底蕴，而泰山之所以能够成为五岳之尊，对文人士子产生巨大的吸引力，还在于它壮丽的自然之景。许多唐代诗人游泰山时，都留下了描写泰山之景的诗歌，并且借泰山之景抒发了诗人独特的情怀。在这类诗歌中，李白的《游泰山六首》和杜甫的《望岳》堪称经典。另外，李德裕的《泰山石》亦值得关注。

（一）李白的《游泰山六首》与浪漫情怀

开元二十八年（740），李白移家东鲁，寓居任城（今山东济

宁)。其后,与山东名士孔巢父、韩准、裴政、张叔明、陶沔在泰安府徂徕山下的竹溪隐居,世人称他们为“竹溪六逸”。天宝元年(742)四月,李白来到泰山,以他的天纵之才留下了《游泰山六首》。

四月上太山,石平御道开。六龙过万壑,涧谷随萦回。马迹绕碧峰,于今满青苔。飞流洒绝巘,水急松声哀。北眺崿嶂奇,倾崖向东摧。洞门闭石扇,地底兴云雷。登高望蓬瀛,想象金策台。天门一长啸,万里清风来。玉女四五人,飘飖下九垓。含笑引素手,遗我流霞杯。稽首再拜之,自愧非仙才。旷然小宇宙,弃世何悠哉。(其一)

初夏四月,李白开始了他向往已久的泰山之旅。骑着马走在盘旋在屏风似的峰峦之间如今满是青苔的御道上,阳光照过一座座碧峰间的万壑和涧谷,阴阳分明,这不由得让他想起了六龙回日的传说。一阵巨大的声响把李白飞扬的思绪拉了回来,原来是悬崖峭壁上有一道瀑布飞流直下,还有山间的松涛阵阵回荡在其间。向北方眺望,好像有一股力量要把奇特的重峦叠嶂向东方摧折。向涧底俯视,宛如扇扇石门的巨石虽然挡住了洞口,但挡不住如雷般的水流冲击声。站在南天门的高处一声长啸,感到万里清风都在呼应,如此壮丽的景色让李白心驰神往,此时的他仿佛已进入了神仙的世界,他不由得朝蓬瀛的方向观望,他似乎看到了神仙住所里光辉灿烂的楼台,恍惚间有四五个仙女飘飘然从天宫而来,含笑给诗人递上了盛满美酒的酒杯。诗人急忙叩首下拜,虽“自愧非仙才”,但内心已无比宽大,宇宙(指人间)此时在他的眼中已无比渺小,对这样的世界他已无所留恋。这首诗由泰山的实景引出了李白对神仙世界的向往，这个神仙世界亦可以看成是李白的理想所在，李白的理想是远大的，大得让世俗人看来如同神仙世界一样遥不可及。

清晓骑白鹿，直上天门山。山际逢羽人，方瞳好容颜。扪萝欲就语，却掩青云关。遗我鸟迹书，飘然落岩间。其字乃上古，读之了不闲。感此三叹息，从师方未还。（其二）

从天空飘然而至的四五个仙女引领诗人离开了世俗的世界，清晨，诗人得以骑上白鹿直接上了天门山，在山腰上遇到了道貌轩然、瞳孔方方的仙人，诗人抚摩着古松上的藤萝，想和仙人攀谈，但是仙人却把高入青云的关门紧闭。就在无比遗憾之时，仙人赠送给诗人一本上古鸟迹天书，飘飘落在山岩间。诗人欣喜地翻开书，但上古文字实在费解。因而再三叹息，拜他为师，才没有回来。只能等着仙人来指点迷津，可是仙人迟迟未来，只留下诗人在这里徒自叹息。李白自命不凡，他不屑于和那些普通的文人士子一样按部就班地参加科考，他一直希望能得到某一个有力人物的举荐而直取卿相之位，让他轻而易举地实现自己的理想。诗中的“羽人”扮演了这一角色，但是就像诗中的自己无法读懂上古鸟迹天书一样，李白也没有参透为官之道。

平明登日观，举手开云关。精神四飞扬，如出天地间。黄河从西来，窈窕入远山。凭崖揽八极，目尽长空闲。偶然值青童，绿发双云鬟。笑我晚学仙，蹉跎凋朱颜。踌躇

忽不见,浩荡难追攀。(其三)

天亮时分,诗人登上了日观峰,云关就在眼前,举手可开。朝思暮想的神仙世界终于触手可及,诗人顿时精神飞扬,仿佛要冲破天之涯地之角。倚靠在山崖旁边,极目远眺,目力所及,无限空阔,只有那黄河之水从西边的天上而来,一直延伸到东方幽深的群山。就在诗人飘飘欲仙之际,偶然看到一个头发挽成双云鬟一样的青发小仙童,道童笑他岁月蹉跎,虚度青春。仙童说完便又消失得无影无踪,令人浩然长叹。为了实现自己的理想,李白来到了京城,这就离自己的理想越来越近了。初入京城的李白豪情满怀,对未来充满了无限憧憬。此时回首往事,过去的蹉跎岁月尽可一笑而过。

清斋三千日,裂素写道经。吟诵有所得,众神卫我形。云行信长风,飒若羽翼生。攀崖上日观,伏槛窥东溟。海色动远山,天鸡已先鸣。银台出倒景,白浪翻长鲸。安得不死药,高飞向蓬瀛。(其四)

为了成为一位真正的神仙,诗人斋戒三千日,裁白丝布书写道经。经过反复的吟诵,终于心有所得,这时他感觉众神拱卫在自己身边,使人仿佛生出了羽翼,可以信风乘云。攀上日观峰,凭栏窥视东海。海涛撼动着远山,恍惚之中,诗人在山巅仿佛看到东海巨灵之鳌正背负蓬莱和瀛洲仙山飘动,仙人居住的金银宫阙在海水中浮出倒影,巨鲸搅起冲天海浪,而且听到天鸡鸣叫。这样的情景让诗人更加神往了,他迫切地想得到不死药,从而成为蓬、瀛中一位真正的神仙。初入京城,李白一下子便被京城的繁华深深地吸引,其声名经过贺知章等人“此诗可以泣鬼神矣”类的揄扬而倾动京师。此时的他更加迫切地想成为这里的主人而一展才华了。

> 日观东北倾,两崖夹双石。海水落眼前,天光遥空碧。千峰争攒聚,万壑绝凌历。缅彼鹤上仙,去无云中迹。长松入云汉,远望不盈尺。山花异人间,五月雪中白。终当过安期,于此炼玉液。(其五)

日观峰朝着太阳升起的东北方倾斜,两道山崖夹着一双巨石。站在日观峰上眺望远方的大海,在一片空碧的天空下,海水仿佛就在眼前。再看远处的山,千峰紧密聚集,万壑气势雄伟。如此景象又让诗人缅怀起了曾经骑鹤而来的神仙,遗憾的是云间并不见他的踪影。只有山上的古松依然高耸入云,远望似乎离天不过几尺。山花也与人间不同,时值五月,白花与白雪交相辉映。诗人坚信,仙人安期生就生活在这里,他们一定会相遇并一起炼金丹玉液。到达长安之后,李白距离天子越来越近了,距离自己的理想也越来越近了,此时的他看周围的世人,似乎个个都那么渺小,此时的他坚信自己一定会成功。

> 朝饮王母池,暝投天门关。独抱绿绮琴,夜行青山间。山明月露白,夜静松风歇。仙人游碧峰,处处笙歌发。寂静娱清晖,玉真连翠微。想像鸾凤舞,飘飖龙虎衣。扪天摘匏瓜,恍惚不忆归。举手弄清浅,误攀织女机。明晨坐相失,但见五云飞。(其六)

诗人终于到达了神仙的世界，过起了朝饮王母池、夜宿天门关的生活。夜晚，诗人抱着司马相如留下的绿绮琴，行走在青山之间。在月光的映照下，群山如仙露般皎洁，夜深人静时，连古松都停止了长啸。但这里又不缺少声音，仙人夜游演奏的笙歌随处可闻。玉真仙女也趁着清晖来到了翠微峰。诗人仿佛又看到了鸾凤与龙虎一起翩翩起舞，衣袂飘举。此时举手就可以攀折到天上的匏瓜，让人乐不思蜀，不想回家了。此时举手就可以抚弄着银河的浪涛，却不小心摸到了织女的织机。一切都是那么的美好。然而，天亮了，美梦消失了，天空中只剩下了五色云在飞舞！经玉真公主的举荐，李白终于步入了宫廷，开始了自己梦寐以求的为官生涯。在这里，他尽情享受着理想实现给他带来的喜悦。然而，好景不长，因为遭到他人的谗毁，他被唐玄宗赐金放还了。在朝中为官的这一段经历对李白来说如梦一般，如今梦醒了，一切又回到了现实，李白还是以前的李白，生活还是以前的生活。

李白的《游泰山六首》诗集游仙与山水为一体，既描绘了一座雄奇壮丽的自然之山，又构造了一个虚幻迷离的神仙世界。六首诗每一篇都可独立成篇，组合在一起又从整体上展示了更广阔、更深邃、更完美的意境。登山的过程又是一个通往神仙世界的过程，亦是李白追寻理想的过程。通过此诗，可以让读者在欣赏泰山之美的同时，更好地感受李白的心灵世界，更好地理解李白诗歌的浪漫主义风格。《唐宋诗醇》评曰："白性本高逸，遇复偃蹇，其胸中磊砢一于诗乎发之。泰山观日，天下之奇，故足以舒其旷渺而写其块垒不平之意。是篇气骨高峻而无恢张之象。后三篇状景奇特，而无刻削之迹。盖浩浩落落，独往独来，自然而成，不假人力，大家所以异人者在此。若其体近游仙，则其寄兴云尔。”①

（二）杜甫的《望岳》与豪迈情怀

开元二十三年（735），杜甫到洛阳参加科举考试，结果落第而归，其时他的父亲杜闲为兖州司马，杜甫省亲、漫游一举两得，于是开始了“放荡齐赵间，裘马颇清狂”（《壮游》）的生活。对于泰山，杜甫早就心有向往，此次漫游终于如愿以偿。登上泰山之巅，杜甫欣喜异常，豪情满怀，于是便有了这首流传千古的《望岳》：

岱宗夫如何，齐鲁青未了。造化钟神秀，阴阳割昏晓。荡胸生层云，决眦入归鸟。会当凌绝顶，一览众山小。

“望岳”之“望”，一为“眺望”之义，是眼睛的视觉，表明诗中所描写的景象是诗人所亲见；一为“盼望”之义，是心灵的视角，表明诗人对泰山的久已向往之情。“望岳”之“岳”，是高大的山，特指名山。泰山是五岳之尊，名山中的名山，用“望岳”而不用“望山”，说明了泰山在中国人尤其是杜甫的心目中的地位。起句“岱宗夫如何”以反问领起，一下子便抓住了读者的思维。“岱宗”是泰山的别称，泰山的别称很多，如岱山、岱岳、东岳、泰岳等，这么多的别称为什么杜甫偏偏选择用“岱宗”而不用其他呢？因为“岱宗”一词可能最能表达此时泰山在诗人心目中的地位。汉应劭《风俗通·山泽·五岳》：“岱者，始也；宗者，长也。万物之始，阴阳交代，云触石而出，肤寸而合，不崇朝而遍雨天下，其惟泰山乎！”②因

① 陈伯海：《唐诗汇评》，浙江教育出版社 1996 年版，第 688 页。

② 王利器：《风俗通义校注》，中华书局 2015 年版，第 447 页。

此用“岱宗”可以表明泰山是众山之祖,众山之宗。那么泰山到底如何呢? 杜甫的回答是“齐鲁青未了”。在齐鲁大地之外人能看见泰山的青色,泰山的高大壮丽由此可见。接下来的“造化”二句可以看成是对“齐鲁青未了”的注脚。泰山的神奇俊秀乃是大自然的恩赐,是天经地义的,无人可以撼动。“钟”者,聚也,天地也似乎脉脉含情,显示了泰山集万千宠爱于一身的特质。泰山之南为鲁,泰山之北为齐,山南向阳,故云“晓”,山北背阴,故云“昏”。“割”字写出了山南山北截然不同的景色,一山之隔判若昏晓,可见泰山之高大。“荡胸”句用侧面描写的手法再次渲染了泰山的高度,北宋郭熙在《林泉高致》中曾写道:“山欲高,尽出之则不高,烟霞锁其腰则高矣。”云只是生于泰山之“胸”,这就很好地衬托出了泰山之高。“决眦”句说自己极力睁大眼眶,去追视那归山的小鸟,这就暗示了虽然天已将暮,但诗人对这里的景色仍然十分留恋,泰山哪怕是再细微的景色也足以让他心动。尾联“会当凌绝顶,一览众山小”,写杜甫登上泰山之巅,周围的景色尽收眼底。在泰山的衬托之下,周围所有的山都显得那么渺小。这是杜甫所见之实景,亦是青年时期的杜甫豪迈情怀的抒发。此时的杜甫涉世未深,未经历多少坎坷和打击,对现实的残酷性认识不足,因此此时的他内心充满了豪情,带着“读书破万卷,下笔如有神”的非凡自信,他相信自己终能实现“致君尧舜上,再使风俗淳”(《奉赠韦左丞丈二十二韵》)的远大理想。此时杜甫的心目中,自己就像泰山一样高大无比,而他眼中的世界就像众山一样渺小。这样的豪情激励着青年杜甫努力去追寻自己的理想。

诗写泰山之高峻雄伟,境界阔大,造语警拔,字里行间充溢诗人蓬勃向上之朝气。清浦起龙评曰:“杜子心胸气魄,于斯可观。

取为压卷，屹然作镇。"[①]清仇兆鳌评曰："此望东岳而作也。诗用四层写意：首联远望之色，次联近望之势，三联细望之景，末联极望之情。"[②]清施补华亦曰："《望岳》一题，若入他人手，不知作多少语？少陵只以四韵了之，弥见简劲。'齐鲁青未了'五字，囊括数千里，可谓雄阔。"[③]

（三）李德裕的《泰山石》与政治情怀

李德裕（787—850），字文饶，在唐文宗大和七年（833）和武宗开成五年（840）两度为相，尤其是他与唐武宗之间的君臣相知，成为晚唐之绝唱。可以说，他是一个政治上的成功者，他的《泰山石》在吟咏泰山之景的同时更是抒发了自己的政治情怀。

鸡鸣日观望，远与扶桑对。沧海似熔金，众山如点黛。遥知碧峰首，独立烟岚内。此石依五松，苍苍几千载。

为了在第一时间看到壮丽的泰山日出，诗人在鸡鸣时分登上日观峰向东方远眺，一轮红日正在从极东之扶桑树上冉冉升起。在朝霞的映照下，沧海就像融化的金子一样闪闪发光，远处的各个山峰如点黛般妩媚动人。在烟雾弥漫的世界里，泰山作为碧峰之首巍然耸立。泰山依附于秦始皇避雨的五大夫松已有悠悠几千年了。诗表面上写泰山日出，实则蕴含诗人独特的政治情怀。李德裕德才兼备，如同泰山，而日历来是天子的象征，李德裕对日出的期待可以看成是他对君臣相知的渴盼。而"此石依五松"句以秦

---

① （清）浦起龙：《读杜心解》，中华书局2000年版，第2页。
② （清）仇兆鳌：《杜诗详注》，中华书局1995年版，第4页。
③ 陈伯海：《唐诗汇评》，浙江教育出版社1996年版，第912页。

始皇之典含蓄地表达了自己誓为天子效力的政治情怀。

三、寄赠类诗歌与诗人的泰山文化情结

作为一座名山，泰山既有高大雄伟的自然景色，又有带有神仙色彩的文化底蕴，这两种特质使泰山也逐渐演化成了一个富有象征意义的意象，从而多次出现在唐代诗人所写的寄赠类诗歌中。

（一）以泰山喻人之高尚品德或成就之高，表达对对方的敬仰之情

孔子的“知者乐水，仁者乐山”（《论语·雍也》）[①]思想得到了后世文人的一致接受，从而形成了一种“君子比德”的山水观。这种思想在“泰山”这个意象上也有很好的体现。如李白《别鲁颂》写道：

> 谁道泰山高，下却鲁连节。谁云秦军众，摧却鲁连舌。独立天地间，清风洒兰雪。夫子还倜傥，攻文继前烈。错落石上松，无为秋霜折。赠言镂宝刀，千岁庶不灭。

鲁仲连（约前305—约前245），战国末期齐国人，又叫做鲁仲连子、鲁连子或鲁连。他长于阐发奇特宏伟、卓异不凡的谋略，靠自己的辩才帮助田单收复了失地。赵、齐诸国大臣皆欲奏上为其封官嘉赏，他却一一推辞，退而隐居。李白对鲁仲连的纵横家气质和任侠气质颇为敬仰，他的诗中不乏对鲁仲连的溢美之词。如《古风》（其十）中的“齐有倜傥生，鲁连特高妙”、《古风》（其

---

① 杨伯峻：《论语译注》，中华书局2016年版，第69页。

三十六）中的“鲁连及柱史，可以蹑清芬”、《留别王司马嵩》中的“鲁连卖谈笑，岂是顾千金”、《赠崔郎中宗之》中的“鲁连逃千金，珪组岂可酬”、《奔亡道中五首》中的“仍留一只箭，未射鲁连书”等。李白在即将离开鲁地时，写下了这篇《别鲁颂》留别鲁地的朋友，始终夸赞朋友风流倜傥，而且和自己一样愿以鲁仲连为榜样，亦有不为秋霜折的品质。那么鲁仲连在李白的心目中究竟有多高的地位呢？李白说：“谁道泰山高，下却鲁连节。”鲁仲连的节操比泰山还要高。泰山在中国人的心目中无比高大，鲁仲连在李白的心目中也无比高大，他也希望朋友能够达到鲁仲连的高度。

韩愈在《孟生诗》中写道：“求观众丘小，必上泰山岑。”此诗作于贞元九年（793），时孟郊四十三岁。在此之前，孟郊多次应举不第，贞元八年（792），孟郊与韩愈一同参加了由陆贽主持的科举考试，结果韩愈金榜题名，而孟郊再次名落孙山。在应考过程中已与孟郊结为忘年交的韩愈建议他去投奔以擅纳士而闻名的徐州刺史张建封。韩愈在诗中以“泰山岑”赞张建封为当世英杰，值得依靠。孟郊听从了韩愈的建议，在返乡途中前往徐州拜谒了张建封，并受到了张建封的礼待，但孟郊在徐州没有逗留多久便离开了。

在另一首诗歌《调张籍》中，韩愈又写道：“平生千万篇，金薤垂琳琅。仙官敕六丁，雷电下取将。流落人间者，太山一毫芒。”此诗作于元和十年（815），是文学史上著名的推尊李、杜的力作。李、杜二人一生写了“千万篇”如“金薤”和“琳琅”般优美的诗歌，可惜的是他们的作品多已散佚。诗人猜测，因为李杜二人都是“谪仙人”，所以很多诗篇都被仙官派遣神兵收取去了。而流传人间的，只不过是泰山的毫末之微而已。在韩愈的眼中，这毫末之微的作品也足以“光芒万丈长”。由此可见韩愈对李、杜确实是极为推崇的。

（二）以泰山喻神仙世界，表达诗人超然出尘的情志

泰山是一座自然之山，同时其在中国人的心目中亦是一座神山。因此在酬赠类诗歌中，诗人们有时也借泰山作为一个象征意象表达求仙隐逸的思想和愿望。如李白的《赠僧崖公》：

> 晚谒泰山君，亲见日没云。中夜卧山月，拂衣逃人群。授余金仙道，旷劫未始闻。冥机发天光，独朗谢垢氛。虚舟不系物，观化游江渍。江渍遇同声，道崖乃僧英。说法动海岳，游方化公卿。手秉玉麈尾，如登白楼亭。微言注百川，亹亹信可听。一风鼓群有，万籁各自鸣。启闭八窗牖，托宿掣电霆。自言历天台，搏壁蹑翠屏。凌兢石桥去，恍惚入青冥。昔往今来归，绝景无不经。何日更携手，乘杯向蓬瀛。（节选）

诗人拜谒泰山君（即崖公）的时候，曾亲眼看见太阳没在云中。诗人振衣逃离人群，在皎洁的月光之下静卧雪上。崖公教给诗人前所未闻的金仙之道。幽冥的天空散发着明朗的光，污浊的气氛被一扫而空。此时的诗人就像一只无人驾驭的小船，一边漂泊，一边观看着眼前的造化自然。在江岸，诗人又有幸遇到了志趣相同的僧中佼佼者崖公。崖公宣讲佛经教义时，山海也为之震动；云游四方时，又点化了诸多公卿。他手执玉拂尘，如登山阴白楼亭。其精深微妙的言辞如水流注入百川，勤勉不倦，娓娓动听。清风徐来，万物为之振奋，各自发出各自的心声。开启八面窗户，仿佛

居住在可以发动闪电的天宫。崖公自言到过天台山，攀登过翠屏样的悬崖。战栗、恐惧地走过石桥，恍惚如入青天。古往今来，世上美好无比的风景无不经历。这种经历让诗人也无比向往，他期盼着能和崖公有朝一日再携手，乘着木酒杯驶向蓬瀛三仙岛，一起享受神仙世界的生活。这种亦真亦幻的描写，寄托着诗人对神仙世界的向往，而结尾处的感叹更明显地透露出了诗人超然出尘的情志。

（三）以泰山为参照物，写人的情谊之深重

泰山是无比高大和无比厚重的，泰山究竟有多高，还是可以有一个答案的；但是泰山究竟有多重，是没有答案的。人的情义是抽象的，要表达出情义的深重，用比较的方式可以化抽象为形象，而以人们心目中无比厚重的泰山作为参照物是一个很好的选择。

韩愈在《南内朝贺归呈同官》一诗中写道："君恩太山重，不见酬稗稊。"此诗创作于长庆元年（821），时皇太后郭氏居南内（即兴庆宫），穆宗每月率百官朝贺，时韩愈在京任国子祭酒，亦随穆宗前往。一次朝贺之后，韩愈有所感而发写下了这篇作品。"君恩太山重"，以泰山之重喻天子对自己的恩情。然而韩愈同时亦感叹"不见酬稗稊"，稗稊，稗草和稊草，比喻卑微，意即深愧于自己对天子无些微之回报，委婉地表达出了一种怀才不遇之感。国子祭酒虽为从三品之官，但"所职事无多"，韩愈的政治才华无法施展。

在韩愈的心目中，天子对自己的恩情犹如泰山一样重。而在李白的心目中，其从叔对自己的情谊要比泰山还重。李白在《献从叔当涂宰阳冰》中就用了这样的对比：

> 小子别金陵，来时白下亭。群凤怜客鸟，差池相哀鸣。各拔五色毛，意重泰山轻。赠微所费广，斗水浇长鲸。……长叹即归路，临川空屏营。

上元二年(761)，太尉李光弼率大军东征史朝义。此时的李白在经历了“赐金放还”和“流罪夜郎”的两次重大人生挫折后，心情极其抑郁，但李白天生不是一个甘于寂寞和平庸的人，当获知李光弼东征的消息之后，他又起了投军之心。天不遂人愿，李白半道因病折返金陵。此时的诗人贫病交迫，有一种穷途末路之感。万般无奈之下，他决定投奔自己的从叔当涂县令李阳冰，投奔时以《献从叔当涂宰阳冰》诗作为见面礼。李白在诗中对李阳冰的人格和政绩大加颂扬，在诗歌的最后部分写下了上面节选的一段话。意思是自己离别金陵时候，许多朋友都到白下亭相送。就像群凤怜悯失群的小鸟一样，朋友们为他哀鸣抱不平。每个人都赞助了诗人一点小钱，钱虽不多但在李白看来却比泰山还重。这点钱如同舀一斗水去浇长鲸，对李白来说远远不够。此时的李白想要叶落归根，可无奈自己贫病交加，有家难回，只能面对着长江长吁短叹。诗中以泰山为参照物，表达了金陵的朋友对自己情义深重，也表现了自己对情谊的看重。也正是基于这种原因，所以李白才来投奔李阳冰，他也相信李阳冰也是一个把情义看得比泰山还重的人。李阳冰后来的表现也证明了李白的眼光，虽然此时的李阳冰即将离职，但还是接友以仁，尽己所能将李白安顿妥当，李白最后也是死于李阳冰的家中。

四、伤悼类诗歌与诗人的泰山文化情结

根据中国古老的阴阳五行学说，泰山位居东方，是太阳升起

的地方，也是万物发祥之地，因此泰山神具有主生、主死的重要职能。泰山作为一个富有象征意义的意象，也经常出现在伤悼类诗歌中。这类诗歌中的泰山意象的象征意义主要体现在两个方面：

（一）把泰山作为人死后魂灵的归宿，表达对对方的赞扬与祝福

在我们中国人的思想意识中，一直都认为泰山是管辖鬼魂的地方。《后汉书·乌桓鲜卑列传》说："俗贵兵死，敛尸以棺，有哭泣之哀，至葬则歌舞相送。肥养一犬，以彩绳缨牵，并取死者所乘马衣物，皆烧而送之，言以属累犬，使护死者神灵归赤山。赤山在辽东西北数千里，如中国人死者魂神归岱山也。"①《后汉书·方术列传》则载："（许峻）自云少尝笃病，三年不愈，乃谒太山请命。"②唐代许多悼亡类诗歌中的泰山意象就反映了这种思想意识。

顾况和徐夤两人都有伤悼进士谢庭皓的作品，所用泰山意象也如出一辙：

> 旧馆绝逢迎，新诗何处呈。空留封禅草，已作岱宗行。柳蠹风吹析，阶崩雪绕平。无因重来此，剩哭两三声。（顾况《伤大理谢少卿》）
>
> 献书犹未达明君，何事先游岱岳云。唯有春风护冤魄，与生青草盖孤坟。（徐夤《伤进士谢庭皓》）

---

① （宋）范晔撰，（唐）李贤等注：《后汉书》，中华书局 2012 年版，第 2396 页。

② （宋）范晔撰，（唐）李贤等注：《后汉书》，中华书局 2012 年版，第 2193 页。

谢庭皓是何许人也，史书上未有记载。从顾况和徐夤二人的作品中可以得知，谢当为中进士不久，被任命为少卿一职，去世前正在为天子草拟封禅的文书，草拟完成，尚未来得及上奏天子便辞世，让人不由得感叹人生无常。顾况和徐夤两人在作品中分别用“岱宗行”和“游岱岳云”指代谢氏之死，很明显是继承了古人所拥有的“死者魂归岱山”的思想意识。当然，两位诗人借这样的表述，也表达了对对方的赞扬与祝福。因为在中国古人的思想意识里，并不是所有的人都可以魂归岱山而成为神仙，那些生前作恶的人死后要下地狱的。与此类似的例子还有卢照邻《同崔录事哭郑员外》中的“已陪东岳驾，将逝北溟鲲”、吕温《顺宗至德大圣大安孝皇帝挽歌词三首》（其一）中的“坐受朝汾水，行看告岱丘”等。

（二）以泰山喻逝者，表达对逝者生前才华与功绩的肯定

司马迁《报任少卿书》有“人固有一死，或重于泰山，或轻于鸿毛”之语，后人便常以泰山喻逝者，表达对逝者生前才华与功绩的肯定。

杜甫在《八哀诗·故司徒李公光弼》中写道：“司徒天宝末，北收晋阳甲。胡骑攻吾城，愁寂意不惬。人安若泰山，蓟北断右胁。朔方气乃苏，黎首见帝业。”李光弼（708－764），营州柳城（今辽宁朝阳）人，契丹族，天宝十五载（756）初，经郭子仪推荐为河东节度副使，安史之乱期间屡立战功。乾元二年（759）七月，任天下兵马副元帅。宝应元年（762），封临淮郡王。宦官程元振、鱼朝恩等素与李光弼不睦，光弼晚年即为宦官所谗，病死徐州，年五十七岁。追赠司空、太保，谥曰武穆。天宝末年，李光弼曾在太原击败安史叛军。李光弼如泰山般安稳，从容地斩断了叛军的右翼，朝廷这才喘过气来，老百姓也得以见到肃宗建功立业。诗中以泰山喻李光弼，充分表达了对其才华与功绩的肯定。王湾在《哭补阙亡友

綦毋学士》中写道:“泣为洹水化,叹作泰山颓。”把綦毋学士之死比作泰山倒塌,泰山在人们心目中无比之重,綦毋学士在诗人心目中的地位也无比之重。

总之,通过封禅类、记游写景类、寄赠类和伤悼类诗歌中关于泰山的描述,唐代诗人体现出了极其浓厚的泰山情结。

第二节　唐代诗人与济南山水文化

济南历史悠久,是史前文化“龙山文化”的发祥地,虞舜(约公元前22世纪)曾“渔于雷泽,躬耕于历山”。历山即济南市历下区南部的千佛山。济南市内还散落有各种以舜命名的地名,如“舜井”“舜耕路”“舜华路”等。隋朝开皇三年废郡,改济南郡为齐州,辖历城等10县,治所仍在历城;大业初年复置齐郡。唐武德元年(618)改齐郡为齐州,次年置总管府;贞观元年(627)撤总管府,贞观七年又置总督府;天宝年间先后改称临淄郡、济南郡,乾元元年(758)复为齐州。可以说,位于齐鲁大地的济南在唐朝是一个很重要的城市,这里的人文底蕴和自然山水对文人士子产生了强大的吸引力,无论是在这里做官的诗人,还是到此漫游的诗人,都用他们的诗笔为后人描摹了济南的山水名胜,为后人了解唐时的济南提供了珍贵的资料。

一、千佛山

千佛山是济南三大名胜之一,古称历山,相传上古虞舜帝为民时,曾躬耕于历山之下,故亦名舜山或舜耕山。千佛山位于济南市中心南部,是泰山的余脉,海拔285米,占地166.1公顷,距市中心2.5公里,与趵突泉、大明湖并称济南三大景观。唐代涉及千佛山的诗歌，都与舜帝的故事联系在一起。

晚唐诗人杜荀鹤作有《题历山舜祠》诗，咏千佛山上的舜祠。诗曰：

昔舜曾耕地，遗风日寂寥。世人那肯祭，大圣不兴妖。殿宇秋霖坏，杉松野火烧。时讹竞淫祀，丝竹醉山魈。

诗前有序曰："山有庙，呼为帝二子，多变妖异，为时所敬。"由此可知唐代舜祠中有舜的两个妃子娥皇和女英的神像。晚唐时代，世风日下，古之传统无以为继，舜帝曾躬耕过的历山也一片寂寥。古代圣王虞舜无人拜祭，取而代之的是妖魔横行。秋日的淫雨淋坏了舜祠的殿宇，野火烧焦了山上的杉松。这里依然有人祭祀，有音乐之声，但祭的不是远古的有道明君，而是怪物山魈，这是妄滥之祭。这首诗描写了晚唐时代舜祠祭社的乱象，实则是晚唐社会的一个缩影。诗人通过这篇作品表达了对世风日下的忧虑。

唐代其他关于千佛山的描写大都与虞舜躬耕历山的故事相关。贯休在《大蜀皇帝寿春节进尧铭舜颂二首 · 舜颂》中写道："高高历山，有黍有粟。皇皇大舜，合尧玄德。"虞舜曾经躬耕于高高的历山，吃着自己种的黍粟，这是一个勤劳的榜样。后来成为帝王的舜和尧一样都具有高尚的品德。曹唐在《三年冬大礼五首》（其五）中写道："沧海举歌夔是相，历山回禅舜为君。"尧将帝位禅让给了曾在历山躬耕的舜，这在曹唐眼中绝对是不拘一格降人才的典范。徐夤在《咏笔二首》（其二）中写道："势健岂饶淝水阵，锋铦还学历山耕。"亦以舜作为自己学习的榜样。

二、大明湖

大明湖历史悠久，湖名见诸文字已有 1400 多年历史，早在北魏年间，著名地理学家郦道元所著《水经注 · 济水注》中便有记载："泺水北流为大明湖，西即大明寺，寺东、北两面则湖。"文中所指大明湖位置在今五龙潭一带，而现今大明湖一带水域则名"历水陂"。另有史料记载，那时的大明湖称历下陂或历水陂，南至濯缨湖，北至鹊山和华不注山，也就是说现在的大明湖、五龙潭和北园一带是相连的一个大湖，湖阔数十里，平吞济泺。六朝时，因湖内多生莲荷，曾名"莲子湖"，隋唐时它既名"莲子湖"（见段成式《酉阳杂俎》）又名"历水陂"。唐代诗人吟咏大明湖的作品流传至今的只有高适的《同李太守北池泛舟宴高平郑太守》。诗云：

每揖龚黄事，还陪李郭舟。云从四岳起，水向百城流。幽意随登陟，嘉言即献酬。乃知缝掖贵，今日对诸侯。

此诗约作于天宝四载（745），时高适以一介布衣之身漫游齐鲁，在济南受到了北海郡太守李邕的热情招待。李邕带领高适和高平郑太守一起同游大明湖，高适诗兴大发，写下了这篇作品。诗用汉代两个以爱民著称的循吏龚遂和黄霸类比李邕和郑太守，表达了对他们政绩的颂扬；又以汉代名臣李膺和名士郭泰曾同舟而济之事类比自己与李邕及郑太守同游北池（即大明湖）之事，表达了彼此之间亲密无间的知己情谊。坐在船上往四周观望，云起四面山上往中间飘荡，而湖水则向四面八方流淌。云与水的自由飘浮与流淌引发了船上人悠闲的情趣，互相唱酬以纪胜。通过唱酬，诗人愈发感觉到自己以一介儒生的身份能够和两位太守同舟而游实在是一件令人感动的事情。

三、济南三亭

在唐代诗人的笔下，济南有三亭，分别是历下亭、历下古城员外新亭和鹊山湖亭。

（一）历下亭

历下亭之名，就目前所见资料，以杜甫《陪李北海宴历下亭》诗为最早。天宝四载（745）夏，杜甫漫游至济南时，曾与时任北海（治所在今山东青州）太守的李邕以及蹇处士、李之芳等人相聚于历下亭。李邕比杜甫年长34岁，因赏识杜甫的才华而与其成为忘年交，杜甫《奉赠韦左丞丈二十二韵》诗中尝称“李邕求识面，王翰愿为邻”，颇以此为豪。此次二人是久别重逢，李邕带着杜甫一起游赏济南的山水，游至历下亭，杜甫即兴写下此诗。诗曰：

> 东藩驻皂盖，北渚凌清河。海右此亭古，济南名士多。云山已发兴，玉佩仍当歌。修竹不受暑，交流空涌波。蕴真惬所遇，落日将如何！贵贱俱物役，从公难重过。

历下亭位于东藩（即北海郡），北面有清河（指济河）流过。位于大海之西的这座历下亭有着悠久的历史，自古以来，吸引了无数名士前来游赏。此时杜甫和朋友们也相聚在这里。放眼四望，状如山峰的云引发了游人的兴致，天上的云和地上的河水互相辉映，如此的美景怎能没有美女和音乐相伴，佩玉的歌妓在对着宴席唱歌。亭子的周围有高大的竹子遮住了阳光，虽然已是夏天，却让人感觉不到炎热。历水和泺水会流处悠闲地涌着水波。这种美丽的历下亭风光让人油然而生“此中有真趣”的感受，但遗憾的是夕阳终究要西沉，欢会难久，这让诗人不由地感叹：人无论贵贱都要受到世事的驱遣，今后恐怕很难再跟随李公重游故地了。

杜甫诗题中所说的“历下亭”非今大明湖中的历下亭。郦道元《水经注》卷八“济水”条载：“其水（指泺水，即今趵突泉）北为大明湖，西即大明寺，寺东、北两面则湖，此水便成净池也。池上有客亭，左右楸桐，负日俯仰，目对鱼鸟，水木明瑟，可谓濠梁之性，物我无违矣。”专家学者们认为此文中所提到的“客亭”可能即杜甫诗中所说的“历下亭”，亭建于北魏以前，距杜甫来游已有二三百年的历史了。据专家学者考证，古历下亭亭址在今五龙潭附近名士阁西侧，该处现有一石碑，正面有当代著名书法家武中奇先生题写的“古历亭旧址”五个大字，背面刻有武中奇先生题写的杜甫《陪李北海宴历下亭》诗。到了唐朝末年，历下亭逐渐废圮。北宋又重建历下亭，位置在大明湖南岸州衙宅后。其后历经宋、金、元、明，至清初康熙三十二年（1693），山东盐运使李光祖在湖中岛上现址重建历下亭。李兴祖《重葺古历亭碑记略》云：“历下亭，故在大明湖之滨，李沧溟（攀龙）曾一修葺，至今又百五十年，复为荒墟。前人宴赏遗踪不可想见。余承乏斯地，因谋之藩臬诸公重新焉，其地为故绅艾君遗产，闻斯举，遂捐以助。于是征工庀材，甃石安基，相方考楹，面南而中，周回凡六楹，东西护以廊庑，左竖绰楔，右置闲房，后列石刻李杜诗，廊内缭垣，嵌今诸名什，颜曰‘古历亭’，旁架木梁通游屐。始于二月上浣，成于三月中浣。”在《蔚蓝轩记略》中，李兴祖又云：“癸酉（1693）夏，葺古历亭工竣。”虽然此大历亭非彼大历亭，清代著名书法家何绍基还是手书杜甫著名诗句“海右此亭古，济南名士多”于亭子朝南廊柱上。这也为今之历下亭增色不少。

（二）历下古城员外新亭

历下古城员外新亭是北海太守李邕的族孙时任齐州司马的李之芳于天宝四载（745）所建，今已不存，因李邕和杜甫诗而留名。据张忠纲师考证，今珍珠泉前为古城东门，西门泺源桥为古城西门，省府前街北端为古城北门，榜棚街南首则为古城南门，新亭遗址应为今百花洲南曲水亭街。建造新亭竣工，李之芳邀请李邕前来观赏，李邕便和前来拜访自己的杜甫一同前往，在游赏的过程中，两人都留下了诗作。李邕《登历下古城员外新亭》诗曰：

吾宗固神秀，体物写谋长。形制开古迹，曾冰延乐方。太山雄地理，巨壑眇云庄。高兴泊烦促，永怀清典常。含弘知四大，出入见三光。负郭喜粳稻，安时歌吉祥。

李之芳所建新亭在选址上颇费思量，他要选择一块风水宝地，这样既能让他的当世人生顺风顺水，又能让自己借助于此亭而流芳千古。于是他选择在虞舜曾经躬耕过的历山之下建亭。新亭的形状和构造都是在旧亭的基础上改造而成。建成之后，李之芳在这里宴请宾客，歌舞伴着酒宴，人们在这里尽情地享乐。站在亭中往远处眺望，雄伟的泰山和渺远的山庄在视野中呈现，给人以心旷神怡的感觉，世俗的烦恼和忧愁如流水一样一去不复返。此亭位置险要，似乎包容着宇宙万物，日月星辰也尽在眼底。新亭背倚齐州外城，此时城外的稻田一派丰收的景象，这种安乐祥和的气氛让人流连忘返。

杜甫亦作有《同李太守登历下古城员外新亭》一诗，该诗题下原注云："时李之芳自尚书郎出齐州，制此亭。"相比较而言，杜甫的诗作成就更高。诗曰：

新亭结构罢，隐见清湖阴。迹籍台观旧，气溟海岳深。圆荷想自昔，遗堞感至今。芳宴此时具，哀丝千古心。主称寿尊客，筵秩宴北林。不阻蓬筚兴，得兼《梁甫吟》。

新亭竣工，站在亭中眺望远方，隐约可见鹊山湖的南岸。新亭是借旧台观的基础建造的，气势非常，就像东海和泰山，令人观赏不尽。湖中的圆荷想来从前就有，古谭国遗留的城堞至今令人感慨。美好的酒宴恰如其时地备好了，动人的音乐引发了与会诸人的怀古之情。主人为尊贵的客人祝寿，在亭北林间举行的宴会肃然有序。自己以蓬筚之身却得以参加如此盛会，不由得诗兴大发，就像当年诸葛亮在泰山下吟诵《梁甫吟》。诗人借此也表达了自己渴望像诸葛亮一样建功立业的心情。

此亭后来的命运远没有历下亭那样辉煌，大约在唐末其踪已泯，据张忠纲师考证，新亭位置当在历下古城北城墙外。

（三）鹊山湖亭

杜甫在遍游济南后，辞别李邕、李之芳，前往临邑（今德州临邑）探望时任临邑主簿的弟弟杜颖。行至城北，杜甫被鹊山湖亭的风景所吸引，在此做短暂停留，并留下《暂如临邑至鹊山湖亭奉怀李员外率尔成兴》一诗：

野亭逼湖水，歇马高林间。鼍吼风奔浪，鱼跳日映山。暂游阻词伯，却望怀青关。霭霭生云雾，唯应促驾还。

位于济南郊野的亭子靠近鹊山湖，诗人停下脚步在高林间的亭子中休息。眼前一派壮观之景：湖水浩渺，风起浪涌，似有鼍吼；远方的夕阳即将落山，不时有鱼儿在夕阳映照的水面跃起。如此美丽的景色却因为自己要前往临邑而无法与李邕、李之芳一起欣赏，这不能不说是一种遗憾。看着傍晚时分渐渐升起的云雾，离别的伤感油然而生。

鹊山湖，至宋代渐渐干涸，湖亭已不复存在，但因杜甫诗而引起后人寻踪。清代诗人任宏远在其《鹊山湖寻杜少陵旧游处》一诗中写道："往迹销沉久，犹传杜甫游。山怀前度客，水改旧时流。春色荒亭古，秋风老树幽。何人重歇马，惆怅鹊湖头。"张忠纲师认为，鹊山湖亭当在员外新亭北面远处。

四、鹊山湖

鹊山湖因湖绕鹊山而得名。鹊山在黄河北岸，与泺口码头斜相对。相传昔日每年七八月间，乌鹊飞翔，布满山巅；又相传先秦名医扁鹊曾在这里炼丹，死后葬此，故名"鹊山"。唐宋时，山下一片汪洋，称"鹊山湖"。李白漫游济南时留下了《陪从祖济南太守泛鹊山湖三首》，诗云：

初谓鹊山近，宁知湖水遥？此行殊访戴，自可缓归桡。（其一）

湖阔数千里，湖光摇碧山。湖西正有月，独送李膺还。（其二）

水入北湖去，舟从南浦回。遥看鹊山转，却似送人来。（其三）

这三首诗是描写鹊山湖现存的最早的诗篇，诗写李白与时任济南太守的从祖李膺于月夜同游鹊山湖的情景。鹊山湖位于鹊山之下,山看上去似乎离游人不远,诗人和李膺乘着小船迫不及待地想要靠近它,才发现鹊山湖水域辽阔,水面面积极大,鹊山难以接近。东晋时王徽之曾于雪夜趁一时之兴致拜访戴逵,兴尽而返。而今日诗人们泛舟鹊山湖并非一时之兴致,而是久已向往之,并且此时游兴正浓,仍然要继续游赏。皎洁的月光映照在数十里宽的水面上,波光粼粼,轻风拂过,微动涟漪,影动山摇。这样的景色怎能不让人流连忘返?不知不觉夜已深,虽然李膺多次催促,但李白仍然意犹未尽。鹊山湖水往北边流淌,遗憾的是,游人们却要南归,渐行渐远的鹊山也似乎舍不得这些高雅的游人,始终不肯离开游人们的视野,仿佛要一直送他们回家。

五、华不注山

华不注山又名华山,在济南市区东北部,位于黄河以南、小清河以北,海拔 197 米。华不注山素以奇秀著称,从不同的角度观察,呈现不同的形态,山下有济南七十二名泉之一的华泉。该山为文化名山,曾为春秋古战场,山脚有道教古宫华阳宫,山间有吕祖庙。盖其名取自于《诗经 · 小雅 · 常棣》,其诗曰:"常(棠)棣之华,鄂不韡韡。""华"即"花","鄂不"即"萼跗",谓之花蒂。山名"华不注",意为此山如花跗注于水中。李白的《古风》(其二十)对唐时的华不注山进行了描述。诗曰:

> 昔我游齐都,登华不注峰。兹山何峻秀,绿翠如芙蓉。萧飒古仙人,了知是赤松。借予一白鹿,自挟两青龙。含笑凌倒景,欣然愿相从。(节选)

李白漫游齐鲁时曾登上华不注山。在李白的眼中,这是一座极其高峻秀丽的山,整座山被青绿色所掩映,宛如一棵巨大的木芙蓉。如此的美景令诗人如临仙境,诗人的思绪也随之飞扬。他想象着有一个潇洒自如的古仙人来到了自己的身边,这个叫作赤松子的仙人借给诗人一只象征祥瑞的白鹿,而自己则跨着两条青龙,面带笑容凌驾于天空最高处,诗人高高兴兴地跟随于他。此诗既描述了华不注山的真实之景,又将诗人奇特的想象融入其中,增加了华不注山的神奇色彩。

六、舜井

舜井,又名舜泉,位于济南舜井街中段西侧。金《名泉碑》、明《七十二名泉诗》、清《七十二泉记》均收录。泉以虞舜掘井出泉的传说而得名。池呈井形,井口直径 0.5 米,石砌井壁,上置块石雕凿的圆口作岸,周饰石栏,井内垂铁链,寓“舜井锁蛟”之意。池西墙壁挂《舜井》黑字铜匾。朱庆馀有《舜井》诗,诗云:

碧甃磷磷不记年,青萝锁在小山颠。向来下视千山水,疑是苍梧万里天。

朱庆馀,生卒年不详,名可久,以字行。越州(今浙江绍兴)人,宝历二年(826)进士,官至秘书省校书郎。朱庆馀何时到过济南,为什么到济南,史书都未记载,后人也未曾论及。但其《舜井》一诗却是唐诗甚至整个中国诗歌史上少有的专门吟咏舜井的诗篇。在诗人的眼中,这是一口位于小山之巅的古井,井的周围青萝掩映。自虞舜开掘此井已不知过去多少年了,如今的井壁长满了青绿色的苔藓,井底之水却依然清澈明净。舜井位于山巅,俯视着世间源于千山之水,映照着虞舜死后所葬苍梧之野的万里天空。面对此井，诗人思古抚今，渴盼当今社会能重回虞舜的时代。

盛唐山东籍诗人卢象在他的作品《追凉历下古城西北隅此地有清泉乔木》中亦提到过舜井，诗云："苍苔虞舜井，乔木古城壕。"与朱庆馀的描述相似，亦写古老的舜井长满了青苔。

第三节　唐代诗人与其他齐鲁山水名胜文化

除了泰山和济南，唐代诗人的足迹也到过其他齐鲁山水名胜，如鲁郡的整体山水、东鲁门、石门山、尧祠、单父琴台、任城南池、大庭库以及东平山水、崂山、蒙山、云台山等，诗人们也留下了描写这些山水名胜的诗篇。

一、鲁郡山水

唐时鲁郡即兖州，天宝元年（742）改为鲁郡，治所在瑕丘（今山东兖州西北）。漫游齐鲁的唐代诗人大多到过鲁郡，并留下了对鲁郡山水的描述。

（一）鲁郡山水的整体印象

开元二十四年（736），杜甫漫游齐鲁时曾登上兖州城楼，写下《登兖州城楼》一诗，描述了对鲁郡山水的整体印象。诗曰：

> 东郡趋庭日，南楼纵目初。浮云连海岱，平野入青徐。孤嶂秦碑在，荒城鲁殿馀。从来多古意，临眺独踌躇。

诗的首联交代了写作背景。"东郡"，在汉代是兖州所辖九郡之一，此处用来代指兖州。"趋庭"用的是《论语·季氏》中孔丘的儿子"鲤趋而过庭"之典，这里指诗人自己来兖州接受父亲的教诲。正是在这一背景之下，杜甫才得以登上兖州城楼，第一次看到了鲁郡的自然山水。目力所见，激发了诗人无边的想象。极目远眺，天空的浮云遮住了自己的视线，但诗人能够想象得出浮云一定与浩渺的东海和雄伟的泰山相连，而一马平川的原野一直会延伸到青州和徐州。视线拉近一点，隐隐约约能够看到秦始皇曾经登临过的峄山，当年刻石以颂秦德的石碑想必还在，但汉景帝子鲁恭王所建鲁灵光殿如今已是一片荒芜。读之让人不由得感叹人事变迁之匆促——曾经无限辉煌的秦汉至今唯留一碑一殿而已，则个体之生命短暂可想而知。写此诗时，杜甫刚刚经历了科举的失利，心情比较压抑，登楼所见阔大之境让他感受到了自身的渺小，所见荒凉之景又让他体味到了生命的脆弱。

（二）东鲁门

据《一统志》记载：东鲁门在兖州（今山东曲阜、兖州一带）城东。李白有《东鲁门泛舟二首》，诗曰：

> 日落沙明天倒开，波摇石动水萦回。轻舟泛月寻溪转，疑是山阴雪后来。（其一）
>
> 水作青龙盘石堤，桃花夹岸鲁门西。若教月下乘舟去，何啻风流到剡溪。（其二）

这组诗写的是诗人月下泛舟的情景。其一前两句写景，夕阳西下，在月光的映照下，水中的沙洲显得格外明亮，月亮和星星的倒影在水中清晰可见，仿佛天空倒映在水中。曲折萦回的流水泛起粼粼的波浪，水底的石头也似乎跟着摇动。《唐诗笺注》评曰："'日落沙明'二句，写景奇绝。少陵造句常有此，而此二句毕竟是李非杜,有飞动凌云之致也。"[①]《唐诗绝句类选》评曰:"此诗缀景之妙,如画中神品,气韵生动,窅然入微。"[②]"倒开"二字用得尤为精妙,《李太白诗醇》评曰:"翼云云:日光落下,照沙而明,有似乎天在下者,故曰'倒开'。巧致已开晚唐人之境。谢云:缀景之妙,窈然入玄。"[③]李白乘着月色,驾一叶轻舟在水面上漂流,恍如当年王子猷雪夜一时兴起寻访戴安道。其二顺承其一,月光下曲折宛转的水流像一条青龙盘绕着石堤,鲁门西两岸桃花掩映。诗人设想如果当年王子猷能够在这样的月光下泛舟,恐怕他就不会想到去剡溪了。

（三）石门山

杜甫的《刘九法曹郑瑕丘石门宴集》和《题张氏隐居二首》(其一)以及李白的《鲁郡东石门送杜二甫》等作品都提到了石门。石门,即石门山。此山究竟在何处,历来说法不一。张忠纲师经过实地考察后认为:"石门山在今曲阜东北约 60 里,津浦铁路歇马亭车站以东七八里,山高二三百米,山坡松柏颇多,而山顶光秃,除几间破庙外,已无遗迹留存。唯石门寺佛殿前,立有两块高约 2 米的石碑,左碑刻有《重修石门山寺佛殿碑记》。"[④]

杜甫《题张氏隐居二首》(其一)曰:

> 春山无伴独相求,伐木丁丁山更幽。涧道馀寒历冰雪,石门斜日到林丘。不贪夜识金银气,远害朝看麋鹿游。乘兴杳然迷出处,对君疑是泛虚舟。

---

①② 陈伯海:《唐诗汇评》,浙江教育出版社 1996 年版,第 687 页。

③ 陈伯海:《唐诗汇评》,浙江教育出版社 1996 年版,第 688 页。

④ 张忠纲:《杜诗纵横探》,山东大学出版社 1990 年版,第 42 页。

此诗是杜甫青年时期漫游齐鲁时的作品,诗中的张氏可能是兖州人张玠。张氏独自隐居于石门山,说明此山不大但很幽静,适合隐居。丁丁的伐木声使山里显得更加幽静。山涧经过冬天冰雪的侵浸,还残留寒意。傍晚时分,斜日映照着山中的树林。张氏具有不贪的美德,所以能在夜间见到金银气;远离祸害,清晨可闲看麋鹿出游。看到张氏这种世外桃源的生活,诗人不禁对出处问题感到迷惘:出而为官,则愧对张氏;退而隐居,又违背了自己的夙愿。面对张氏,就好像乘坐在无所系着的轻舟之上,不知往何处去才好。

李白《鲁郡东石门送杜二甫》曰:

醉别复几日,登临遍池台。何时石门路,重有金樽开。秋波落泗水,海色明徂徕。飞蓬各自远,且尽手中杯。

此诗写于天宝四载(745)。被唐玄宗"赐金还山"的李白与漫游齐鲁的杜甫鲁郡(今山东兖州)相逢,两人同游,结下了深厚的友谊。李杜之交,也成为文学史上的一段佳话。清余成教《石园诗话》谓:"少陵于太白,或赠或怀,诗凡九见。太白于少陵,惟《鲁郡东石门送杜二甫》《沙丘城下寄杜甫》二作,而皆情溢言外……试玩二公诗及'醉眠秋共被,携手日同行'句,可知其交情也。"[①]深秋时节,杜甫要西去长安继续追寻自己"奉儒守官"的理想,而李白则准备漫游江东,两人在鲁郡东石门分手。临行时李白写了这首送别诗。在鲁郡的这段日子里,李杜二人几乎登临游览遍了这一

---

① 陈伯海:《唐诗汇评》,浙江教育出版社 1996 年版,第 675 页。

带的名胜古迹，如今两人要在这里分别，不知道何时才能再次相聚，因此这一次的酒宴索性来个不醉不归。此时虽已是秋天，但这里的景色依然迷人。清澄的泗水秋波和明净的徂徕山色交相辉映，山美水也美。这样的景色足以显出作者的情怀，《李太白诗醇》评曰："五、六取境清旷，非胸怀如此者，对此亦堕茫昧。"[1]但这样的景色很快就将成为回忆，分别之后两人又会像随风飘转的蓬草不知所往，因此更应该珍惜眼前相聚的时光，开怀畅饮。这首诗不同于大部分充满悲悲切切情调的送别诗，体现出豪迈飘逸的格调，让离别也瞬间变得如此浪漫，具有十分积极的意义。

（四）尧祠

尧祠，《元和郡县志》卷一〇："尧祠在兖州瑕丘县南七里朱水之右。"[2]李白有四篇作品写到了尧祠，分别是《秋日鲁郡尧祠亭上宴别杜补阙范侍御》《鲁郡尧祠送窦明府薄华还西京》《鲁郡尧祠送吴五之琅琊》和《鲁郡尧祠送张十四游河北》。这些作品既描述了尧祠风光，又借尧祠抒发了内心情怀。

《秋日鲁郡尧祠亭上宴别杜补阙范侍御》曰：

> 我觉秋兴逸，谁云秋兴悲。山将落日去，水与晴空宜。鲁酒白玉壶，送行驻金羁。歇鞍憩古木，解带挂横枝。歌鼓川上亭，曲度神飙吹。云归碧海夕，雁没青天时。相失各万里，茫然空尔思。

---

① 陈伯海：《唐诗汇评》，浙江教育出版社 1996 年版，第 676 页。

② 瞿蜕园、朱金城：《李白集校注》，上海古籍出版社 1998 年版，第 985 页。

自战国时楚国的宋玉在《九辩》中发出了“悲哉秋之为气也！萧瑟兮，草木摇落而变衰”的感叹始，后人一提到秋天，大都会联想到宋玉开创的这种悲秋情结。但在诗人李白的眼中，秋天则是一个容易引发超逸豪迈情怀的季节。李白于秋日的一个傍晚，在鲁郡尧祠亭上设宴为朋友杜补阙、范侍御送别，在夕阳的映照下，碧水与晴空景色宜人。临别之前暂时停下征马，把马鞍放在古树上，解下衣带放在横枝上，主客畅饮用白玉壶盛的鲁酒。在亭上，大家一边饮酒，一边歌唱，一边击鼓，音乐之声随风飘向远方，不亦乐乎！然而天下没有不散的筵席，杜、范二人终究会像云归碧海、雁没青天一样从此地消失。分别之后彼此相隔万里，只剩下茫然无尽的思念。这首诗将离别写得浪漫飘逸，《唐诗镜》评曰：“所谓逸兴遄飞，此等处是太白本相。”①

《鲁郡尧祠送窦明府薄华还西京》曰：

朝策犁眉騧，举鞭力不堪。强扶愁疾向何处？角巾微服尧祠南，长杨扫地不见日，石门喷作金沙潭。笑夸故人指绝境，山光水色青于蓝。庙中往往来击鼓，尧本无心尔何苦？门前长跪双石人，有女如花日歌舞。银鞍绣毂往复回，簸林蹶石鸣风雷。远烟空翠时明灭，白鸥历乱长飞雪。红泥亭子赤栏干，碧流环转青锦湍。深沉百丈洞海底，那知不有蛟龙盘？君不见绿珠潭水流东海，绿珠红粉沉光彩！绿珠楼下花满园，今日曾无一枝在！昨夜秋声阊阖来，洞庭木落骚人哀。遂将三五少年辈，登高远望形神开。

① 陈伯海：《唐诗汇评》，浙江教育出版社 1996 年版，第 683 页。

> 生前一笑轻九鼎，魏武何悲铜雀台！我歌白云倚窗牖，尔闻其声但挥手。长风吹月渡海来，遥劝仙人一杯酒。酒中乐酣宵向分，举觞酹尧尧可闻？何不令皋繇拥彗横八极，直上青天扫浮云。高阳小饮真琐琐，山公酩酊何如我？竹林七子去道赊，兰亭雄笔安足夸？尧祠笑杀五湖水，至今憔悴空荷花。尔向西秦我东越，暂向瀛洲访金阙。蓝田太白若可期，为余扫洒石上月。

此诗约作于在天宝五载（746）秋，时李白在东鲁。在此之前的天宝三载（744），李白经历了被唐玄宗“赐金放还”的打击后还归东鲁。此时李白久病初愈，赶上朋友窦明府薄华将返西京长安，李白遂与三五少年在鲁郡尧祠设宴为窦送行。一大早李白就强撑着愁疾之身，头戴方巾，身穿便服，骑上自己心爱的良马犁眉䯄前去赴宴。到了尧祠，眼前连绵的杨柳拂地，遮住了阳光，远处石门山的瀑布飞流直下，宛如美丽的金沙潭。这绝美的胜境让诗人的愁疾一扫而空，他笑着对熟人夸耀着这里青出于蓝而胜于蓝的山光水色。自然之景美不胜收，人事却有些差强人意，庙中不断有人来来往往，击鼓敲钟，一片喧嚣，其实尧帝对这里的热闹并不感兴趣，人们这又是何苦呢？尧祠门前有两个跪姿石头人守卫，而里面却终日有美女在唱歌跳舞。人们乘着华丽的车马来来回回，飞驰而过的车马摇晃着树林，车马压踏在石头上发出如雷般的声响。这里实在太喧闹了，还是自然之景怡人。眺望远空，云烟时明时灭，纷乱的白鸥似一片片飘飞的白雪。倚在红泥亭子的赤色栏杆上俯视下方，阳光下循环奔流的碧水宛如青色的锦缎。百丈之深的潭水似乎要洞穿海底，如此幽深的潭底想必会有蛟龙盘踞。绿珠潭水东流入海，潭水的深处光彩熠熠。绿珠楼下曾经是鲜花满园，今日却无一枝花在。昨夜，秋声从天门传来，令人想起楚人宋玉曾在洞庭湖边见到木落而悲叹。当年曹操曾留下遗命：每当初一十五，歌妓舞姬们要在铜雀台上对着他的陵墓唱歌，使之形神开怀。曹操生前，一笑轻九鼎，何等英雄！临死却只挂念儿女情长，悲恋铜雀台。此时李白亦登上尧祠亭而倚窗面向白云放歌，他想象着云中的仙人如能听到他的歌声，就会朝他挥挥手。开怀畅饮到半夜，举起酒杯祭奠尧帝。想必尧帝也能与诗人相知，然后命令皋繇骑上彗星，横扫八方，直上青天扫尽浮云？在诗人此时的酩酊大醉面前，晋代山简在高阳的小酌真是微不足道。竹林七贤离今已远，亦无法与诗人争雄；王羲之在兰亭的雄笔也不值得夸耀。诗人此时在尧祠，笑杀五湖烟水，荷花至今已枯萎。窦明府要去长安，而李白也准备前往东越，去寻访海中仙山瀛洲。临别之际，诗人嘱托窦明府，到了蓝田，若有机会登上太白山顶，一定要为诗人扫洒石上月光。这首诗以极度夸张和想象的浪漫主义笔法，驰骋于天上人间、古往今来，既抒发了离别之情，又表现了诗人在仕途失意之后的无奈与洒脱。

《鲁郡尧祠送吴五之琅琊》曰：

尧没三千岁，青松古庙存。送行奠桂酒，拜舞清心魂。日色促归人，连歌倒芳樽。马嘶俱醉起，分手更何言。

李白在鲁郡尧祠设宴为朋友吴五送别，触景生情，联想到传说中的远古帝王尧帝去世已经三千年了，而古庙中的青松依然郁郁葱葱。诗人用芳香的桂花酒为吴五送行，同时也祭奠一下诗人所敬仰的尧帝，祭奠时的跪拜与舞蹈可以澄净心灵。虽然心中有太多不舍，但天色似在催促行人起程，临别时，诗人再一次为吴五高歌献酒。醉意蒙眬时又听到了马的叫声,别离的伤感更加难以言说了。

《鲁郡尧祠送张十四游河北》曰:

猛虎伏尺草,虽藏难蔽身。有如张公子,肮脏在风尘。岂无横腰剑,屈彼淮阴人。击筑向北燕,燕歌易水滨。归来泰山上,当与尔为邻。

李白在鲁郡尧祠送朋友张十四游历河北。在李白的眼中,张十四就像是猛虎隐伏在尺把长的草丛,藏腿难蔽身。此时的张十四功业未成,漂泊江湖,但他始终保持不阿不屈的品节。李白认为张十四并非没有横腰而系的宝剑,只是此时的他就像韩信当初在淮阴的时候一样也受尽委屈。张十四现在像击筑的高渐离和在易水滨高唱燕歌的荆轲一样,他也要为了实现自己的理想而奋力一搏。一旦能够功成名就,李白希望张十四能够归来和自己相聚泰山上,一起隐居,当个好邻居。

(五)单父琴台

单父是春秋鲁国邑名,故址在今菏泽单县城南一公里处,现在的琴台位于单县县城南护城堤内侧,前连大堤,后临护城河,东有涞河环绕,西与栖霞山相望。春秋时期,孔门弟子宓子贱曾做单父宰,任期三年间,任人唯贤,万事为民先,单父因而大治,可谓奸邪不作,盗贼不起,人民安乐。闲暇之余,宓子贱时常登上城边一高埠弹琴,抒发情怀。他卸任后,巫马施继任县宰,愈加勤勉,很有政绩。为纪念两位县宰治单的不凡业绩,后人便在宓子贱弹琴处筑起一座高台,称为“琴台”(亦称“子贱台”“单父台”)。天宝三载(744),李白、杜甫和高适曾同游单父,是时县尉陶沔刚刚对琴台进行过重修，重修后的琴台前方后圆，形似半月，故又名“半月台”。陶沔邀请三位大诗人共登琴台，三人也都留下了吟咏琴台的诗篇。

李白有《登单父陶少府半月台》诗，诗云：

> 陶公有逸兴，不与常人俱。筑台像半月，迥向高城隅。置酒望白云，商飙起寒梧。秋山入远海，桑柘罗平芜。水色渌且明，令人思镜湖。终当过江去，爱此暂踟蹰。

陶沔公有着和一般人不一样的超逸豪放，他筑的高台宛如半个月亮，半月的两角与城上的女墙遥相呼应。李白、杜甫、高适、陶沔这“琴台四君子”在高台置酒，天空中飘浮的白云似在为他们跳舞，秋风吹寒梧的声音似在为他们歌唱。这里虽然没有歌伎舞女，但胜似歌舞酒宴。站在台上眺望远方，秋山绵延，似与大海相连，宽敞平坦的大地上到处都是桑树和柘树。俯视下方，城边的湖水清澈明亮，令诗人不由得想起在浙江镜湖的美好时光。遗憾的是单父并不是诗人此行的目的地，他终要过长江去，只不过是因为喜欢这里才做短暂停留。

一同登琴台的杜甫没有流传下专门吟咏琴台的诗歌，但在后来的回忆性作品《昔游》中，诗人有过对他们几个人登琴台详细情景的描绘。诗曰：

> 昔者与高李，晚登单父台。寒芜际碣石，万里风云来。采柘叶如雨，飞藿去裴回。清霜大泽冻，禽兽有馀哀。（节选）

杜甫与高适、李白等人晚登单父台，在寒风萧瑟中直望到碣石山，万里风云尽收眼底。桑树和柘树叶落如雨，干枯的藿草飞去又飞回。寒霜中，大泽被冻住了，连禽兽也有无尽的哀愁。另外，杜甫在单父留下的另一首《遣怀》中写道："忆与高李辈，论交入酒垆。"抒发了挚友们登台观景、饮酒赋诗的浪漫情怀。

高适有《同群公秋登琴台》和《登子贱琴堂赋诗三首》。《同群公秋登琴台》诗云：

> 古迹使人感，琴台空寂寥。静然顾遗尘，千载如昨朝。临眺自兹始，群贤久相邀。德与形神高，孰知天地遥。四时何倏忽，六月鸣秋蜩。万象归白帝，平川横赤霄。犹是对夏伏，几时有凉飙。燕雀满檐楹，鸿鹄抟扶摇。物性各自得，我心在渔樵。兀然还复醉，尚握中瓢。

高适在一个秋高气爽的日子里与李白、杜甫等人一起登上了久已向往的琴台，自然而然地想起了宓子贱"身不下堂而单父治"的故事，也由此引发了自己的感叹。刘开扬评曰："诗谓琴台古迹，使人感怀，千载之事，犹如昨朝也。群公久相邀登，今始得临眺，思宓公之德高，见天地之遥远，四时转换，今又立秋矣，何时得有凉风飒然而至乎？檐前燕雀之自适，亦如鸿鹄之高飞，我亦各适其性，志在隐处，以饮酒为乐也。"①

《登子贱琴堂赋诗三首》诗云：

> 宓子昔为政，鸣琴登此台。琴和人亦闲，千载称其才。临

---

① 刘开扬：《高适诗集编年笺注》，中华书局 2000 年版，第 123 页。

眺忽凄怆，人琴安在哉。悠悠此天壤，唯有颂声来。（其一）

邦伯感遗事，慨然建琴堂。乃知静者心，千载犹相望。入室想其人，出门何茫茫。唯见白云合，东临邹鲁乡。（其二）

皤皤邑中老，自夸邑中理。何必升君堂，然后知君美。开门无犬吠，早卧常晏起。昔人不忍欺，今我还复尔。（其三）

这组诗前有序言，曰："甲申岁，适登子贱琴堂，赋诗三首。首章怀宓公之德，千祀不朽；次章美太守李公，能嗣子贱之政，再造琴台；末章多邑宰崔公，能继子贱之理。"[①]首章夸赞宓子贱。当年宓子贱治单父，在此台上弹琴，琴声和美，弹琴之人亦悠闲自在。宓子贱弹琴而治的功绩，千载以来一直为人们所称道。然而此时诗人登台临眺，却因为宓子贱和他的琴都已不在而忽生凄怆之感。诗人和宓子贱的时代如同天壤之别，此时也只能以歌颂的方式来怀念他了。次章夸赞太守李公。太守李公有感于宓子贱弹琴而治单父之遗事，慨然再造琴堂。由此可知深得清净之道、超然恬静的人，即使相隔千载，内心依然是相通的。进入琴堂，自觉不自觉地便想起了宓子贱，离开之后怅然若失。受此琴堂及太守李公的感染，诗人突然萌生了要在这礼仪之邦隐居的想法。其三赞美邑宰崔公。白发苍苍的崔公在诗人面前自豪地夸耀邑中治理之好。其实不必亲见崔公登堂理事，就能知道他的才德之高。在单父，出门听不到狗叫，人们常常是早睡晚起。从前这里的人不会欺诈，如今依然如此。

（六）任城南池

杜甫漫游齐鲁时曾到过兖州任城，留下《与任城许主簿游南

---

① 刘开扬：《高适诗集编年笺注》，中华书局2000年版，第125页。

池》一诗。诗云：

秋水通沟洫，城隅进小船。晚凉看洗马，森木乱鸣蝉。菱熟经时雨，蒲荒八月天。晨朝降白露，遥忆旧青毡。

诗人游南池是在秋天，此时水大而沟渠贯通，傍晚时分杜甫趁着凉爽乘着一叶小舟驶进了城角的南池，他在船上饶有兴致地看着岸边有马匹在悠闲地饮水，高耸繁茂的树林间传来蝉噪阵阵。因为下了多时秋雨，菱角熟了；时到八月，蒲苇已经衰败。这一次游赏一直延续到第二天早上，看到地上降下的秋露，诗人突然想起了王献之的“青毡”之典。《晋书·王羲之列传·王献之》载：“夜卧斋中，而有偷人入其室，盗物都尽。献之徐曰：‘偷儿，青毡我家旧物，可特置之。’”后来人们常用“青毡”借指儒者故家旧物，而此处用来表达诗人的思乡之情。唐时之任城南池今已不存，《一统志》：“南池在济宁城东南隅，今淤塞。”①

（七）大庭库

“《太平寰宇记》：大庭氏库，高二丈，在曲阜县城内县东一百五十步。《路史》：大庭氏之膺箓也，都于曲阜。故鲁有大庭氏之库。昔者黄帝斋于大庭之馆，兹其所矣。罗苹注：库在鲁城中曲阜之高处。今在仙源县内东隅，高二丈。”②李白有《大庭库》诗曰：

① （清）仇兆鳌：《杜诗详注》，中华书局 1995 年版，第 14 页。

② 瞿蜕园、朱金城：《李白集校注》，上海古籍出版社 1998 年版，第 1213－1214 页。

朝登大庭库，云物何苍然。莫辨陈郑火，空霾邹鲁烟。我来寻梓慎，观化入寥天。古木翔气多，松风如五弦。帝图终冥没，叹息满山川。

此诗作年不详，从诗歌所表达的情感分析，当作于李白被“赐金还乡”之后。诗人在清早登上大庭库，天空迷蒙一片，看不到陈郑之火，齐鲁大地已在烟雾笼罩之下。这种描写似在隐喻当时的社会，三年的翰林生涯让李白看到了朝廷的是非不分，好坏难辨。失望之余李白来东鲁追寻春秋时鲁国最著名的阴阳家梓慎，而梓慎已弃人世而入寥天（道教所谓的虚无之境，即太虚）。只剩下眼前的古木透着浓浓的寒气，风吹松林，其声哀如五弦。看到整个国家都处于幽暗不明之中，诗人的叹息溢满山川。李白从个人的失意看到了国家的危机，并为此而深深地忧虑。

二、东平郡山水

唐时东平郡属河南道，《旧唐书 · 地理志》：“天宝元年改郓州为东平郡。”[①]高适漫游齐鲁时留下多篇与东平郡有关的诗歌。如《鲁西至东平》《东平留赠狄司马》《东平路作三首》《东平路中遇大水》《东平旅游奉赠薛太守二十四韵》《东平别前卫县李寀少府》等。其中对东平郡山水描写较集中的是《东平路中遇大水》和《东平旅游奉赠薛太守二十四韵》。

《东平路中遇大水》描述的是水灾过后的东平郡，诗曰：

天灾自古有，昏垫弥今秋。霖霪溢川原，澒洞涵田畴。

① 刘开扬：《高适诗集编年笺注》，中华书局2000年版，第149页。

指途适汶阳，挂席经芦洲。永望齐鲁郊，白云何悠悠。傍沿巨野泽，大水纵横流。虫蛇拥独树，麋鹿奔行舟。稼穑随波澜，西成不可求。室居相枕藉，蛙黾声啾啾。仍怜穴蚁漂，益羡云禽游。农夫无倚著，野老生殷忧。圣主当深仁，庙堂运良筹。仓廪终尔给，田租应罢收。我心胡郁陶，征旅亦悲愁。纵怀济时策，谁肯论吾谋。

"《旧唐书·玄宗纪》：'天宝四载秋八月，河南、睢阳、淮阳、谯等八郡大水。'东平郡与上举四郡相近，且同属河南道，上篇（指《东平路作三首》）又云'兹夕更秋霖'，知东平郡亦有水灾也。此诗云'指途适汶阳'，知此诗亦与上篇同作于东平至汶阳途中。"①此诗通过对水灾的描述，体现了高适深沉的忧患意识，后人也对高适的这一品质给予了极高的评价。刘开扬先生评曰："此诗反映灾害之苦农，为高适集中关怀人民生活之杰作，虽杜甫、白居易亦无以过。首谓今秋水灾，不比寻常。次叙己往汶阳途中，大水横流，虫蛇攀树，麋鹿奔舟，稼穑淹没，秋收无望，居人枕藉而死，蛙鸣啾啾未休。遂觉穴蚁漂流可悲，飞鸟高翔可羡，农民无所附着，野老为之深忧。为君主者当以仁厚为贵，宜制定良策，开仓以给民食，并应罢收田租，我心既悲，行旅亦愁，纵有此济时之良策，谁肯议吾谋以行乎？"②

《东平旅游奉赠薛太守二十四韵》中有对东平地理风貌的整体描绘，具体内容为：

---

① 刘开扬：《高适诗集编年笺注》，中华书局 2000 年版，第 154 页。
② 刘开扬：《高适诗集编年笺注》，中华书局 2000 年版，第 155 页。

郡国长河绕，川原大野幽。地连尧泰岳，山向禹青州。汶上春帆渡，秦亭晚日愁。遗墟当少昊，悬象逼奎娄。（节选）

蜿蜒曲折的黄河环绕着东平郡，河流和原野广袤深邃。这里的大地与尧帝封禅过的泰山相连，这里的山一直绵延到大禹治水时所划分的九州之一青州。汶河之上，春帆竞渡，建于秦朝的驿亭在黄昏时引起了行人的淡淡哀愁。这里还有传说中的少昊遗迹，遗迹之高逼近天空的日月星辰。从这样的描述中我们可以看到，东平郡的山水高远壮观，而且还有浓厚的历史文化底蕴。

三、崂山

崂山，古称劳山、牢山，位于青岛市崂山区的黄海之滨，是中国著名的旅游名山，被誉为“海上第一仙山”，主峰巨峰（崂顶）高1132.7 米，为山东省第三高峰。“劳山”最早出自《诗经 · 小雅 · 鱼藻之什》中的“山川悠远，维其劳矣”，郑笺云：“劳劳，广阔。”后人对“劳山”的解释不尽一致。一说该山雄险陡峭，上下行走，非常辛劳，故称“劳山”。二说据明末清初著名学者顾炎武考证，秦始皇东巡到崂山，劳民伤财，因此称为“劳山”。唐代诗人对崂山的描述不多，李白《寄王屋山人孟大融》诗写到了崂山，诗云：

我昔东海上，劳山餐紫霞。亲见安期公，食枣大如瓜。中年谒汉主，不惬还归家。朱颜谢春辉，白发见生涯。所期就金液，飞步登云车。愿随夫子天坛上，闲与仙人扫落花。

可能是应好友司马承祯的邀请，李白与杜甫于天宝三载(744)一起去王屋山寻访道士华盖君，很遗憾没有遇到，但遇到了一个叫孟大融的人，因为志趣相投，李白写了这首诗赠予对方。诗以浪漫主义的笔法将劳山(崂山)改造成了一个神仙世界。在这个位于东海之滨的神仙世界里，诗人以紫霞为餐，还有幸遇上了正在吃“大如瓜”的仙枣的“千岁翁”安期公。安期公本是秦、汉间齐人，一说琅琊阜乡人。传说他曾从河上丈人习黄帝、老子之说，在东海边以卖药为生。秦始皇东游，与之畅谈三日三夜，赐金数千万，但安期公不为所动，皆置之阜乡亭而去，留书及赤玉舄一双为报。后来秦始皇遣使入东海求之，未至蓬莱山即遇风波而返。后之方士、道家谓其为居海上之神仙。这样的想象表现了诗人对神仙世界的向往，也符合他“谪仙”的身份。在此之前的天宝元年(742)，已人到中年的李白终于奉诏入京，一时声动京华，美好的仕途前景似乎近在眼前，然而短短三年的时间他就被赐金还乡，因此内心颇感“不惬”。此时的李白朱颜不再，白发渐多，对仕途已不抱太大希望，因此对神仙的世界就更加向往。他期望服金液而腾云驾雾，跟随安期公到达天坛，过一种悠闲自得的生活。据说这首诗激发了唐玄宗对崂山的浓厚兴趣，四年之后，他曾经派遣几名道士前往崂山采药，并将崂山命名为“辅唐山”。

四、蒙山

蒙山，又名东山、东蒙。蒙山在古代曾是一座宗教文化名山，有“岱宗之亚”的称号。孔子曾登蒙山，抒发了“登东山而小鲁”的豪迈情怀。从字面上看，蒙山即险峻莫测之山。唐代诗人萧颖士曾游历蒙山，留下了《蒙山作》一诗。诗曰：

东蒙镇海沂，合沓馀百里。清秋净氛霭，崖崿隐天起。于役劳往还，息徒暂攀跻。将穷绝迹处，偶得冥心理。云气杂虹霓，松声乱风水。微明绿林际，杳窱丹洞里。仙鸟时可闻，羽人邈难视。此焉多深邃，贤达昔所止。子尚捐俗纷，季随蹑遐轨。蕴真道弥旷，怀古情未已。白鹿凡几游，黄精复奚似。顾予尚牵缠，家业重书史。少学务从师，壮年贵趋仕。方驰桂林誉，未暇桃源美。岁暮期再寻，幽哉羡门子。

萧颖士(717—768)，字茂挺，颍州汝阴(今安徽阜阳)人。开元二十三年(735)进士第一。时为裴耀卿、张钧、韦述等名士所器重，名扬天下，从业学生众多，世称"萧夫子"。历任秘书正字、集贤校理、史馆待制、河南府参军事等职。客死于汝南。门人共谥其为"文元先生"。有《萧茂挺集》。据诗中"方驰桂林誉"句推测，此诗当是萧颖士中进士后不久所作。诗歌由宏观到微观、由远及近地描述了蒙山险峻莫测的特征。开篇从宏观入手，写位于鲁东的蒙山镇守在海边，重重叠叠的山峰绵延百余里。诗人在一个秋高气爽的日子里前来游赏，天空中没有一丝烟霭，陡峭的山崖直插云霄。客居异地的诗人为往来奔波所苦，暂时休整一下步履来攀登此山，一直走到了渺无人烟的地方。世人在这里俗念尽泯，心境宁静。山中缭绕的云烟中交织着艳丽的彩虹，风吹松涛之声与水声汇成一片。远方茂密的树林掩盖的地方，隐约可见幽深的道观。不时有似来自仙界的鸟鸣之声传入耳中，唯独不见仙人的踪影。这种幽深之地曾吸引了许多贤达之人前来。孔门弟子公西葴就曾弃世来此隐居，其后宋国的季随逢亦步其踵。

虽然公西蒇和季随逢的时代距今已十分遥远，但诗人登山怀古，仍有异代知音之感。国家兴盛之时，象征祥瑞的神兽白鹿多次出现于此山中。思古抚今，诗人自己此时仍被一些俗务所牵缠，自己的家世素来以书史为重，年少时从师求学，成人后汲汲于富贵，整日忙于追求名利，无暇顾及像蒙山这样的桃源之美。诗人只能寄望于晚年重来蒙山，真正做一个像传说中的“羡门子”一样的仙人。

五、云门山

云门山位于青州城南 2.5 公里处，海拔 421 米。它北衔金凤山，南依劈山，东临磨脐山，向西与驼山隔着瀑水涧遥遥相望，以美丽、俊俏的身姿和特殊的地理环境而独具风貌。云门山早在隋、唐、宋时期就深受佛、道两家的青睐。山上有隋、唐石窟造像 5 处，石佛 272 尊，历代文人墨客、善男信女的题刻、碑碣遍布云门山摩崖。唐代诗人赵居贞有《云门山投龙诗》，其中描写自然风光的部分为：

> 晓登云门山，直上一千尺。绝顶弥孤耸，盘途几倾窄。前对竖裂峰，下临削成壁。阳巘灵芝秀，阴崖半天赤。大壑静不波，渺溟无际极。是时雪初霁，冱寒水更积。

赵居贞，定州鼓城（今河北晋州）人，天宝年间曾官北海郡太守。《全唐诗补编》收录其《云门山投龙诗》一首。这是一首纪实诗，写的是诗人于天宝十一载（752）在云门山投龙为唐玄宗祝寿之事。投龙，又称投龙简、投龙璧，是道教斋醮仪式中的一个环节，是将写有祈请者消罪愿望的文简和玉璧、金龙、金钮用青丝捆扎起来，分成山简、土简、水简三简告于神灵。山简封投于灵山之诸天洞府绝崖之中，奏告天官上元；土简埋于地里以告地官中元；水简投于潭洞水府以告水官下元。这天地水三官又称三元。这种告请三元的投简活动，目的是祈求神灵庇护。诗在序中交代了整个投龙的过程，有一定的史学价值，但该诗更主要的价值在于它描写了云门山的自然风光。从山脚到山顶，云门山足有千尺之高，山之绝顶格外突出高耸。通往山顶的小路崎岖狭窄，攀登在山路上，抬头仰望，头顶竖立着崩裂的山峰，回头俯视，脚下是刀削一般的悬崖峭壁。山之阳在阳光下像灵芝一样秀美，而山之阴只有一半沐浴在阳光下。悬崖峭壁下阳光照不到的深深沟壑波澜不惊，放眼望去似乎渺无边际。是时因为雪过初霁，再加上沟壑之水不见天日，显得极为寒冷。这首诗形象地描述出了云门山的高与险，也正是因为山之高与险才使得此山别有一种神秘和庄重的色彩，因而才被选为投龙之所。

六、滨海之景

齐鲁是滨海之地，有些到过齐鲁的唐代诗人们亦曾到过蓬莱、海曲（今山东日照）、莱州湾等滨海之地，因此在他们的作品中亦有着关于齐鲁滨海之景的零散描述，同时借助于这些景色诗人们也抒发了自己的内心情怀。这类作品比较具有代表性的包括骆宾王的《蓬莱镇》《海曲书情》《远使海曲春夜多怀》和高适的《送蔡少府赴登州推事》《同群公出猎海上》等。

《蓬莱镇》曰：

旅客春心断，边城夜望高。野楼疑海气，白鹭似江涛。结绶疲三入，承冠泣二毛。将飞怜弱羽，欲济乏轻舠。赖有阳春曲，穷愁且代劳。

蓬莱镇，在今山东蓬莱。汉为黄县地，属东莱郡，汉武帝于此望海中蓬莱山，因筑城以为名，唐贞观八年置蓬莱镇。骆宾王在春天出使途中经过此城，在晚上登高远眺，美丽的春景却没有让诗人产生欣喜之情。郊野的楼房时隐时现，疑似海市蜃楼，江水涌起的波涛似白鹭飞翔。三度出仕的经历让自己疲惫不堪，未及年老已满头白发。自己想要高飞但羽翼未丰，欲实现自己济世的理想却缺少贵人相助，只能在这里以一曲《阳春》之曲代抒劳瘁忧苦之情。

《海曲书情》曰：

薄游倦千里，劳生负百年。未能槎上汉，讵肯剑游燕。白云照春海，青山横曙天。江涛让双璧，渭水掷三钱。坐惜风光晚，长歌独块然。

此诗是诗人出使海曲时所作。当时作者由侍御史出任地方小吏，"怏怏失志，弃官而去"（《旧唐书》本传）。骆宾王尽管内心极度不情愿，但还是为了薄禄而不辞辛苦宦游距京城千里之外的海曲。他原本有着"致君尧舜"的远大理想，但如今既未能像海边人乘槎上天河一样在朝廷做事，亦未能携剑北游燕地以事武功。壮志未酬，心怀惆怅。看着眼前春天凌晨的海曲，白云倒映在海水中，青山横亘在天空上，诗人触景生情，联想到了两个与水有关的典故：秦始皇沉璧和项仲仙饮马投钱。前者出自《史记·秦始皇本纪》："（三十六年）秋，使者从关东夜过华阴平舒道，有人持璧遮使者曰：'为吾遗镐池君。'因言曰：'今年祖龙死。'使者问其故，因忽不见，置其璧去。使者奉璧，具以闻。始皇默然良久，曰：'山鬼固不过知一岁事也。'退言曰：'祖龙者，人之先也。'使御府视璧，乃二十八年行渡江所沉璧也。"①诗人用这一典故表达了对国家形势的担忧，表现出恋阙情结。后者出自《三辅黄图》："安陵清者有项仲仙，饮马渭水，每投三钱。"后用此典比喻为人廉洁而不损公肥私，骆宾王则借这个典故表达了自己高洁的情怀。但此时诗人只能徒劳地看着眼前的美好风光，抒发着自己的孤独寂寞和怀才不遇。

《远使海曲春夜多怀》曰：

> 长啸三春晚，端居百虑盈。未安胡蝶梦，遽切鲁禽情。别岛连寰海，离魂断戍城。流星疑伴使，低月似依营。怀禄宁期达，牵时匪徇名。艰虞行已远，时迹自相惊。

此诗亦是诗人出使海曲时所作。时值晚春，诗人避地海曲，内心忧虑万端，故以长啸以消之。此时诗人的心境就如同庄生梦蝴蝶和鲁鸟困于笼。《庄子·齐物论》："昔者庄周梦为胡蝶，栩栩然胡蝶也，自喻适志与！不知周也。俄然觉，则蘧蘧然周也。不知周之梦为胡蝶与，胡蝶之梦为周与？周与胡蝶，则必有分矣。此之谓物化。"②后因以"胡蝶梦"喻物我两忘的境界。此处指无端而被迫远使海曲的遭遇令骆宾王惘然。《庄子·至乐》："昔有海鸟止于鲁郊，鲁侯御而觞之于庙，奏《九韶》以为乐，具太牢以为膳，

---

① （西汉）司马迁撰，卢苇、张赞煦点校：《史记》，浙江古籍出版社2015年版，第46页。

② 陈才俊：《庄子全集》，海潮出版社2008年版，第37页。

鸟乃眩视忧悲，不敢食一脔，不敢饮一杯，三日而死。此以己养养鸟也，非以鸟养养鸟也。”①后因以“鲁禽”喻任性旷达之人。此处骆宾王以鲁鸟自喻，自己本是一个崇尚自由之人，如今却被拘牵在这偏远之地。眼前海岛成城的景象让诗人顿生漂泊之感，空中流星飞逝、弯月低垂的景象也引发了其孤寂之思。此次远行非为名利，而是身不由己，羁旅的艰难和海曲的荒僻都是自己未曾想到的。这首诗和《海曲书情》一样，都抒写了自己漂泊失意之感，更可贵的是描写了齐鲁的海滨景色。

《送蔡少府赴登州推事》曰：

胶东连即墨，莱水入沧溟。国小常多事，人讹屡抵刑。公才征郡邑，诏使出郊坰。标格谁当犯，风谣信可听。峥嵘大岘口，逦迤汶阳亭。地迥云偏白，天秋山更青。祖筵方卜昼，王事急侵星。劝尔将为德，斯言盖有听。

登州是古莱子之国，为东莱郡之地。后魏孝静帝分东莱于黄县东一百步中郎故城置东牟郡，高齐废。隋开皇三年改置牟州，大业三年废。武德初又置。此诗是高适于汶阳送蔡某赴登州审理狱讼之作。刘开扬评此诗曰：“诗谓登州与莱州接壤，为古胶东国地，海隅小国，民常犯法，蔡以有才见征，使出郊坰，采问风谣，人谁敢犯？去路遥远，自汶阳经大岘口而往，方欲祖饯，以王事甚急，戴星前行，劝君以德为贵，而有听于斯言也。”②

① 陈才俊：《庄子全集》，海潮出版社 2008 年版，第 248 页。

② 刘开扬：《高适诗集编年笺注》，中华书局 2000 年版，第 156 – 157 页。

《同群公出猎海上》曰：

畋猎自古昔，况伊心赏俱。偶与群公游，旷然出平芜。层阴涨溟海，杀气穷幽都。鹰隼何翩翩，驰骤相传呼。豺狼窜榛莽，麋鹿罹艰虞。高鸟下骍弓，困兽斗匹夫。尘惊大泽晦，火燎深林枯。失之有馀恨，获者无全躯。咄彼工拙间，恨非指踪徒。犹怀老氏训，感叹此欢娱。

此诗是天宝五载（746）秋高适在北海郡与李邕、杜甫等人畋猎之作。杜甫《壮游》诗中“冬猎青丘旁”之语亦指此次畋猎。海上，指今山东广饶，地近莱州湾。刘开扬先生评此诗曰：“首言自古畋猎（齐景公尝猎于此），况今心赏相同，而与诸人出游平燕之野。次叙海滨层阴，北地杀气，鹰隼喧聚驰飞。豺狼奔窜，麋鹿被捕，飞鸟随弓矢以落，困兽与猎夫犹斗。风尘起而大泽晦，火燎盛而深林枯，失之可憾，猎者多残。嗟彼猎者之有工拙，恨不能发踪指示兽处，然犹怀老子之训诲，‘驰骋畋猎令人心发狂’，当此欢愉之时，不胜感慨系之矣。”①

① 刘开扬：《高适诗集编年笺注》，中华书局2000年版，第169页。

第二章　唐代诗人与齐鲁圣贤文化

俗话说，一方水土养一方人，物华天宝、人杰地灵的齐鲁大地造就出一代又一代的英杰，这其中不乏堪称圣贤的伟大人物，如孔子、孟子、墨子、晏婴、管仲、颜渊、曾子、仲由、原宪、子贡、子由、诸葛亮等。这些圣贤人物的思想和事迹广为流传，也影响了一代又一代的唐代诗人，他们的思想和事迹对唐代诗人思想的形成以及人格的塑造也都起到了极其重要的作用。

第一节　唐代诗人对孔子的接受

作为一名伟大的思想家和教育家，孔子对后世产生了极其深刻的影响。唐朝虽然是一个思想相对比较开放的时代，儒释道等各种思想并存，但是对于绝大部分诗人来说，以孔孟思想为主导的儒家思想才是他们思想中的主导方面，这一点可以从唐诗中所运用的有关孔子的典故中得到充分的验证。

一、伤麟

《孔子家语·辩物》："叔孙氏之车士曰子钮商，采薪于大野，获麟焉，折其前左足，载以归，叔孙以为不祥，弃之于郭外。使人告孔子曰：'有麕而角者，何也？'孔子往观之，曰：'麟也。胡为来哉？胡为来哉？’反袂拭面，涕泣沾衿。叔孙闻之，然后取之。子贡问曰：‘夫子何泣尔？’孔子曰：‘麟之至，为明王也，出非其时而见害，吾是以伤焉。’”①麒麟是古代传说中的仁兽、瑞兽，常用来比喻才能杰出的人，而以“伤麟”或“悲麟”“泣麟”等感叹不得其时，不能施行正道。

李白和杜甫对“伤麟”之典都体会颇深。李白在《答王十二寒夜独酌有怀》中写道：“孔圣犹闻伤凤麟，董龙更是何鸡狗。”王十二是李白的朋友，他有一首《寒夜独酌有怀》的诗赠李白，李白这首诗是答诗，大约写于天宝八载（749），这已是李白二入长安以后的事。此时朝廷中是奸臣李林甫当权，政治环境极其险恶，忠义之士被杀被贬者无数，李白用“伤麟”之典，表达了对那些不得其时的忠义之士的同情。作为一个能“扶摇直上九万里”（《上李邕》）的大鹏式人物，在这种险恶的政治环境里，李白也毫无用武之地，因此李白用“伤麟”叹时也是一种自我慨叹。对于李白的怀才不遇，作为好友的杜甫也颇为同情，在他的《寄李十二白二十韵》中，杜甫就曾写道：“几年遭鹏鸟，独泣向麒麟。”杜甫和李白友情甚笃，时在蜀地的杜甫在闻听李白被朝廷放逐的消息后，便写下了这首诗安慰对方，叹惋其生不逢时的命运。杜甫用“伤麟”之典伤李白，也用它来自伤。在《夔府书怀四十韵》中，杜甫写道：“豺遘哀登楚，麟伤泣象尼。”这首诗写安史之乱后的个人经历和社会状况，“麟伤泣象尼”的意思是，自己像象尼（孔子）一样，因对现实失望而哭泣。在《敬寄族弟唐十八使君》中，杜甫又写道：“鸾凤有铩翮，先儒曾抱麟。”大历三年（758），杜甫离开寓居一年多的夔州前往江陵，此时的杜甫内心向往着朝廷，但无奈“归朝跼

① 杨朝明、宋立林：《孔子家语通解》，齐鲁书社 2009 年版，第 205 页。

病肺”,因为严重的肺病而使自己壮志不能酬,此时的唐使君被贬施州(今湖北恩施),同样正经历人生的失意,杜甫以孔子的“抱麟”之典关合双方,写出了自己和唐使君相似的命运,也是对人对己的安慰。用“伤麟”之典自伤或伤人的例子还有李白《鞠歌行》中的“二侯行事在方册,泣麟老人终困厄”、李商隐《赠送前刘五经映三十四韵》中的“泣麟犹委吏,歌凤更佯狂”、李隆基《经邹鲁祭孔子而叹之》中的“叹凤嗟身否,伤麟怨道穷”、孟郊《寄张籍》中的“夫子亦如盲,所以空泣麟”、卢纶《同兵部李纾侍郎刑部包佶侍郎哭皇甫侍御曾》中的“攀龙与泣麟,哀乐不同尘”、鲍溶《寓兴》中的“鲁圣虚泣麟,楚狂浪歌凤”等。

二、偃草

“偃草”亦称“草偃”,语出《论语・颜渊》:“季康子问政于孔子,曰:‘如杀无道,以就有道,何如?’孔子对曰:‘子为政,焉用杀?’子欲善而民善矣。君子之德风,小人之德草。草上之风,必偃。”[①]后用以比喻道德教化见成效。

李绅在《拜三川守》中写道:“风变市儿惊偃草,雨晴郊薮谬随车。”三川守,即河南尹,李绅于开成元年(841)四月出任河南尹。李绅上任之前,河南正面临两大考验,一是正值大旱:“是月,自春不雨,已逾六旬。”(《拜三川守》序,下同)二是恶少横行:“里巷比多恶少,皆免帽散衣,聚为群斗;或差肩追绕击大球,里言谓之‘打棍谙论’,士庶苦之。车马逢者不敢前,都城为患日久。”李绅到任之后,先是解决了天灾问题,自己亲自求雨,使得天降甘霖,“此日谢恩,未诣公府,驰祷龙祠。止九日,大降膏泽,连霪浃日,时苗顿

① 杨伯峻:《论语译注》,中华书局2016年版,第137页。

茂”。而后又解决了人祸问题，让那些恶少都变成了负贩（小商贩），“又诏下之日，此辈皆失所在，却归负贩之业，闾里间无复前患”。李绅自豪地用“偃草”之典写出这种风调雨顺、国泰民安的局面，也在一定程度上表现出他对民生疾苦的关注。与此类似的例子还有李中《和浔阳宰感旧绝句五首》中的“政化有同风偃草，更将馀力拯孤寒”、刘禹锡《和杨侍郎初至郴州纪事书情题郡斋八韵》中的“里闾风偃草，鼓舞抃成雷”、刘禹锡《酬郑州权舍人见寄二十韵》中的“风行能偃草，境静不争桑”、权德舆《奉和李相公早朝于中书候传点偶书所怀奉呈门下相公中书相公》中的“化成风偃草，道合鼎调梅”、卢纶《寄赠库部王郎中》中的“草木承风偃，云雷施泽均”、窦常《奉使西还早发小涧馆寄卢滁州迈》中的“清风时偃草，久旱或为霖”、羊士谔《郡斋读经》中的“偃草怀君子，移风念啬夫”等。

三、富贵浮云

《论语·述而》：“子曰：‘饭疏食，饮水，曲肱而枕之，乐亦在其中矣。不义而富且贵，于我如浮云。’”[①]后因以“富贵浮云”指富贵利禄变幻无常，不足看重。

杜甫《丹青引赠曹将军霸》中写道：“丹青不知老将至，富贵于我如浮云。”广德二年（764），居于成都草堂的杜甫与被削籍为平民而流落成都的曹霸相见，有感于曹霸命运的变化，杜甫写下了此诗。曹霸是“将军魏武之子孙”，这样的出身却“于今为庶为清门”，这是家世的变化。而曹霸的一生也经历了类似的变化，作为一个以工于骏马和人物肖像的著名画家，安史之乱之前他的命运

---

① 杨伯峻：《论语译注》，中华书局2016年版，第62页。

是:“开元之中常引见,承恩数上南薰殿。”安史之乱之后他的命运是:“即今飘泊干戈际,屡貌寻常行路人。”这种变化使曹霸深刻体会到富贵利禄的变幻无常,而杜甫对这一点也深有体会,杜甫也曾有过“曳裾置醴地,奏赋入明光。天子废食召,群公会轩裳”(《壮游》)的辉煌,而如今也和曹霸一样过着十分落魄的生活,因此“富贵于我如浮云”的感叹不仅只针对曹霸,同时也是杜甫的自我感叹。在另一首诗《狂歌行赠四兄》中,杜甫又写道:“兄将富贵等浮云,弟切功名好权势。”此诗是杜甫经过嘉州(今四川乐山),与在此的一位族兄相遇,写给对方的赠诗。诗以赞赏的语气描写了一位“将富贵等浮云”的高人,也从侧面反映出杜甫对“富贵浮云”思想的接受。类似的例子还有刘商《题刘偃庄》中的“何事退耕沧海畔,闲看富贵白云飞”、崔峒《刘展下判官相招以诗答之》中的“背恩惭皎日,不义若浮云”、齐己《答崔校书》中的“雪色衫衣绝点尘,明知富贵是浮云”等。

四、沮溺

《论语·微子》:“长沮、桀溺耦而耕,孔子过之,使子路问津焉。长沮曰:‘夫执舆者为谁?’子路曰:‘为孔丘。’曰:‘是鲁孔丘与?’曰:‘是也。’曰:‘是知津矣。’问于桀溺,桀溺曰:‘子为谁?’曰:‘为仲由。’曰:‘是鲁孔丘之徒与?’对曰:‘然。’曰:‘滔滔者天下皆是也,而谁以易之?且而与其从辟人之士也,岂若从辟世之士哉?’耰而不辍。子路行以告。夫子怃然曰:‘鸟兽不可与同群,吾非斯人之徒与而谁与?天下有道,丘不与易也。’”[①]后诗文中常以“沮溺”借指避世隐士,表达隐逸思想。

---

① 杨伯峻:《论语译注》,中华书局2016年版,第75页。

唐代诗人多以肯定的态度接受“沮溺”这一典故。如韩愈在《忆昨行和张十一》一诗的结尾处写道:“君当先行我待满,沮溺可继穷年推。”此诗作于元和元年(806),时韩愈在贬所江陵(今属湖北荆州),和众多处于贬谪时期的文人一样,此时的韩愈也产生了浓厚的隐逸思想,并享受着这种思想带给他的乐趣。汪佑南在《山泾草堂诗话》中评曰:“以耦耕作结,自有无穷乐事。不说破乐字,而乐在其中矣。”[①]与此类似的例子还有张碧《山居雨霁即事》中的“有待时未知,非关慕沮溺”、李德裕《忆平泉杂咏忆春耕》中的“无因共沮溺,相与事岩耕”、李绅《忆登栖霞寺峰》中的“滔滔可问津,耕者非长沮”、王维《皇甫岳云溪杂题五首上平田》中的“借问问津者,宁知沮溺贤”、王维《赠东岳焦炼师》中的“不能师孔墨,何事问长沮”、耿沣《东郊别业》中的“若问幽人意,思齐沮溺贤”、钱起《自终南山晚归》中的“沮溺时返顾,牛羊自相引”、陶翰《晚出伊阙寄河南裴中丞》中的“岂念嘉遁时,依依偶沮溺”、韦应物《秋郊作》中的“方愿沮溺耦,淡泊守田庐”等。与大部分唐代诗人对“沮溺”这一典故持肯定意见不同,李白独辟蹊径,对这一典故表达的思想进行了批判性的接受,他在《赠何七判官昌浩》一诗的结尾处写道:“终与同出处,岂将沮溺群。”表达了自己想和何七判官一起在边疆立功,而非像沮溺一样隐居终生的积极向上思想。

五、系匏

《论语·阳货》:“佛肸召,子欲往。子路曰:‘昔者由也闻诸夫子曰:亲于其身为不善者,君子不入也。佛肸以中牟畔,子之往

---

① 钱仲联:《韩昌黎诗系年集释》,上海古籍出版社 1998 年版,第 381 页。

也，如之何？’子曰：‘然有是言也，不曰坚乎磨而不磷，不曰白乎涅而不缁。吾岂匏瓜也哉？焉能系而不食？’”[①]后用“系匏”比喻隐居未仕或弃置闲散。

对“系匏”之做法，有人持肯定态度，如韩偓在《有感》中写道：“坚辞羽葆与吹铙，翻向天涯困系匏。”“羽葆”是帝王仪仗中以鸟羽连缀为饰的华盖，此处作为天子的代称。“铙”是古代的一种乐器，“吹铙”在这里指的是富贵的生活。韩偓拒绝荣华富贵的生活，而一心追求“系匏”式的无忧无虑的闲适生活，表现出一种不与世俗同流合污的高洁情怀。有类似思想的还有薛能《许州题观察判官厅》中的“三载从戎类系匏，重游全许尚分茅”和欧阳詹《初发太原途中寄太原所思》中的“流萍与系匏，早晚期相亲”。也有人对“系匏”之做法持否定态度。如孙逖在《和左卫武仓曹卫中对雨创韵赠右卫李骑曹》中写道：“道合宜连茹，时清岂系匏。”隐居不仕应该是政治黑暗时期士子们的一种无奈做法，而如今政治清明，岂能像“系匏”一样逃避现实，这表现了作者的一种积极进取的态度。类似的例子还有元稹《江边四十韵》中的“相顾忧为鳖，谁能复系匏”。

六、东家丘

《孔子家语·五仪解》：“公曰：‘何谓圣人？’孔子曰：‘所谓圣人者，德合于天地，变通无方。穷万事之终始，协庶品之自然，敷其大道而遂成情性。明并日月，化行若神。下民不知其德，睹者不识其邻。此谓圣人也。’”[②]其中的“睹者不识其邻”逐渐演变成

---

① 杨伯峻：《论语译注》，中华书局 1980 年版，第 205－206 页。

② 杨朝明、宋立林：《孔子家语通解》，齐鲁书社 2009 年版，第 59 页。

“东家丘”之典，指对人缺乏认识，缺乏了解。后常用为才高而不被世人所识者的典故，喻指圣贤未被世人认识。

李白在《送薛九被谗去鲁》中写道：“宋人不辨玉，鲁贱东家丘。”此诗当作于天宝年间李白离开长安之后，是为遭受诬陷而被贬谪的朋友薛九而写，用“东家丘”之典写出了对薛九虽有一身才华但不被天子认可的现实，表现了作者对小人进谗言导致人才发挥不了作用以及社会的严重不公平现象的极大愤慨。与此类似的例子还有严维《余姚祗役奉简鲍参军》中的“知己欲依何水部，乡人今正贱东丘”、杜甫《陪郑广文游何将军山林十首》（其四）中的“尽捻书籍卖，来问尔东家”、高适《别从甥万盈》中的“宅相予偏重，家丘人莫轻”、高适《鲁西至东平》中的“问津见鲁俗，怀古伤家丘”等。

七、哭寝门

《礼记·檀弓上》：“伯高死于卫，赴于孔子。孔子曰：‘吾恶乎哭诸？兄弟，吾哭诸庙；父之友，吾哭诸庙门之外；师，吾哭诸寝；朋友，吾哭诸寝门之外。’”①后用“哭寝门”表示对朋友的哀悼。

李商隐在《哭刘蕡》中写道：“平生风义兼师友，不敢同君哭寝门。”此诗当作于唐宣宗大中三年(849)。刘蕡于唐文宗大和二年(828)应贤良方正直言极谏科考试未第。后来令狐楚、牛僧孺均曾召用他为从事。后得授秘书郎，以师礼待之。李商隐与他在令狐楚幕中相识，因志同道合而相交颇深。唐武宗会昌元年(841)，刘蕡因宦官诬陷以罪，被贬为柳州司户参军。大中元年(847)才

---

① 杨天宇：《礼记译注》，上海古籍出版社2004年版，第69页。

从贬所放还。大中二年(848)春,李商隐由江陵返回桂林郑亚幕府途中,与自贬所放还的刘蕡相遇,曾作诗相赠。第二年秋天,刘蕡客死于浔阳。对刘蕡贬谪而冤死,李商隐是极为悲痛的。当时李商隐正在长安,听到噩耗后,一连写了四首诗哭吊。这是其中一首。诗以"哭寝门"之典表达了对刘蕡含冤被贬客死他乡的伤悼之情,诗人同时也宣泄了内心对朝廷的失望与痛心,表达了诗人对国家前途的担忧,对黑暗政治的强烈抗议。相似的例子还有孟郊《哭李丹员外并寄杜中丞》中的"十年同在平原客,更遣何人哭寝门"、鲍溶《过薛舍人旧隐》中的"寝门来哭夜,此月小祥初"等。

八、东西南北人

《礼记 · 檀弓上》:"今丘也,东西南北之人也,不可以弗识也。"[①]后因以"东西南北人"或"南北人"指居无常处、行踪不定的人。

高适在《人日寄杜二拾遗》中写道:"龙钟还忝二千石,愧尔东西南北人。"此诗作于上元二年(761)人日这天,当时高适任蜀州(治所在今四川崇庆)刺史,杜甫居于成都。高适和杜甫早在开元末年就成了意气相投的朋友,乾元二年(759),高适出为彭州刺史,而杜甫则于上元元年(760)春天到达成都。高适立即从彭州寄诗问讯,杜甫从成都赶去彭州看望过高适。这时,高适六十一岁,杜甫四十九岁,他乡遇故知,短暂的聚会,更加深了别后的相思。到了上元二年(761)人日这天,高适写了这诗,寄到成都草堂。诗中以孔子的"东西南北人"比杜甫,充分表现了高适对正处

① 杨天宇:《礼记译注》,上海古籍出版社 2004 年版,第 56 页。

于漂泊流离生活中的杜甫的深刻同情。杜甫看到这首诗时，竟至“泪洒行间，读终篇末”（《追酬高蜀州人日见寄并序》）。其后杜甫在宝应元年（762）创作的《谒文公上方》中，自称“甫也南北人，芜蔓少耘锄”。当时，杜甫已离开成都，客居梓州，生活较在成都时更加漂泊不定，因此对高适曾把他称作“东西南北人”体会更深，于是也用“南北人”以自比。与此类似的例子还有李频《过四皓庙》中的“东西南北人，高迹自相亲”、崔道融《杨柳枝词》中的“雾撚烟搓一索春，年年长似染来新。应须唤作风流线，系得东西南北人”等。

九、磷缁

“磷缁”，语出《论语·阳货》：“不曰坚乎？磨而不磷；不曰白乎？涅而不缁。”[①]磷，谓因磨而薄；缁，谓因染而黑。后因以比喻受外界条件的影响而起变化。唐代诗人对这一典故的接受多取其否定用法，用“不磷缁”“未磷缁”表现不受外界影响而起变化的品质。

杜甫在《暮春江陵送马大卿公恩命追赴阙下》中写道：“吾贤富才术，此道未磷缁。”说的是自己对贤德与才学的追求一直未曾改变。在另一首诗《别崔潩因寄薛据孟云卿》中，杜甫又写道：“如何久磨砺，但取不磷缁。”意即无论外界的环境发生多大的变化，自己坚信不疑的东西始终都不会改变。与此类似的例子还有羊士谔《和肖侍御监祭白帝城西村寺斋沐览镜有怀吏部孟员外并见赠》中的“南宫有高步，岁晏岂磷缁”、钱起《白石枕》中的“比德无磷缁，论交亦如此”等。而在另外两个例子“波澜暗超忽，坚白亦

---

① 杨伯峻：《论语译注》，中华书局2016年版，第195页。

磷缁”（武元衡《秋日对酒》）和“岁阳初盛动，王化久磷缁”（杜甫《暮冬送苏四郎徯兵曹适桂州》）中，“磷缁”一词用的是本义，前者指安史之乱给社会造成的破坏性变化，后者指大历四年（769）在桂州（今广西桂林）发生的朱济之乱给桂州造成的破坏。也正是因为如此，朝廷才派苏徯前往桂州协助平叛。这两个例子中的“磷缁”表达出了变化之义，也透露出武元衡和杜甫对国家形势的关注。

十、盗泉

《水经注 · 洙水》：“洙水西南流，盗泉水注之，泉出卞城东北，卞山之阴。《尸子》曰：‘孔子至于胜母，暮矣而不宿；过于盗泉，渴矣而不饮；恶其名也。’故《论语撰考谶》曰：‘水名盗泉，仲尼不漱，即斯泉矣。’”①后用“盗泉”喻恶势力，或表示不义之物。

白居易在《感鹤》中写道：“饥不啄腐鼠，渴不饮盗泉。”这是白居易为官早期的作品，此时的白居易具有宝剑一样“可使寸寸断，不能绕指柔”（《李都尉古剑》）的品质。此诗借鹤言志，通过描写鹤对“盗泉”之类的邪恶之处避之唯恐不及的行为来刻画自己品行的高洁。李白在《赠宣城宇文太守兼呈崔侍御》中写道：“回车避朝歌，掩口去盗泉。”诗句用对“盗泉”的厌恶表达李白对宇文太守和崔侍御不与邪恶势力同流合污的高尚品质的认同。与此类似的例子还有沈佺期《移禁司刑》中的“盗泉宁止渴，恶木匪投躯”、李咸用《遣怀》中的“莫饮盗泉水，无为天下先”、郑谷《前寄左省张起居一百言》“鬓秃趋荣路，肠焦鄙盗泉”等。

---

① （北魏）郦道元：《水经注》，时代文艺出版社 2001 年版，第 201 页。

十一、丧家狗

《史记·孔子世家》:"孔子适郑,与弟子相失,孔子独立郭东门。郑人或谓子贡曰:'东门有人,其颡似尧,其项类皋陶,其肩类子产,然自要以下不及禹三寸。累累若丧家之狗。'子贡以实告孔子。孔子欣然笑曰:'形状,末也。而谓似丧家之狗,然哉!然哉!'"[①]后来人们常用"丧家狗"喻失意落魄的窘境。

杜甫在《奉赠李八丈判官》中写道:"真成穷辙鲋,或似丧家狗。"这是杜甫晚年流寓潭州时的作品,此时的杜甫远离官场,多年来更多的是靠亲友的接济维持一家老小的生计,而在潭州,他基本得不到亲友的帮助,生活之艰难可想而知。诗中他将自己比作"丧家狗",十分形象地写出了自己的窘境,有点摇尾乞怜的味道,读来令人心酸。在《将适吴楚留别章使君留后兼府诸公得柳字》中,杜甫亦写道:"昔如纵壑鱼,今如丧家狗。"杜甫再一次自比为"丧家狗",恰切地写出了杜甫即将离开蜀地与故交分别时惶惶然的心态。类似的例子还有卢仝《冬行三首》(其二)中的"可怜圣明朝,还为丧家狗"、元稹《酬乐天得微之诗知通州事因成四首》(其四)中的"饥摇困尾丧家狗,热暴枯鳞失水鱼"等。

十二、席珍

"席珍",或名"席上珍""席上儒",指的是座席上的珍宝。《礼记·儒行》:"哀公命席,孔子侍曰:'儒有席上之珍以待聘,夙夜强学以待问,怀忠信以待举,力行以待取,其自立有如此者。'"[②]

---

① (西汉)司马迁:《史记》,中华书局 1963 年版,第 1921 页。
② 杨天宇:《礼记译注》,上海古籍出版社 2004 年版,第 297 页。

后用以比喻儒者美善的才学。

唐代文人对“席珍”这一典故的运用主要体现在两个方面：一是直接用本意，如李世民《赋得樱桃》中的“昔作园中实，今来席上珍”、杜甫《赠王二十四侍御契四十韵》中的“出入并鞍马，光辉参席珍”、杜甫《寄张十二山人彪三十韵》中的“流转依边徼，逢迎念席珍”等；二是用其比喻义，因其比喻义含义更加深刻，因此用得更多，如李隆基《左丞相说右丞相璟太子乾耀同日上官命宴东堂赐诗》“我有握中璧，双飞席上珍”、李隆基《集贤书院成送张说上集贤学士赐宴得珍字》中的“广学开书院，崇儒引席珍”、杜甫《上韦左相二十韵》中的“岂是池中物，由来席上珍”、杜甫《寄薛三郎中》中的“闻子心甚壮，所遇信席珍”、权德舆《哭刘四尚书》中的“理析寰中妙，儒为席上珍”、权德舆《奉和许阁老酬淮南崔十七端公见寄》中的“自得环中辨，偏推席上儒”、独孤及《三月三日自京到华阴于水亭独酌寄裴六薛八》中的“裴子尘表物，薛侯席上珍”等。

十三、朽株

“朽株”，亦作亦作“朽木不可雕”。意即腐烂的木头无法雕刻。语出《论语·公冶长》：“宰予昼寝，子曰：‘朽木不可雕也，粪土之墙不可圬也。于予与何诛？’”①后用以比喻人不可造就或事物及局势败坏至不可救药的地步。

白居易在《病中诗十五首之初病风》中写道：“朽株难免蠹，空穴易来风。”此时白居易的身体就像“朽株”一样，很容易疾病缠身，但在疾病面前诗人却无能为力。元稹在《酬乐天东南行诗一

① 杨伯峻：《论语译注》，中华书局2016年版，第48页。

百韵》中写道:“数子皆奇货,唯予独朽株。”眼看着“数子”如“奇货”般受到重视,而自己却如“朽株”般无人理睬,通过对比,表达了元稹对人生失意的无奈。类似的例子还有王绩《薛记室收过庄见寻率题古意以赠》中的“朽木不可雕,短翮将焉摅”、白居易《又答贺客》中的“似挂绯衫衣架上,朽株枯竹有何荣”等。

十四、芝兰室

《孔子家语·六本》:“与善人居,如入芝兰之室,久闻而不知其香,即与之化矣。”①后以喻贤士之所居,亦指助人从善的环境。

高适在《同房侍御山园新亭与邢判官同游》中写道:“忝游芝兰室,还对桃李阴。”用“芝兰室”既赞美了山园新亭之美,也赞美了山园主人之贤,同时又是对同游山园的友人房侍御和邢判官的赞美,也透露出了自己的高洁品质。与此类似的例子还有权德舆《户部王曹长……因书所怀且叙所知》中的“宿昔芝兰室,今兹鸳鹭行”、刘禹锡《和重题》中的“水榭芝兰室,仙舟鱼鸟情”、崔邠《礼部权侍郎阁老史馆张秘监阁老有离合酬赠之什宿直吟玩聊继此章》中的“坐更芝兰室,千载各芬芳”、白居易《六年春赠分司东都诸公》中的“行接鸳鹭群,坐成芝兰室”、卢纶《书情上大尹十兄》中的“芳室芝兰茂,春蹊桃李开”、郑孺华《赋得生刍一束》中的“芝兰方入室,萧艾莫同途”等。

十五、绝编

绝编,亦称“韦编”,语出《史记·孔子世家》:“孔子晚而喜《易》,序《彖》《系》《象》《说卦》《文言》。读《易》,韦编三绝。曰:

---

① 杨朝明、宋立林:《孔子家语通解》,齐鲁书社 2009 年版,第 187 页。

'假我数年,若是,我于易则彬彬矣。'"[①]韦,熟牛皮;韦编,用熟牛皮绳把竹简编联起来;三,概数,表示多次;绝,断。孔子为读《易》而翻断了多次牛皮带子的简。后用以比喻读书勤奋或指绝学。

崔日知在《冬日述怀奉呈韦祭酒张左丞兰台名贤》中写道:"孔壁采遗篆,周韦考绝编。"全诗都是在向一些前辈描述自己学习之艰辛与刻苦,用孔子的"绝编"之典旨在起到画龙点睛的作用。类似的例子还有许浑《元处士自洛归宛陵山居见示詹事相公饯行之什因赠》中的"紫霄峰下绝韦编,旧隐相如结袜前"、周弘亮《除夜书情》中的"还伤知候客,花景对韦编"、陆希声《阳羡杂咏十九首讲易台》中的"年逾知命志尤坚,独向青山更绝编"。而在另外两个例子"志业尝探绝编义,风尘虚作弃繻生"(权德舆《送殷卿罢举归淮南旧居》)和"就学缉韦编,铭心对敧器"(权德舆《郊居岁暮因书所怀》)中,"绝编"和"韦编"指的是绝学。

十六、鲤庭

《论语·季氏》:"(孔子)尝独立,鲤趋而过庭。曰:'学诗乎?'对曰:'未也。''不学诗,无以言。'鲤退而学诗。他日,又独立,鲤趋而过庭。曰:'学礼乎?'对曰:'未也。''不学礼,无以立。'鲤退而学礼。"[②]鲤,即孔子之子伯鱼。后因以"鲤庭"或"趋庭"谓子承父教,或泛指晚辈受师长教育。

李白《送萧三十一之鲁中兼问稚子伯禽》"高堂倚门望伯鱼,鲁中正是趋庭处。"伯禽是李白唯一的儿子,写此诗时,李白居于

---

① (西汉)司马迁:《史记》,中华书局 1963 年版,第 1937 页。

② 杨伯峻:《论语译注》,中华书局 2016 年版,第 188 – 189 页。

江南,而伯禽居于东鲁(今山东兖州),当得知朋友萧三十一即将前往鲁中时,李白托对方前往看望一下儿子伯禽。李白非常关心伯禽,也对他有很高的期望值,借用"趋庭"之典表现出李白对伯禽的期望是其能够子承父业,也在文学上有所造诣。杜甫在《登兖州城楼》中写道:"东郡趋庭日,南楼纵目初。"开元二十四年(736),杜甫在科举失利后漫游齐鲁,时杜甫的父亲杜闲任兖州司马,杜甫便到兖州探看父亲。诗用"趋庭"之典,意在表明杜甫希望能够继承家族"奉儒守官"的传统,也表现出杜甫对父亲的尊重。与此类似的例子还有刘禹锡《酬郑州权舍人见寄二十韵》中的"鲤庭传事业,鸡树遂翱翔"、姚鹄《送李潜归绵州觐省》中的"谁比趋庭恋,骊珠耀彩衣"、姚鹄《送程秀才下第归蜀》中的"莫滞趋庭恋,荣亲祗待君"、孟郊《子庆诗》中的"凤兮且莫叹,鲤也会闻诗"、张垍《奉和岳州山城》中的"悬榻迎宾下,趋庭学礼闻"、朱湾《逼寒节寄崔七》中的"他日趋庭应问礼,须言陋巷有颜回"、李端《慈恩寺怀旧》中的"鲤庭埋玉树,那忍见门人"、杜甫《送大理封主簿五郎》中的"禁脔去东床,趋庭赴北堂"、杨汝士《宴杨仆射新昌里第》中的"文章旧价留鸾掖,桃李新阴在鲤庭"、权德舆《送崔端公郎君入京觐省》中的"过庭若有问,一为说漳滨"、赵嘏《送友人郑州归觐》中的"为有趋庭恋,应忘道路赊"、钱起《登刘宾客高斋》中的"日陪鲤也趋文苑,谁道门生隔绛纱"、钱起《送田仓曹归觐》中的"节下趋庭处,秋来怀橘情"、钱起《送韦信爱子归觐》中的"借问还珠盈合浦,何如鲤也入庭闱"等。

十七、固穷

"固穷",意即信守道义,安于贫贱穷困。语出《论语·卫灵公》:“子曰:‘君子固穷,小人穷斯滥矣。’”①

对于“固穷”这一典故,有的诗人正面用典,如晚唐诗人于濆在《富农诗》中写道:“自乐固穷心,天意在何处。”这首诗刻画了一个为富不仁的吝啬鬼形象,诗中的富者“仓中有饱鼠”,而他的西邻有一个“蓬蒿绕环堵”的原宪式人物,二者形成鲜明的对比。于濆长期生活在社会下层,因此这个原宪式人物也可以看成是于濆自己。面对如此巨大的贫富差距,于濆用孔子的“固穷”之典以抒发自己安于贫贱穷困的高洁情怀,也揭露出贫富不均的社会现实。郑谷在《深居》中写道:“吾道有谁同,深居自固穷。”在隐居的日子里,虽然贫困,但郑谷安于现状,不与世俗同流合污,表现了一种洁身自好的情怀。与此类似的例子还有李咸用《西门行》中的“君子当固穷,无为仲由滥”、白居易《赠内》中的“黔娄固穷士,妻贤忘其贫”、柳宗元《游南亭夜还叙志七十韵》中的“处贱无溷浊,固穷匪淫慆”等。但也有诗人反向用典,如杜甫在《前出塞九首》(其九)中写道:“丈夫四方志,安可辞固穷。”面对“中原有斗争,况在狄与戎”的国家形势,杜甫借一个被征士兵之口说出了自己的观点:大丈夫志在四方,怎能以“固穷”为借口逃避那些必然要面对的困难以及应当承担的责任?与此类似的例子还有孟浩然《书怀贻京邑同好》中的“感激遂弹冠,安能守固穷”、张九龄《杂诗五首》(其五)中的“道家贵至柔,儒生何固穷”等。

十八、起予

《论语·八佾》:“子曰:‘起予者,商也,始可与言《诗》已矣。’”②

---

① 杨伯峻:《论语译注》,中华书局 2016 年版,第 170 页。

② 杨伯峻:《论语译注》,中华书局 2016 年版,第 26 页。

后因用“起予”为启发自己之意。

杜甫在《贻华阳柳少府》中写道：“起予幸斑白，因是托子孙。”这是杜甫客居夔州时的作品，题目中的柳少府曾任华阳县尉（少府是县尉的别称），此时卸任客居夔州，两人相聚之时，杜甫听柳少府议论军国大事，深感其肝胆照人，想起“起予”之典，所以想以子孙相托。在另一首诗《赠李八秘书别三十韵》中，杜甫又写道：“触目非论故，新文尚起予。”慨叹所见到的都不是旧交，只有李秘书的新诗尚能给自己启迪。与此类似的例子还有杜甫《秋日荆南送石首薛明府辞满告别奉寄薛尚书颂德叙怀斐然之作三十韵》中的“努力输肝胆，休烦独起予”、权德舆《酬崔千牛四郎早秋见寄》中的“起予览新诗，逸韵凌秋空”、独孤及《答李滁州见寄》中的“终日望君休汝骑，愧无堪报起予篇”、窦常《酬舍弟牟秋日洛阳官舍寄怀十韵》中的“玉立知求己，金声乍起予”、羊士谔《郡中端居有怀袁州王员外使君》中的“青眼真知我，玄谈愧起予”、韩愈《从潮州量移袁州张韶州端公以诗相贺因酬之》中的“将经贵郡烦留客，先惠高文谢起予”等。

十九、逝川

“逝川”，又作“逝水”或“逝波”，意为一去不返的江河之水。语出《论语·子罕》：“子在川上曰：‘逝者如斯夫，不舍昼夜。’”① 后用以比喻流逝的光阴。

杜甫在《少年行》（其二）中写道：“巢燕养雏浑去尽，江花结子已无多。黄衫年少来宜数，不见堂前东逝波。”巢中的燕子带着雏燕差不多都飞走了，江边的花也结了籽，剩下的花朵不多了。

---

① 杨伯峻：《论语译注》，中华书局 2016 年版，第 98 页。

美好的春天即将逝去，因此穿着华贵服装的年轻人应该多来游赏，因为好时光就像东逝的流水，一去不复返。杜甫借春之易逝劝告年轻人要珍惜美好的青春年华。孟郊在《达士》中亦写道："四时如逝水，百川皆东波。青春去不还，白发摄更多。"用滔滔东流的河水比喻不断流逝的时间，带有无可奈何的情绪。唐代诗人对这一典故的接受极其普遍，类似的例子还有钱起《故相国苗公挽歌》中的"盛业留青史，浮荣逐逝波"、贾岛《送玄岩上人归西蜀》中的"去腊催今夏，流光等逝波"、鲍溶《经旧游》中的"叹息追古人，临风伤逝波"、储光羲《陆著作挽歌》中的"昔为昼锦游，今成逝川路"、于武陵《感情》中的"西沉浮世日，东注逝川波"、刘沧《经曲阜城》中的"行经阙里自堪伤，曾叹东流逝水长"、吴筠《寄白龙洞刘道人》中的"延年之道既无计，不免将身归逝水"、吴融《子规》中的"举国繁华委逝川，羽毛飘荡一年年"、孙逖《丹阳行》中的"英雄倾夺何纷然，一盛一衰如逝川"、崔曙《登水门楼见亡友张贞期题望黄河诗因以感兴》中的"人随川上逝，书向壁中留"、徐浩《宝林寺作》中的"逝川惜东驶，驰景怜西颓"、李白《古风》中的"逝川与流光，飘忽不相待"、李白《自溧水道哭王炎三首》中的"溧水通吴关，逝川去未央。故人万化尽，闭骨茅山冈"、李群玉《哭郴州王使君》中的"东山妓逐飞花散，北海尊随逝水空"、李群玉《长沙开元寺昔与故长林侍御题松竹联句》中的"逝川前后水，浮世短长生"、王勃《秋江送别二首》中的"已觉逝川伤别念，复看津树隐离舟"、王维《过沈居士山居哭之》中的"逝川嗟尔命，丘井叹吾身"、释皎然《同李洗马入余不溪经辛将军故城》中的"苍然古溪上，川逝共凄其"、释皎然《哭觉上人》中的"昨得耶溪信，翻为逝水悲"、皎然《经仙人渚即沈山下古人沈义白日升仙处》中的"如今成逝水，翻使恨流年"、苏颋《夜闻故梓州韦使君明当引绋感而成章》中的“讵期危露尽，相续逝川流”、贯休《山居诗二十四首》中的“自古浮华能几几，逝波终日去滔滔”、贯休《山居诗二十四首》中的“举世只知嗟逝水，无人微解悟空花”、贯休《追忆冯少常》中的“盛德方清贵，旋闻逐逝波”、骆宾王《晚渡黄河》中的“谁堪逝川上，日暮不归魂”、齐己《乱中闻郑谷吴延保下世》中的“小谏才埋玉，星郎亦逝川”等。

二十、闻韶忘味

“闻韶忘味”，语出《论语·述而》：“子在齐闻《韶》，三月不知肉味，曰：‘不图为乐之至于斯也。’”[①]后以“闻韶”喻听到或看到极美妙、极向往的音乐或事物。以“闻韶忘味”指对事物喜爱到入迷的地步。

韩愈在《送惠师》中写道：“微风吹木石，澎湃闻韶钧。”“微风吹木石”这种大自然的天籁之音，就像传说中的舜时韶乐，听得人心潮澎湃。李咸用在《览文僧卷》中写道：“虽无先圣耳，异代得闻昭。”把看文僧之文比作“闻韶”，喜爱之情尽显。类似的例子还有窦庠《奉和王侍郎春日喜李侍郎崔给谏张舍人韦谏议见访因命觞观乐之什》中的“欲知忘味处，共仰在齐人”、胡曾《朝歌》中的“若解闻韶知肉味，朝歌欲到肯回头”、窦庠《四皓驿听琴送王师简归湖南使幕》中的“朱弦韵正调，清夜似闻韶”、王仁裕《荆南席上咏胡琴妓二首》（其一）中的“丹禁旧臣来侧耳，骨清神爽似闻韶”、崔日用《奉和人日重宴大明宫恩赐彩缕人胜应制》中的“宸极此时飞圣藻，微臣窃抃预闻韶”、张嘉贞《恩敕尚书省僚宴昆明池应制（同用尧字）》中的“昔人徒习武，明代此闻韶”、宋之问《奉和荐福

① 杨伯峻：《论语译注》，中华书局2016年版，第79页。

寺应制》中的“闻韶三月幸，观象七星危”、杨嗣复《仪凤》中的“闻韶知鼓舞，偶圣愿逡巡”、岑参《和刑部成员外秋夜寓直寄台省知己》中的“微才喜同舍，何幸忽闻韶”、刘禹锡《牛相公见示新什谨依本韵次用以抒下情》中的“游海惊何极，闻韶素不曾”、窦牟《元日喜闻大礼寄上翰林四学士中书六舍人二十韵》中的“窃抃闻韶濩，观光想韎任”、温庭筠《过华清宫二十二韵》中的“过客闻韶濩，居人识冕旒”等。

二十一、祸起萧墙

“祸起萧墙”，指祸乱发生在家里。语出《论语·季氏》：“吾恐季孙之忧，不在颛臾，而在萧墙之内也。”①后用以比喻内部发生祸乱，也比喻灾祸系由身边的人带来。

白居易在《隋堤柳》中写道：“萧墙祸生人事变，晏驾不得归秦中。”618 年 3 月，隋炀帝杨广的大臣宇文化及等煽动军士兵变谋反，炀帝没有来得及返回都城便死于江都之变。白居易的《隋堤柳》属于新乐府诗，其写作的目的是让“欲闻之者深诫也”（《新乐府序》），他用“祸起萧墙”之典写隋炀帝之死，其最终目的是警诫当朝统治者，避免重蹈历史的覆辙。与此类似的例子还有储嗣宗《长安怀古》中的“祸稔萧墙终不知，生人力屈尽边陲”、王翰《饮马长城窟行》中的“一朝祸起萧墙内，渭水咸阳不复都”、胡曾《长城》中的“不知祸起萧墙内，虚筑防胡万里城”、周昙《后汉门·桓帝》中的“襄楷忠言谁佞惑，忍教奸祸起萧墙”、无名氏《秦家行》中的“祸起萧墙不知戢，羽书催筑长城急”、鲍溶《长城》中的“蒙公虏生人，北筑秦氏冤。祸兴萧墙内，万里防祸根”等。

---

① 杨伯峻：《论语译注》，中华书局 2016 年版，第 195 页。

二十二、卑宫

“卑宫”意谓使宫室简陋,饮食菲薄。语出《论语 · 泰伯》:“禹,吾无间然矣! 菲饮食,而致孝乎鬼神;恶衣服,而致美乎黻冕;卑宫室,而尽力乎沟洫。”①后常用以指朝廷。

杜甫在《有感五首》(其四)中写道:“授钺亲贤往,卑宫制诏遥。”此诗写于广德元年(763),史朝义死,河北诸叛将投降朝廷,但此时朝廷实力弱而诸侯跋扈不臣,这种局面使杜甫感到不安。在这种情况下,杜甫希望朝廷封皇亲为藩,不要使藩镇势力过大,对朝廷造成威胁。以“卑宫”代指朝廷,表现了杜甫对朝廷实力阘弱的担心,也显示出杜甫的忠君爱国之心。陈子昂在《奉和皇帝上礼抚事述怀应制》中写道:“卑宫昭夏德,尊老睦尧亲。”用“卑宫”称美朝廷自奉节俭的功德。与此类似的例子还有许景先《奉和御制春台望》中的“明主卑宫诫前失,辅德钦贤政唯一”、徐浩《谒禹庙》中的“探穴图书朽,卑宫堂殿修”、陈陶《涂山怀古》中的“握发闻礼贤,葺茅见卑宫”等。

二十三、接舆狂

“接舆狂”,亦曰“楚狂”“狂歌”“叹凤”“凤歌”等。语出《论语 · 微子》:“楚狂接舆歌而过孔子,曰:‘凤兮凤兮,何德之衰。往者不可谏,来者犹可追。已而已而,今之从政者殆而!’孔子下,欲与之言,趋而辟之,不得与之言。”②后用以喻隐士或狂者。

李白《庐山谣寄卢侍御虚舟》写道:“我本楚狂人,凤歌笑孔

---

① 杨伯峻:《论语译注》,中华书局 2016 年版,第 90 页。

② 杨伯峻:《论语译注》,中华书局 2016 年版,第 218 页。

丘。”此诗作于上元元年(760),即李白流放夜郎途中遇赦回归的次年。这一年李白重游庐山时,作此诗寄卢虚舟。晚年的李白虽历尽磨难,但狂放不羁的性格始终未改。李白在诗中自喻为楚狂接舆,高唱凤歌嘲笑孔丘,表达了绝不因坎坷而向世俗低头的决心,也透露出了政治前途的失望,暗示出要像接舆那样游历名山,去过隐居生活。王维在《辋川闲居赠裴秀才迪》中写道:“复值接舆醉,狂歌五柳前。”在诗中王维把醉酒狂歌的裴迪比作楚狂接舆,赞美了裴迪超然物外的情怀,同时作者也是借对裴迪的赞美抒发了自己的情怀。杜甫在《赠王二十四侍御契四十韵》中写道:“接舆还入楚,王粲不归秦。”曾做过侍御的王契此时已辞官闲居在成都,与同在蜀地漂泊的杜甫成了至交。诗以接舆比王契,兼以自比,表达出对隐逸生活的满足,也透露出了对世俗社会的不满。几乎每一个唐代诗人都有一颗狂傲之心,在人生的失意面前也都会产生隐逸情结,因此唐代诗人对“接舆狂”这一典故的接受是极其普遍的。如储光羲《同王十三维偶然作十首》中的“狂歌问夫子,夫子莫能陈”、元孚《送李四校书》中的“莫学楚狂隳姓字,知音还有子期听”、吴融《宝灵县西测津》中的“高歌一曲垂鞭去,尽日无人识楚狂”、吴融《萧县道中》中的“楚客早闻歌凤德,刘琨休更舞鸡声”、周贺《寺居寄杨侍御》中的“还知谢客名先重,肯为诗篇问楚狂”、孟浩然《山中逢道士云公》中的“既笑接舆狂,仍怜孔丘厄”、孟郊《子庆诗》中的“凤兮且莫叹,鲤也会闻诗”、孙玄照《琴中歌赠王仙仙》中的“相如曾作凤兮吟,昔被文君会此音”、戴叔伦《答崔载华》中的“偷归瓮间卧,逢个楚狂来”、李商隐《赠送前刘五经映三十四韵》中的“泣麟犹委吏,歌凤更佯狂”、李端《宿荐福寺东池有怀故园因寄元校书》中的“从来叔夜懒,非是接舆狂”、李群玉《吾道》中的“凤兮衰已尽,犬也吠何繁”、李隆基《经邹鲁祭孔子而叹之》中的“叹凤嗟身否，伤麟怨道穷”、李颀《杂兴》中的“济水自清河自浊，周公大圣接舆狂”、权德舆《题邵端公林亭》中的“更置盈尊酒，时时醉楚狂”、王维《偶然作六首》中的“楚国有狂夫，茫然无心想。散发不冠带，行歌南陌上。孔丘与之言，仁义莫能奖”、王维《与胡居士皆病寄此诗兼示学人二首》中的“植福祠迦叶，求仁笑孔丘”、释皎然《因游支硎寺寄邢端公》中的“得道殊秦佚，隳名似楚狂”、释皎然《奉酬袁使君西楼钱秦山人与昼同赴李侍御招三韵》中的“治书招远意，知共楚狂行”、卢照邻《山行寄刘李二参军》中的“狂歌欲叹凤，失路反占龟”、窦庠《酬谢韦卿二十五兄俯赠辄敢书情》中的“荆山璞在终应识，楚国人知不是狂”、罗隐《淮南送李司空朝觐》中的“宣父道高休叹凤，武侯才大本吟龙”、钱起《早夏》中的“楚狂身世恨情多，似病如忧正是魔”、陈子昂《感遇》(其三)中的“念与楚狂子，悠悠白云期”、陈子昂《酬李参军崇嗣旅馆见赠》中的“凤歌空有问，龙性讵能驯”、韦庄《和郑拾遗秋日感事一百韵》中的“世随渔父醉，身效接舆狂”、韦庄《鄠杜旧居二首》中的“归来满把如渑酒，何用伤时叹凤兮”、韩偓《答友人见寄酒》中的“淋漓满襟袖，更发楚狂歌”、韩偓《赠湖南李思齐处士》中的“燕侠冰霜难狎近，楚狂锋刃触凡愚”、韩愈《芍药歌》中的“花前醉倒歌者谁，楚狂小子韩退之”、顾况《寻僧二首之二》中的“莫怪狂人游楚国，莲花只在淤泥生”、顾况《赠韦清将军》中的“接舆亦是狂歌者，更就将军乞一声”、鲍溶《寓兴》中的“鲁圣虚泣麟，楚狂浪歌凤”等。

二十四、三缄

“三缄”是“三缄其口”的略语，形容说话极其谨慎、不轻易开口。语出《孔子家语 · 观周》：“孔子观周，遂入太祖后稷之庙，庙堂右阶之前，有金人焉，三缄其口，而铭其背曰：'古之慎言人也，戒之哉。无多言，多言多败。无多事，多事多患。安乐必戒，勿谓何伤，其祸将长。勿谓何害，其祸将大。勿谓不闻，神将伺人。焰焰不灭，炎炎若何。涓涓不壅，终为江河。绵绵不绝，或成网罗。毫末不札，将寻斧柯。诚能慎之，福之根也。口是何伤，祸之门也。……'孔子既读斯文也，顾谓弟子曰：'小人识之，此言实而中，情而信。'"

杜牧在《鹦鹉》中写道："不念三缄事，世途皆尔曹。"俗话说，祸从口出，人世间太多的人像鹦鹉一样不懂得这个道理，"不念三缄事"，最终招致许多不必要的麻烦。权德舆在《诫言》中写道："言之或未行，前哲所不取。方寸虽浩然，因之三缄口。"权德舆借"三缄"之典告诫人们未行之事不要轻易言之。与此类似的例子还有严维《送桃岩成上人归本寺》中的"余生愿依止，文字欲三缄"、徐夤《上卢三拾遗以言见黜》中的"因思周庙当时诫，金口三缄示后昆"、皮日休《江南书情二十韵寄秘阁韦校书贻之商洛宋先辈垂文二同年》中的"时讹轻五羖，俗浅重三缄"、许浑《维舟秦淮过温州李给事宅》中的"帝图忧一失，臣节耻三缄"等。

二十五、陆沉

"陆沉"意即陆地无水而沉。比喻隐居。语出《庄子·则阳》："仲尼曰：'是圣人仆也。是自埋于民，自藏于畔。其声销，其志无穷，其口虽言，其心未尝言，方且与世违而心不屑与之俱。是陆沉者也，是其市南宜僚邪？'"①

杜甫在《风疾舟中伏枕书怀三十六韵奉呈湖南亲友》中写道：

---

① 陈才俊：《庄子全集》，海潮出版社 2008 年版，第 370 页。

"反朴时难遇，忘机陆易沉。"这首诗被仇兆鳌定为杜甫的绝笔诗，是杜甫对自己一生颠沛流离生活的总结，也可说是自挽诗。杜甫早年的志向是"致君尧舜上，再使风俗淳"（《奉赠韦左丞丈二十二韵》），然而在生命的最后一刻，他意识到自己的理想已不可能实现了。既然放弃了对理想的执着追求，过起隐居生活，则不仅令诗人产生陆沉之感。唐朝诗人大都有过怀才不遇、人生失意的时候，和杜甫一样，他们也大都产生过陆沉之感。此语见诸诗歌，如于武陵《游中梁山》中的"僻地好泉石，何人曾陆沉"、储光羲《同张侍御鼎和京兆萧兵曹华岁晚南园》中的"公府传休沐，私庭效陆沉"、储光羲《贻王处士子文》中的"王屋尝嘉遁，伊川复陆沉"、刘威《尉迟将军》中的"明妃若遇英雄世，青冢何由怨陆沉"、常建《燕居》中的"啸傲转无欲，不知成陆沉"、徐夤《休说》中的"休说人间有陆沉，一樽闲待月明斟"、李白《送杨少府赴选》中的"尔见山吏部，当应无陆沉"、李群玉《将离澧浦置酒舒屿奉怀沈正字昆弟三人联登高第》中的"上国刈翘楚，才微甘陆沉"、杜荀鹤《秋日怀九华旧居》中的"吾道在五字，吾身宁陆沉"、王维《送从弟蕃游淮南》中的"高义难自隐，明时宁陆沉"、白居易《赠能七伦》中的"苦节二十年，无人振陆沉"、白居易《送张南简入蜀》中的"昨日诏书下，求贤访陆沉"、祖咏《家园夜坐郭微》中的"谁念穷居者，明时嗟陆沉"、罗隐《旅舍书怀寄所知二首》中的"道从汩没甘雌伏，迹恐因循更陆沉"、蔡希寂《同家兄题渭南王公别业》中的"既郁苍生望，明时岂陆沉"、薛能《下第后春日长安寓居三首》中的"一榜尽精选，此身犹陆沉"、贾岛《寄友人》中的"笔砚且勿弃，苏张曾陆沉"、钱起《春暮过石龟谷题温处士林园》中的"隐几无名老，何年此陆沉"、钱起《题玉山村叟屋壁》中的"谷口好泉石，居人能陆沉"、韩偓《奉和峡州孙舍人肇荆南重围中寄诸朝士二篇》中的“直应宣室还三接，未必丰城便陆沉”、高适《别王彻》中的“时辈想鹏举，他人嗟陆沉”、高适《淇上别刘少府子英》中的“逸思乃天纵，微才应陆沉”等。

二十六、三十而立

“三十而立”语出《论语·为政》：“子曰：‘吾十有五而志于学，三十而立，四十而不惑，五十而知天命。’”[①]后以“三十而立”谓人在三十岁前后有所成就。

以三十为标志，有的人成功了，如杜甫在《入奏行赠西山检察使窦侍御》中写道：“窦侍御，骥之子，凤之雏。年未三十忠义俱，骨鲠绝代无。”窦侍御年未三十就忠义兼备，刚直无私，绝代无双，可谓已“立”。白居易《归田三首》（其三）写道：“三十为近臣，腰间鸣佩玉。”三十岁变成为“腰间鸣佩玉”之“近臣”，亦可谓“立”。但是能够真正做到三十而立的人毕竟只是少数，因此唐代诗人笔下更多的是三十未立的慨叹，如孟浩然《书怀贻京邑同好》中的“三十既成立，嗟吁命不通”、綦毋潜《送章彝下第》中的“三十名未立，君还惜寸阴”、张祜《书愤》中的“三十未封侯，颠狂遍九州”、吕温《友人邀听歌有感》中的“文章抛尽爱功名，三十无成白发生”、司空图《榜下》中的“三十功名志未伸，初将文字竞通津”、于鹄《山中自述》中的“三十无名客，空山独卧秋”、卢纶《春日书情赠别司空曙》中的“谁堪少兄弟，三十又无官”、孟云卿《伤怀赠故人》中的“二十学已成，三十名不彰”、孟浩然《田园作》中的“粤余任推迁，三十犹未遇”、李颀《送刘十（一作刘十一）》中的“三十不官亦不娶，时人焉识道高下”、元稹《酬别致用》中的“我有悬愤

① 杨伯峻：《论语译注》，中华书局2016年版，第12页。

志，三十无人知”、元稹《去杭州（送王师范）》中的“今君三十朝未与，得不寸晷倍玙璠”、白居易《长安早春旅怀》中的“此生知负少年春，不展愁眉欲三十”、白居易《劝酒》中的“身年三十未入仕，仰望东邻安可期”、白居易《读邓鲂诗》中的“嗟君两不如，三十在布衣”、白居易《归田三首》中的“三十为近臣，腰间鸣佩玉”、刘长卿《湖上遇郑田》中的“三十犹布衣，怜君头已白”等。

二十七、五十知天命

“五十知天命”与“三十而立”语出同源。在经历了各种世事之后，年过半百，人终于“知命”，也就是承认世界本来存在的必然性，意识到这一点，人就会对外在的成败无所萦怀，内心也就会变得坦然。

李白在《雪谗诗赠友人》中写道：“嗟予沉迷，猖獗已久。五十知非，古人尝有。”此诗约作于天宝四载（745）。李白因遭谗而被迫去朝还山。此时的他四十五岁，虽还未到五十，但在巨大的磨难面前，他早早就“知命”了。其他类似的例子还有张说《岳州夜坐》中的“五十知天命，吾其达此生”、杜牧《岁旦朝回口号》中的“笑向春风初五十，敢言知命且知非”、柳宗元《弘农公以硕德伟材屈于诬枉左官三岁复为大僚天监昭明人心感悦宗元窜伏湘浦拜贺末由谨献诗五十韵以毕微志》中的“知命儒为贵，时中圣所臧”、陆希声《阳羡咏十九首讲易台》中的“年逾知命志尤坚，独向青山更绝编”、白居易《自问》中的“宦途气味已谙尽，五十不休何日休”、李涉《寄峡州韦郎中》中的“年过五十鬓如丝，不必前程更问师”、白居易《答山侣》中的“更惭山侣频传语，五十归来道未迟”、贾岛《题童真上人》中的“誓从五十身披衲，便向三千界坐禅”等。

总之，唐代诗人熟知有关孔子的诸多典故，并且在自己的诗歌创作中多有接受,这些典故对唐代诗人思想的形成以及人格的塑造也都起到了极其重要的作用。

第二节　唐代诗人对孔门弟子的接受

孔子是一位著名的教育家,《史记·孔子世家》中说:“孔子以诗、书、礼、乐教,弟子盖三千焉,身通六艺者七十有二人。”[①]这些孔门弟子不仅继承了孔子的思想,每个人还有自己的特色,各种古典文献中也留下了许多有关他们的典故。从用典的角度看,唐代诗人对孔门弟子中的多人都有所接受。

一、对颜回的接受

颜回(前521—前481),字子渊,亦名颜渊,鲁国人。他是孔子最得意的弟子。颜回为人谦逊好学,以德行著称,孔子称赞他:“贤哉,回也”,“回也,其心三月不违仁。”[②]不幸的是,颜回英年早逝。自汉代起,颜回被列为七十二贤之首,孔门十哲之首。祭孔时有时独以颜回配享。此后历代统治者不断追加谥号:唐太宗尊之为“先师”,唐玄宗尊之为“兖公”,宋真宗加封为“兖国公”,元文宗又尊为“兖国复圣公”。明嘉靖九年改称“复圣”。山东曲阜还有“复圣庙”。从用典的角度看,唐代诗人对颜回的接受主要体现在以下几个典故上:

(一)箪瓢陋巷

《论语·雍也》:“子曰:‘贤哉,回也!一箪食,一瓢饮,在陋

① (西汉)司马迁:《史记》,中华书局1963年版,第1938页。

② 杨伯峻:《论语译注》,中华书局1980年版,第60页。

巷。人不堪其忧，回也不改其乐。贤哉，回也！”[①]后以“箪瓢陋巷”为生活清贫的典故。而这一典故在唐代诗人的笔下又有更为丰富的内涵。

首先，唐代诗人常以颜回之清贫自慰，表现出对名利的淡泊，对隐逸生活的向往。孟浩然在《西山寻辛谔》中写道：“回也一瓢饮，贤哉常晏如。”孟浩然是一个以布衣终其一生的诗人，因此他对颜回“箪瓢陋巷”的生活深有体会，“晏如”的意思是“安然自若的样子”，说明他也像颜回一样安于这种生活，享受这种生活。而有些诗人虽然曾当过官，甚至官位较高，但基本上也都有过清贫生活的经历，即使身在官场，也往往对颜回“箪瓢陋巷”的“晏如”生活十分向往，因此他们也写下过与孟浩然类似的诗句，如权德舆的“颜渊谅贤人，陋巷能自怡”（《丙寅岁苦贫戏题》）和“二纪乐箪瓢，烟霞暮与朝”（《送少清赴润州参军因思练旧居》）、白居易的“朱门有勋贵，陋巷有颜回”（《谕友》）、李咸用的“季子祸从怜富贵，颜生道在乐箪瓢”（《依韵修睦上人山居十首》）、温庭筠的“辛勤到老慕箪瓢，于我悠悠竟何有”（《醉歌》）等。

其次，唐代诗人以颜回之清贫自喻或喻人，表现怀才不遇的思想，慨叹命运不公。杜甫在《赠特进汝阳王二十韵》中写道：“瓢饮唯三径，岩栖在百层。”意思是说，此时的他只是个山野平民，栖息在山间，过着像当年的颜回一样清贫的生活。写这首诗的时候，杜甫三十多岁，此时的他有着“读书破万卷，下笔如有神”（《奉赠韦左丞丈二十二韵》）的才华，有着“致君尧舜上，再使风俗淳”（《奉赠韦左丞丈二十二韵》）的远大理想，此时的他并不甘于像颜回一样的清贫。他以颜回自喻，主要是为了抒发己之怀才

---

① 杨伯峻：《论语译注》，中华书局 1980 年版，第 62 页。

不遇，希望得到汝阳王李琎的帮助，以使自己摆脱颜回式的窘境。杜甫在慨叹自己，也有一些诗人在慨叹他人，如邵谒在《赠郑殷处士》中写道："颜子不得禄，谁谓天道平"、齐己在《寄孙鲂秀才》中写道："郡楼东面寺墙西，颜子生涯竹屋低。"当然，他们在慨叹他人的同时也是一种自慨。

第三，唐代诗人还以颜回之清贫衬今日之富足，表现出对生活的满足。白居易在《夏日闲放》中写道："若比箪瓢人，吾今太富贵。"此时的白居易不富，所拥有的只是"午餐何所有，鱼肉一两味。夏服亦无多，蕉纱三五事"，亦不贵，因此"时暑不出门，亦无宾客至"，但这种不富不贵是与那些达官贵人相比而言的，若与"箪瓢陋巷"的颜回相比，毫无疑问是富贵的，因此白居易从中感到了满足。与之相似，罗隐也感受到了这一点，他在《秋寄张坤》中写道："吾徒自多感，颜子只箪瓢。"自己的生活再怎么清贫，想到颜回的"箪瓢"也就不必感叹了。

（二）回夭折

《史记·仲尼弟子列传》："回年二十九，发尽白，早死。孔子哭之恸，曰：'自吾有回，门人益亲。'鲁哀公问：'弟子孰为好学？'孔子对曰：'有颜回者好学，不迁怒，不贰过。不幸短命死矣，今也则亡。'"①唐代诗人对这一典故的接受主要出现在两个方面：

第一，借"回夭折"表达对英年早逝的朋友的惋惜与哀悼。如杜甫在《八哀诗·赠左仆射郑国公严公武》中写道："颜回竟短折，贾谊徒忠贞。"诗句表达了对严武的哀悼。严武是杜甫的好朋友，杜甫在蜀地生活期间，严武给予了他很多帮助，但严武四十岁便英年早逝，这让杜甫十分痛心，于是写下了上述诗歌寄托哀思。

---

① （西汉）司马迁：《史记》，中华书局1963年版，第1938页。

孟郊的朋友李观二十九岁去世,孟郊写下了《哭李观》一诗表示悼念,诗中有“颜子既殂谢,孔门无辉光”之句。徐彦伯的朋友诗人李适四十九岁去世,徐彦伯写下了《题东山子李适碑阴二首》表示悼念,诗中有“回也实夭折,贾生亦脆促”之句。与此类似的例子还有卢仝《哭玉碑子》中的“颜子不少夭,玉碑中路折”、白居易《伤杨弘贞》中的“颜子昔短命,仲尼惜其贤”等。

第二,借“回夭折”抒己之旷达情怀。对这一主题演绎最为成功的是白居易。他在《浩歌行》中写道:“颜回短命伯夷饿,我今所得亦已多。”虽然自己所得并不太多,但与短命的颜回和饿死在首阳山上的伯夷相比,自己“所得亦已多”,因此应该知足了,这显然是一种旷达的情怀。在另一首诗《放言五首》(其五)中,白居易还写道:“泰山不要欺毫末,颜子无心羡老彭。”指出颜回之短命和彭祖的长寿没有可比性,因为这都是事物发展的规律,既然如此,长寿不必羡慕,短命亦无须惋惜。

(三)桓山禽

《孔子家语·颜回》:“孔子在卫,昧旦晨兴,颜回侍侧,闻哭者之声甚哀。子曰:‘回,汝知此何所哭乎?’对曰:‘回以此哭声非但为死者而已,又有生离别者也。’子曰:‘何以知之?’对曰:‘回闻桓山之鸟,生四子焉,羽翼既成,将分于四海,其母悲鸣而送之,哀声有似于此,谓其往而不返也,回窃以音类知之。’孔子使人问哭者,果曰:‘父死家贫,卖子以葬,与之长决。’”[①]颜回根据辨别“桓山之鸟”离别时悲鸣的经验,听出邻妇之哭兼有生离死别之痛。后因以“桓山禽”或“桓山羽”或“桓山四凤”用为分离悲痛的典故。

① 杨朝明、宋立林:《孔子家语通解》,齐鲁书社 2009 年版,第 224 页。

李白在《上留田行》中写道:“桓山之禽别离苦,欲去回翔不能征。”此诗是李白加入永王李璘幕府时的作品。此时的李白身不由己,与亲人、友人离别是常有的事,加上当时政治环境极其险恶,一次的离别可能意味的就是从此的生死陌路,因此李白借用“桓山禽”的典故表达了这种生离死别之痛。与此类似的例子还有包何《相里使君第七男生日》中的“荀氏八龙唯欠一,桓山四凤已过三”、李群玉《乌夜号》中的“既非蜀帝魂,恐是桓山禽”、骆宾王《丹阳刺史挽词三首》(其二)中的“恻怆桓山羽,留连棣萼篇”等。

(四)拾尘

《孔子家语·在厄》:“孔子厄于陈蔡,从者七日不食。子贡以所赍货,窃犯围而出,告籴于野人,得米一石焉,颜回仲由炊之于壤屋之下,有埃墨堕饭中,颜回取而食之,子贡自井望见之,不悦,以为窃食也。入问孔子曰:‘仁人廉士,穷改节乎?’孔子曰:‘改节即何称于仁义哉?’子贡曰:‘若回也,其不改节乎?’子曰:‘然。’子贡以所饭告孔子。子曰:‘吾信回之为仁久矣,虽汝有云,弗以疑也,其或者必有故乎。汝止,吾将问之。’召颜回曰:‘畴昔予梦见先人,岂或启祐我哉?子炊而进饭,吾将进焉。’对曰:‘向有埃墨堕饭中,欲置之则不洁,欲弃之则可惜,回即食之,不可祭也。’孔子曰:‘然乎,吾亦食之。’颜回出,孔子顾谓二三子曰:‘吾之信回也,非待今日也。’二三子由此乃服之。”[①]后以“拾尘”喻因误会而致疑。

柳宗元在《酬娄秀才将之淮南见赠》中写道:“机事齐飘瓦,嫌猜比拾尘。”题目中的娄秀才指的是柳宗元被贬永州时的挚友娄图南,柳宗元借“拾尘”之典向娄图南倾诉自己在政治上所遭受的

---

① 杨朝明、宋立林:《孔子语通解》,齐鲁书社2009年版,第249页。

排挤打击，也反映了自己光明磊落的心胸。李白在《雪谗诗赠友人》中写道：“拾尘掇蜂，疑圣猜贤。”亦以“拾尘”之典暗喻自己的遭谗经历，表达出极度悲愤的心情。

（五）附骥尾

“附骥尾”亦曰“陪骥尾”，意谓蚊蝇附在马的尾巴上，可以远行千里。后用以比喻依附先辈或名人之后而成名。语出《史记·伯夷列传》：“颜渊虽笃学，附骥尾而行益显。”[①]

李咸用在《和彭进士感怀》中写道：“若向云衢陪骥尾，直须天畔落旄头。”彭姓友人进士及第，李咸用为之欣喜，李期盼着彭从此可以与“陪骥尾”一样依附于天子，依附于朝廷，开始“遇酒逢花且共游”的幸福生活。张曙在《下第戏状元崔昭纬》中写道：“千里江山陪骥尾，五更风水失龙鳞。”张曙和崔昭纬一起走进科考考场，本来处于同一起跑线上，但崔昭纬高中状元，从此可以“陪骥尾”，开始飞黄腾达的人生，张曙却不幸落第，如同“失龙鳞”一样，无依无靠。二者形成鲜明的对比，虽曰戏言，实则真话，表达了张曙科举失利之后的颓丧心情。温庭筠在《题李卫公诗二首》（其二）中写道：“三年骥尾有人附，一日龙须无路攀。”李卫公在辉煌之时，有许多人像“附骥尾”一样围绕在他的身边，借助他的帮助而成名。而当李卫公失意之时，却出现了“无路攀”的局面，所有人都离他远去了，没有人愿意帮助他。“附骥尾”和“无路攀”形成鲜明的对比，表现出了人情冷暖。

二、对曾子的接受

曾子（前505—前436），姓曾，名参，字子舆，鲁国南武城（有

---

① （西汉）司马迁：《史记》，中华书局1963年版，第2127页。

山东平邑县和山东嘉祥县两说,尚无定论)人,十六岁拜孔子为师,他勤奋好学,颇得孔子真传。曾参是孔子学说的主要继承人和传播者,他积极推行儒家主张,传播儒家思想,并在修身和躬行孝道上颇有建树,在儒家文化中具有承上启下的重要地位。从用典的角度看,唐代诗人对曾子的接受主要体现在以下几个典故上:

(一)曾子之孝

《大戴礼记》第五十二:"曾子曰:孝有三:大孝尊亲,其次弗辱,其下能养。"[①]"曾子曰:身也者,父母之遗体也。行父母之遗体,敢不敬乎?"[②]白居易的《慈乌夜啼》就是对曾子之孝很好的接受。慈乌是一种体型较小的乌鸦,有母慈子孝的美德。白居易在诗歌中写道:"慈乌复慈乌,鸟中之曾参。"以"慈乌"自喻,以"慈乌失其母,哑哑吐哀音。昼夜不飞去,经年守故林。夜夜夜半啼,闻者为沾襟。声中如告诉,未尽反哺心。百鸟岂无母,尔独哀怨深"描述慈乌鸟"失其母,夜半啼"的情状,意在倾吐"母慈重",寄托"舐犊情难报,未尽反哺心"的无尽愧恨和哀伤。李白在《送赵判官赴黔府中丞叔幕》一诗中写道:"君为鲁曾子,拜揖高堂里。"虽然是夸赵判官对父母的孝顺,但其中也反映了李白对曾子之孝的推崇。与此类似的例子还有姚合《送王龟处士》中的"唯修曾子行,不着老莱衣"、钱起《送严士良侍奉詹事南游》中的"疏傅独知止,曾参善爱亲"等。

(二)"曾参杀人"或"投杼"

《战国策·秦策二》:"费人有与曾子同名族者而杀人。人告

---

① 黄怀信:《大戴礼记》,三秦出版社 2005 年版,第 523 页。

② 黄怀信:《大戴礼记》,三秦出版社 2005 年版,第 528 页。

曾子母曰:'曾参杀人。'曾子之母曰:'吾子不杀人。'织自若。有顷焉,人又曰:'曾参杀人。'其母尚织自若也。顷之,一人又告之曰:'曾参杀人。'其母惧,投杼逾墙而走。夫以曾参之贤与母之信也,而三人疑之,则慈母不能信也。"①后以"曾参杀人"或"投杼"比喻流言可畏或诬枉之祸。

唐代诗人对这一典故的接受最著名的例子,当是李白《答王十二寒夜独酌有怀》中的"曾参岂是杀人者,谗言三及慈母惊"。此诗约作于天宝八载(749),当时的政治形势是:天宝五、六年间,以宰相李林甫为代表的当权派发动了一场大规模的政治迫害,在被迫害的人员中,李邕、韩朝宗与李白有过交往,而李白故友崔成甫亦受到牵连而遭到贬谪。李白在这首诗中曾愤愤地写道:"君不见李北海(李邕),英风豪气今何在?君不见裴尚书(裴敦复),土坟三尺蒿棘居。"很显然,这些被迫害的人员所遭遇的都是诬枉之祸,因此李白自然而然地想起了曾参杀人的典故,借此以表达对被迫害之人的同情及对政局的不满。与此类似的例子还有李白《系寻阳上崔相涣三首》(之二)中的"毛遂不堕井,曾参宁杀人。虚言误公子,投杼惑慈亲"、李端《杂歌》中的"伯奇掇蜂贤父逐,曾参杀人慈母疑"、沈佺期《枉系二首》(之一)中的"吾怜曾家子,昔有投杼疑"、白居易《思子台有感二首》(之一)中的"曾家机上闻投杼,尹氏园中见掇蜂"、钱起《送李明府去官》中的"谤言三至后,直道叹何如"等。

(三)三省

《论语·学而》:"曾子曰:'吾日三省吾身:为人谋而不忠乎?

---

① 张清常、王延栋:《战国策笺注》,南开大学出版社 1994 年版,第 101 页。

与朋友交而不信乎？传不习乎？'"[①]后以"三省"泛指认真反省自己的过失。

钱起在《初黄绶赴蓝田县作》中写道："一叨尉京甸，三省惭黎元。"钱起约在唐肃宗乾元二年（759）被任命为蓝田县尉，县尉虽然是俗吏，但这也是文士入仕的初阶之一，再加上蓝田风景颇佳，因此钱起是怀着欣喜的心情赴任的。在蓝田，他又有幸遇上了一个与他政见相近的县令，因此他的政治热情空前高涨，对曾子"三省"的接受在一定程度上反映了他的政治态度和进步追求。骆宾王在《在江南赠宋五之问》中也有类似的诗句："揆拙迷三省，劳生昧两忘。"表达了自己在江南任职期间善于反省的优良品格。

（四）宿草

《礼记·檀弓上》："曾子曰：'朋友之墓，有宿草而不哭焉。'"[②]后多用"宿草"为悼亡之辞。

杜甫在《赠韦左丞丈济》中写道："鸰原荒宿草，凤沼接亨衢。"杜家和韦家是世交，韦济的祖辈和父辈曾与杜甫的祖父杜审言在武则天当政时同朝为官，韦济在任河南尹时曾多次到杜甫的老家偃师拜访。因此当杜甫于天宝六载（747）经历宰相李林甫所主持的"野无遗贤"的招考骗局之后，自然而然地想到了恰在此时由河南尹升任尚书左丞的韦济，希望能够获得对方的帮助。杜甫连续写下了《赠韦左丞丈济》和《奉赠韦左丞丈二十二韵》两首诗，以表达这种心情。在前一首诗中，杜甫借用"宿草"之典以表达对韦济已去世的哥哥韦恒亲人般的悼念。与此类似的例子还有戴叔伦《赠康老人洽》中的"多识故侯悲宿草，曾看流水没桑

① 杨伯峻：《论语译注》，中华书局1980年版，第3页。

② 杨天宇：《礼记译注》，上海古籍出版社2004年版，第57页。

田”、李绅《趋翰苑遭诬构四十六韵》中的“旧交封宿草，衰鬓重生刍”、韩愈《哭杨兵部凝陆歙州参》中的“宿草与新坟，已矣两如何”等。

（五）易箦

《礼记·檀弓上》：“曾子寝疾，病，乐正子春坐于床下，曾元、曾申，坐于足，童子隅坐而执烛。童子曰：‘华而睆，大夫之箦与？’子春曰：‘止。’曾子闻之，瞿然曰：‘呼？’曰：‘华而睆，大夫之箦与？’曾子曰：‘然，斯季孙之赐也，我未之能易也。元起易箦。’曾元曰：‘夫子之病革矣，不可以变。幸而至于旦，请敬易之。’曾子曰：‘尔之爱我也不如彼。君子之爱人也以德，细人之爱人也以姑息。吾何求哉？吾得正而毙焉，斯已矣！’举扶而易之，反席未安而没。”[①]曾子临终坚持易箦，乃至在易箦的过程中死去，表现了曾子恪守礼法的坚定信念，更体现儒家礼法至上的观念。

唐人李商隐对这一典故的接受较传统观念有所发展。大和九年（835）六月，因受甘露事变的牵连，时任刑部侍郎的萧澣被贬遂州刺史，八月，再贬为遂州司马，不久即卒。在这种情形下，李商隐写下《哭遂州萧侍郎二十四韵》一诗悼念萧澣。诗中写有“遗音和蜀魄，易箦对巴猿”之句，表现了李商隐对萧澣在极其恶劣的政治形势之下始终没有对当权的宦官妥协的赞赏，同时这也是李商隐高尚品格的一种真实写照。李商隐一生始终生活在牛李党争的夹缝之中，“不知腐鼠成滋味，猜意鹓雏竟未休”（《安定城楼》）的遭遇让他终生不得志，但李商隐也像曾子临终易箦一样，一生始终坚持着自己的原则。

---

① 杨天宇：《礼记译注》，上海古籍出版社2004年版，第62页。

三、对仲由的接受

仲由（前542—前480），字子路，又字季路，鲁国卞（今山东省平邑县仲村镇）人。仲由是孔子的得意门生，以政事见称。他性格爽直率真，有勇力才艺，敢于批评孔子。孔子了解其为人，对其评价很高，认为可备大臣之数，《论语·公冶长》载："子曰：由也，'千乘之国，可使治其赋也'。"[1]并说他使自己"恶言不闻于耳"[2]。仲由做事果断，信守诺言，勇于进取，曾任卫蒲邑大夫、季氏家宰，是孔子"堕三都"之举的最主要合作者之一。后为卫大夫孔悝家宰，在内讧中被杀。从用典的角度看，唐代诗人对仲由的接受主要体现在以下几个典故上：

（一）负米

《孔子家语·致思》："子路见于孔子曰：'负重涉远，不择地而休；家贫亲老，不择禄而仕。昔由也，事二亲之时，常食藜藿之实，为亲负米百里之外。'"[3]后以"负米"喻奉养父母，或喻为奉养父母而在外谋求禄米。

杜甫在《八哀诗·故秘书少监武功苏公源明》中写道："负米晚为身，每食脸必泫。"杜甫的好友苏源明"少也孤"（少年时期就失去双亲），因此成人之后的他只能"负米晚为身"（为自己背米），但他每到吃饭时总为自己不能奉养双亲而流泪，由此我们可以看到苏源明如仲由般孝顺。同时我们也可以看到杜甫之孝，杜甫在写苏源明，实际上也是在自省，杜甫幼年丧母，写此诗时父亲

---

① 杨伯峻：《论语译注》，中华书局1980年版，第46页。
② （西汉）司马迁：《史记》，中华书局1963年版，第2194页。
③ 杨朝明、宋立林：《孔子家语通解》，齐鲁书社2009年版，第87页。

也已去世多年,他此时的情形与苏源明相似,因此从对“负米”这一典故的运用中我们也可以看到一个孝子杜甫的形象。与此类似的例子还有杜甫《孟氏》中的“负米夕葵外,读书秋树根”、王维《送李员外贤郎》中的“少年何处去,负米上铜梁”等。

(二)由之瑟

《论语·先进》:“子曰:‘由之瑟奚为于丘之门?’门人不敬子路。子曰:‘由也升堂矣,未入于室也。’”[①]后以“由之瑟”(或“由也瑟”“由瑟”)自谦学识不够精深。

窦庠在《酬韩愈侍郎登岳阳楼见赠》中写道:“自悲由也瑟,敢坠孔悝铭。”窦庠具有较高的才华,深得大文豪韩愈的赏识,在伯乐韩愈面前,他用“自悲由也瑟”表达了自己的谦逊态度,也从侧面反映了窦庠对韩愈的感恩之情。窦庠的兄弟窦牟也曾在《奉酬杨侍郎十兄见赠之作》中写道:“自悲由瑟无弹处,今作关西门下人。”抒发了一种怀才不遇之感。另一位诗人杨巨源在《上刘侍中》中写道:“敢炫由之瑟,甘循赐也墙。”表达了对自己才华的充分自信。

(三)仲由缨

《史记·仲尼弟子列传》:“子路为卫大夫孔悝之邑宰。蒉聩乃与孔悝作乱,谋入孔悝家,遂与其徒袭攻出公。出公奔鲁,而蒉聩入立,是为庄公。方孔悝作乱,子路在外,闻之而驰往。遇子羔出卫城门,谓子路曰:‘出公去矣,而门已闭,子可还矣,毋空受其祸。’子路曰:‘食其食者不避其难。’子羔卒去。有使者入城,城门开,子路随而入。造蒉聩,蒉聩与孔悝登台。子路曰:‘君焉用孔悝?请得而杀之。’蒉聩弗听。于是子路欲燔台,蒉聩惧,乃下石乞、壶黡攻子路,击断子路之缨。子路曰:‘君子死而冠不免。’遂

① 杨伯峻:《论语译注》,中华书局1980年版,第120页。

结缨而死。”[①]后以“仲由缨”喻慷慨赴死。

李商隐《送千牛李将军赴阙五十韵》中写道:“幽囚苏武节,弃市仲由缨。”题目中的千牛李将军指的是西平王李晟之孙。关于李晟,《旧唐书·李晟列传》载:“是时,朱泚盗据京城,怀光图为反噬,河朔僭伪者三,李纳虎视于河南,希烈鸱张于汴、郑。晟内无货财,外无转输,以孤军而抗剧贼,而锐气不衰,徒以忠义感于人心,故英豪归向。”[②]在平定朱泚之乱的过程中,许多忠义之士献出了自己的生命,如段秀实、刘海宾、何明礼等,李晟没有被杀害,但他一样置自己的生命于不顾,并最终取得了胜利。李商隐以此来激励千牛李将军,同时也在激励自己,时刻准备着为国家、为正义而牺牲。另外,崔璐在《览皮先辈盛制因作十韵以寄用伸款仰》一诗中写道:“勇果鲁仲由,文赋蜀相如。”这也是对仲由不畏牺牲精神的褒奖。

(四)蒲密

《孔子家语·辩政》:“子路治蒲三年,孔子过之,入其境曰:‘善哉由也,恭敬以信矣。’入其邑曰:‘善哉由也,忠信而宽矣。’至廷曰:‘善哉由也,明察以断矣。’子贡执辔而问曰:‘夫子未见由之政,而三称其善,其善可得闻乎?’孔子曰:‘吾见其政矣。入其境,田畴尽易,草莱甚辟,沟洫深治,此其恭敬以信,故其民尽力也;入其邑,墙屋完固,树木甚茂,此其忠信以宽,故其民不偷也;至其庭,庭甚清闲,诸下用命,此其言明察以断,故其政不扰也。以此观之,虽三称其善,庸尽其美乎!”[③]东汉时,卓茂为密令数年,

① (西汉)司马迁:《史记》,中华书局1963年版,第2193页。
② (五代)刘昫:《旧唐书》,中华书局1975年版,第3666页。
③ 杨朝明、宋立林:《孔子家语通解》,齐鲁书社2009年版,第170页。

教化大行,道不拾遗。后常用"蒲密"指教化盛行的地方。

张说在《徐高御挽歌》中以"蒲密遥千载,鸣琴始一追"之句将友人徐高御的政绩比作子路之治蒲县,晋卓茂之治密县,表达了对对方政绩的高度赞扬之情,也在一定程度上表现了张说的政绩观。

四、对原宪的接受

原宪(前515—?),姓原,名宪,字子思,亦称原思、原思仲、原仲宪,鲁国人。原宪出身贫寒,个性狷介。孔子当鲁国司寇之时,他担任过孔子家的总管职务。孔子死了以后,他退隐于山川草泽之中;以安贫乐道而著称。

关于原宪之安贫,《庄子·让王》载:"原宪居鲁,环堵之室,茨以生草;蓬户不完,桑以为枢;而瓮牖二室,褐以为塞;上漏下湿,匡坐而弦。子贡乘大马,中绀而表素,轩车不容巷,往见原宪。原宪华冠纵履,杖藜而应门。子贡曰:'嘻!先生何病?'原宪,应之曰:'宪闻之,无财谓之贫,学而不能行谓之病。今宪,贫也,非病也。'子贡逡巡而有愧色。"①后因以"原宪贫"作为文士清贫的典故。唐代诗人对这一典故的接受主要体现在以下几个方面:

首先,以"原宪贫"自喻或喻人,抒写己与友人之贫困与怀才不遇。杜甫在《寄李十二白二十韵》中写道:"处士祢衡俊,诸生原宪贫。"此诗是杜甫在获悉李白被朝廷放逐后的作品,旨在为李白不幸的遭遇辩护伸冤。诗句中的"诸生"兼指李白与自己,作为中国文学史上最伟大的两位诗人,此时的两人都处于贫困与怀才不遇的境况之中,因此用"原宪贫"作比是再合适不过的了。在另一

---

① 陈才俊:《庄子全集》,海潮出版社2008年版,第415页。

首诗《寄岳州贾司马六丈巴州严八使君两阁老五十韵》中,杜甫又写道:"弟子贫原宪,诸生老伏虔。"此时的杜甫已步入人生的晚年,仕途上已没有了任何的希望,生活上也已不再有像严武、高适等达官贵人的接济,生活愈加艰难,在这种情况下,杜甫再次以"原宪贫"自比,以抒写自己的贫困,同时表达出怀才不遇之感。与此类似的例子还有卢纶《冬日登城楼有怀因赠程腾》中的"长卿未遇杨朱泣,蔡泽无媒原宪贫"、白居易《涧底松》中的"金张世禄原宪贫,牛衣寒贱貂蝉贵"等。

其次,借"原宪贫"自慰,表现一种淡泊名利的旷达情怀。在"原宪贫"这一典故中,原宪安于贫这一点对处于贫困或怀才不遇的唐代诗人也有很大的启发。孟郊在《伤时》中就曾写道:"我亦不羡季伦富,我亦不笑原宪贫。"作为一名苦吟诗人,孟郊父亲早逝,在母亲的抚养下长大,直到四十六岁才科举中第,五十岁初入仕途,而且只是被任命为溧阳县尉这样一个微不足道的小官,命运之坎坷、生活之艰难可想而知,在这种情形下,孟郊以"原宪贫"自慰,连古之贤人都可以安贫,自己又何必耿耿于怀呢?王维在《山中示弟》中写道:"莫学嵇康懒,且安原宪贫。"这是王维晚年的作品,虽然官位屡有升迁,但此时的王维对官场已有厌倦和担心,因此长期过着半官半隐的生活。原宪安贫可以说是他隐居时的精神支柱。与此类似的例子还有王绩《被召谢病》中的"颜回唯乐道,原宪岂伤贫"、沈佺期《伤王学士》中的"原宪贫无愁,颜回乐自持"等。

第三,对"原宪贫"予以否定,抒发不甘人下的豪迈情怀。原宪是安贫的,但并不是所有的唐代诗人在任何时候都对此持肯定态度。也有一些诗人不甘于原宪式的贫,尤其是在他们年轻的时候。杜甫在《奉赠韦左丞丈二十二韵》中就曾写道:"窃效贡公喜,难甘原宪贫。”这是杜甫困居长安早期的作品，在经历了李林甫“野无遗贤”的科举骗局后，他希望得到杜家的世交、时任尚书省左丞的韦济的帮助，他用“难甘原宪贫”之典，旨在表达自己积极进取的思想。李白在《白马篇》也曾写道：“羞入原宪室，荒径隐蓬蒿。”这是李白早年的一篇作品，诗句对原宪之贫予以否定，写出了一位少年侠士之豪气，而这位少年侠士也可以看成是青年时代的李白的自我写照。

第四，用“原宪贫”与“他人富”形成对比，表现贫富不均的社会现实。于濆在《富农诗》中写道：“西邻有原宪，蓬蒿绕环堵。”诗题为“富农”，但主旨是揭露贫富不均的社会现实，用像原宪一样具有极高才华之人的贫困做比较，更有利于对主旨的表达。

五、对子贡的接受

子贡即端木赐（前 520 – 前 446），复姓端木，字子贡，卫国人。孔子的得意门生，孔门十哲之一，“受业身通”的弟子之一，孔子曾称其为“瑚琏之器”，在孔门十哲中以言语闻名。从用典的角度看，唐代诗人对子贡的接受主要体现“夫子墙”和“瑚琏”两个典故上。

（一）夫子墙

《论语·子张》：“叔孙武叔语大夫于朝，曰：‘子贡贤于仲尼。’子服景伯以告子贡。子贡曰：‘譬之宫墙，赐之墙也及肩，窥见室家之好。夫子之墙数仞，不得其门而入，不见宗庙之美，百官之富。’”[①]本为子贡形容孔子学问道德之高，后以“夫子墙”比喻人之才德高不可攀。

---

① 杨伯峻：《论语译注》，中华书局 2016 年版，第 217 页。

姚合在《和裴令公新成绿野堂即事》中写道:“丘墙高莫比,萧宅僻还清。”绿野堂是曾在穆宗时任过宰相的裴度晚年退居洛阳时所建,此时的姚合与裴度有结交,因此在绿野堂建成之后,姚合写了此诗以表祝贺。从表面看,姚合是在赞美绿野堂墙垣之高,但实际上暗含着对裴度德才的赞美。作为一代名相,裴度也确实配得上这种赞美。裴度一生为了维护和巩固李唐的封建统治,坚持与权奸、宦官、割据势力进行斗争,尤其是在反对藩镇割据势力方面,他取得了巨大功绩,不愧为一位杰出的政治家。与此类似的例子还有姚合《和座主相公西亭秋日即事》中的“夫子墙还峻,鄚侯宅过谦”、姚合《题金州西园九首垣竹》中的“穷秋雨萧条,但见墙垣长。宣尼高数仞,固应非土壤”、李德裕《仆射相公偶话于故集贤张学士厅写得德裕与仆射旧唱和诗其时和者五人惟仆射与德裕皆列高位凄然怀旧辄献此诗》中的“赋感邻人笛,诗留夫子墙”、杜牧《奉和门下相公送西川相公兼领相印出镇全蜀诗十八韵》中的“忝逐三千客,曾依数仞墙”、柳宗元《弘农公以硕德伟才屈于诬枉左官三岁复为大僚天监昭明人心感悦宗元窜状湘浦拜贺末由谨献诗五十韵以毕微志》中的“独弃伧人国,难窥夫子墙”、杨巨源《酬令狐舍人》中的“亦知受业公门事,数仞丘墙不见山”、钱起《寻司勋李郎中不遇》中的“重花不隔陈蕃榻,修竹能深夫子墙”等。

(二)瑚琏

《论语·公冶长》:“子贡问曰:‘赐也何如?’子曰:‘女,器也。’曰:‘何器也?’曰:‘瑚琏也。’”①瑚、琏皆宗庙礼器。后用“瑚琏”或“瑚琏器”以比喻治国安邦之才。

---

① 杨伯峻:《论语译注》,中华书局2016年版,第45页。

杜甫在《八哀诗·赠左仆射郑国公严公武》中写道:"郑公瑚琏器,华岳金天晶。"严武与杜甫是世交,也是杜甫一生中最重要的朋友之一,官至吏部尚书,在击败吐蕃入侵的过程中立下赫赫战功。因此杜甫把他比作"瑚琏器"丝毫不为过。在《水宿遣兴奉呈群公》中,杜甫又用"瑚琏器"赞美江陵节度使府的官员们:"嶷嶷瑚琏器,阴阴桃李蹊。"与此类似的例子还有浩虚舟《赋得琢玉成器》中的"伫当亲捧握,瑚琏幸齐名"、皇甫澈《礼部尚书门下侍郎平章事李》中的"猗欤瑚琏器,竭我股肱力"、韩愈《答张彻》中的"炯炯抱瑚琏,飞飞联鹔鸰"等。

六、对子游的接受

言偃(前506—前443),字子游,又称叔氏,常熟人。孔门著名弟子中唯一南方弟子。擅文学,曾任鲁国武城宰,阐扬孔子学说,重视礼乐教育。唐以后多次追封。明嘉靖时改称"先贤言子"。清康熙时设置五经博士一员,由言偃后裔世袭。从用典的角度看,唐代诗人对他的接受主要集中在"割鸡焉用牛刀"这一典故上。

《史记·仲尼弟子列传》:"言偃,吴人,字子游。少孔子四十五岁。子游既已受业,为武城宰。孔子过,闻弦歌之声。孔子莞尔而笑曰:'割鸡焉用牛刀?'子游曰:'昔者偃闻诸夫子曰,君子学道则爱人,小人学道则易使。'孔子曰:'二三子,偃之言是也。前言戏之耳。'"①唐代诗人对这一典故的运用表现在三个方面:

(一)用"弦歌"或"武城弦"代指重视礼乐教化。高适在《过卢明府有赠》中写道:"能奏明廷主,一试武城弦。"这是诗歌的结

---

① (西汉)司马迁:《史记》,中华书局1963年版,第2201页。

尾句,与开头的“良吏不易得,古人今可传”形成对应,以子游的“武城弦”之典夸赞卢明府在县令之位上重视礼乐教化的政绩。与此类似的例子还有卢照邻《于时春也慨然有江湖之思寄赠柳九陇》中的“遥闻彭泽宰,高弄武城弦”、储光羲《同武平一员外游湖五首时武贬金坛令》中的“朝来仙阁听弦歌,瞑入花亭见绮罗”、刘言史《送人随姊夫任云安令》中的“闲逐维私向武城,北风青雀片时行”、孟浩然《同卢明府早秋宴张郎中海亭》中的“侧听弦歌宰,文书游夏徒”、孟浩然《和张明府登鹿门作》中的“弦歌既多暇,山水思微清”、孟浩然《与白明府游江》中的“沿洄洲渚趣,演漾弦歌音”、宋之问《送武进郑明府》中的“弦歌试宰日,城阙赏心违”、张说《送王晙自羽林赴永昌令》中的“多谢弦歌宰,稀闻桴鼓声”、张说《送苏合宫颋》中的“变风须恺悌,成化伫弦歌”、徐坚《送武进郑明府》中的“弦歌试宰日,城阙赏心违”、李白《望汉阳柳色寄王宰》中的“寄谢弦歌宰,西来定未迟”、李白《经乱离后天恩流夜郎忆旧游书怀赠江夏韦太守良宰》中的“逢君听弦歌,肃穆坐华堂”、李白《赠从孙义兴宰铭》中的“弦歌欣再理,和乐醉人心”、李白《赠清漳明府侄聿》中的“弦歌咏唐尧,脱落隐簪组”、李白《赠范金卿二首》中的“范宰不买名,弦歌对前楹”、李颀《送崔婴赴汉阳》中的“才年三十佩铜印,知尔弦歌汉水清”等。

(二)用“武城鸡”喻大材小用。张九龄在《赠澧阳韦明府》中写道:“君有百炼刃,堪断七重犀。谁开太阿匣,持割武城鸡。竟与尚书佩,遥应天子提。何时遇操宰,当使玉如泥。”在张九龄的眼中,韦明府就是一把经过“百炼”而“堪断七重犀”的太阿剑。此剑为儒家掌门人伏念所有,在十大名剑排名第三,理应“与尚书佩”“应天子提”。然而此时的韦明府却只是屈身县令之职,就像用“牛刀”持割“武城鸡”一样,显然是大材小用。

(三)用"牛刀"喻有大材之人。孟浩然在《赠萧少府》中写道:"鸿渐升羽仪,牛刀列下班。"意谓萧少府是"牛刀"一样的大才之人,但是怀才不遇,只能"列下班"。与此类似的例子还有许浑《广陵送剡县薛明府赴任》中的"寻仙在仙骨,不用废牛刀"。

七、对子夏的接受

卜商(前507—?),字子夏,尊称"卜子"或"卜子夏"。晋国温地(今河南温县)人,一说卫国人,以"文学"著称,曾为莒父宰。从用典的角度看,唐代诗人对子夏的接受主要体现在"索居"这一典故上。

《礼记·檀弓上》:"子夏丧其子而丧其明,曾子吊之,哭。子夏曰:'天乎!予之无罪也!'曾子怒曰:'商!汝何无罪也?吾与汝事夫子于洙、泗之间,退而老于西河之上,使西河之民,疑汝于夫子,尔罪一也。丧尔亲,使民未有异闻,尔罪二也。丧尔子,丧尔明,尔罪三也。而曰汝何无罪欤?'子夏投其杖而拜,曰:'吾过矣!吾过矣!吾离群而索居,亦以久矣!'"[①]后人们常以"索居"指寂寥独居。杜甫在《上韦左相二十韵》中写道:"长卿多病久,子夏索居频。"此诗作于天宝十四载(755),此时的杜甫困居长安,一直未有出仕为官的机会,"奉儒守官"的理想对自己来说似乎遥不可及,父亲杜闲已去世多年,自己又多病缠身,因此他真真切切地体会到了"子夏索居"的寂寞。杜甫向韦见素哭诉这些,希望能够获得对方的同情与帮助,使自己改变这一状况。与此类似的例子还有张贲《贲中间有吴门旅泊之什蒙鲁望垂和更作一章以伸酬谢》中的"清秋将落帽,子夏正离群"、段成式《送穆郎中赴阙》中

① 杨天宇:《礼记译注》,上海古籍出版社2004年版,第70页。

的“应念愁中恨索居,歌声里且踟蹰”、杜甫《寄高三十五詹事》中的“安稳高詹事,兵戈久索居”、杜甫《寄张十二山人彪三十韵》中的“索居犹寂寞,相遇益悲辛”、李商隐《有怀在蒙飞卿》中的“薄宦频移疾,当年久索居”、张蠙《寄友人》中的“恋道欲何如,东西远索居”、钱起《送沈仲》中的“千里还同术,无劳怨索居”、白居易《开成二年夏闻新蝉赠梦得》中的“虽无索居恨,还动长年情”、白居易《酬令狐留守尚书见赠十韵》中的“旧眷怜移疾,新吟念索居”、独孤及《海上寄萧立》中的“索居动经秋,再笑知曷月”、高适《苦雨寄房四昆季》中的“独坐见多雨,况兹兼索居”、权德舆《奉和许阁老酬淮南崔十七端公见寄》中的“索居因仕宦,著论拟潜夫”等。

八、对子长的接受

公冶长(前 519 - 前 470),名长,字子长、子芝。齐国人,亦说鲁国人。孔子的女婿。自幼家贫,勤俭节约,聪颖好学,博通书礼,德才兼备,终生治学不仕。相传通鸟语,并因此无辜获罪。因德才兼备,深为孔子赏识。从用典的角度看,唐代诗人对公冶长的接受主要体现“缧绁”(或曰“冶长非罪”)这个典故上。

《论语·公冶长》:“子谓公冶长可妻也,虽在缧绁之中,非其罪也,以其子妻之。”①后用“缧绁”(或曰“冶长非罪”)指无罪而遭拘囚的冤狱。骆宾王在他的长篇巨制《畴昔篇》中写道:“冶长非罪曾缧绁,长孺然灰也经溺。”仪凤三年(678)冬天,陈子昂因“坐赃”下狱,此时的他内心苦闷不已,“无人信高洁,谁为表予心”(《在狱咏蝉》)。第二年六月,陈子昂遇赦出狱,但并未得到平

① 杨伯峻:《论语译注》,中华书局 2016 年版,第 44 页。

反,仍是戴罪之身。在这种情形下,他写下了《畴昔篇》。“冶长非罪曾缧绁”之语是他借助于公冶长的故事以抒发自己的愤懑情怀。刘长卿也曾有过入狱的经历,乾元元年(759),他因“刚而犯上”(高仲武《中兴间气集》卷下)而遭到谗害,先是身陷囹圄,后又被贬南巴,此时的他真真切切地体会到了当年公冶长无辜获罪的感受。在《罪所留系寄张十四》中,他写道:“冶长空得罪,夷甫岂言钱。”在《罪所留系每夜闻长洲军笛声》中,他又写道:“白日浮云闭不开,黄沙谁问冶长猜。”可以说这是刘长卿发自内心的呐喊,遗憾的是并没有得到回应。韩愈虽然没有入狱,但有被人诬陷的经历。贞元十九年(803),关中旱饥,灾情严重,韩愈因如实上报而得罪幸臣,被贬阳山(在今广东)县令,他在《县斋有怀》中写道:“冶长信非罪,侯生或遭骂。”借助于公冶长之典以证实自己的清白。其他类似的例子还有刘禹锡《送华阴尉张苕赴邕府使幕》中的“公冶本非罪,潘郎一为民”、柳宗元《奉酬杨侍郎丈因送八叔拾遗戏赠诏追南来诸宾二首》中的“冶长虽解缧绁,无由得东周”、毛明素《与琳法师》中的“冶长倦缧绁,韩安叹死灰”、沈佺期《枉系二首》中的“昔日公冶长,非罪遇缧绁。圣人降其子,古来叹独绝”等。

九、对子贱的接受

宓子贱(前521或502-前445),姓宓,名不齐,字子贱,鲁国人。曾为单父宰,弹琴而治,为后世儒家所称道。孔子曾称赞他:“君子哉若人!”从用典的角度看,唐代诗人对他的接受主要集中在“单父琴”这一典故的运用。

《吕氏春秋》卷二十一载:“宓子贱治单父,弹鸣琴,身不下堂而单父治。巫马期以星出,以星入,日夜不居,以身亲之,而单父亦治。巫马期问其故于宓子。宓子曰:'我之谓任人,子之谓任力。任力者故劳,任人者故逸。'宓子则君子矣,逸四肢,全耳目,平心气,而百官以治义矣,任其数而已矣。巫马期则不然,弊生事精,劳手足,烦教诏,虽治犹未至也。"①后因以"单父琴"为称颂地方官治绩之典。杜甫在《七月一日题终明府水楼二首》(其二)中写道:"宓子弹琴邑宰日,终军弃繻英妙时。"大历二年(766),杜甫居于夔州瀼西草堂,时终县令以功曹兼代奉节县令,与杜甫有一定的交往,且在生活上给予了杜甫一定的帮助。诗句以"宓子弹琴"夸赞终明府年龄不大,但治政有方。杜甫在大历三年(767)创作的《夏日杨长宁宅送崔侍御常正字入京》中再次运用了这一典故,诗句曰:"醉酒扬雄宅,升堂子贱琴。"以宓子贱比长宁县令杨某,夸赞对方的政绩卓著。唐代诗人对这一典故的接受比较普遍,类似的例子还有刘长卿《自紫阳观至华阳洞宿侯尊师草堂简同游李延年》中的"明发归琴堂,知君懒为县"、刘长卿《送宇文迁明府赴洪州张观察追摄丰城令》中的"陈蕃待客应悬榻,宓贱之官独抱琴"、耿沣《晚秋东游寄猗氏第五明府解县韩明府》中的"灞涘袁安履,汾南宓贱琴"、郎士元《送长沙韦明府》中的"遥知讼堂里,佳政在鸣琴"、钱起《送武进韦明府》中的"理邑想无事,鸣琴不下堂"、高适《同房侍御山园新亭与邢判官同游》中的"灌坛有遗风,单父多鸣琴"、骆宾王《饯郑安阳入蜀》中的"遗锦非前邑,鸣琴即旧台"、韦应物《送唐明府赴溧水》中的"到此安氓俗,琴堂又晏然"、独孤及《酬常鄘县见赠》中的"堂上五弦销暇日,邑中千室有阳春"等。

---

① 张双棣等:《吕氏春秋译注》,北京大学出版社2011年版,第649页。

十、对子羽的接受

澹台灭明，鲁国武城人，名灭明，字子羽。孔门七十二贤之一。因长相丑陋而被孔子嫌弃。但终因品德高尚、学风端正而重新获得孔子的赏识。唐封其为“江伯”，宋封其为“金乡侯”。从用典的角度看，唐代诗人对他的接受主要体现在“行不由径”这一典故上。

《论语·雍也》：“有澹台灭明者，行不由径，非公事，未尝至于偃之室也。”[①]后用“行不由径”比喻行动正大光明。大部分唐代文人都从行动上接受了这一典故，而在作品中比较明显的接受是四篇直接以“行不由径”命名的诗歌，分别是张籍的《省试行不由径》、王炎的《赋得行不由径》、封孟绅的《赋得行不由径》（一作萧昕诗）和俞简的《行不由径》。四首诗虽表述不同，但含义一致，都表达出了做事应正大光明之意。以张籍的作品为例：“田里有微径，贤人不复行。孰知求捷步，又恐异端成。从易众所欲，安邪患亦生。谁能达天道，共此竞前程。子羽有遗迹，孔门传旧声。今逢大君子，士节自光明。”在通往“天道”的路上，有“微径”“捷步”，这样会使事情变得“从易”，但同时又可能“异端成”“患亦生”，怎么解决这其中的矛盾呢？张籍给出的答案是“子羽有遗迹，孔门传旧声”，子羽的做法就是榜样。

十一、对子迟的接受

樊迟（前515—？），名须，字子迟。鲁国人（一说齐国人）。他有谋略，并具有勇武精神。樊迟兴趣广泛，除学道德、文章，还曾

---

① 杨伯峻：《论语译注》，中华书局1980年版，第63页。

向孔子问“学稼”和“学为圃”。唐玄宗开元二十七年(739)封为“樊伯”,宋真宗大中祥符二年(1009)加封“益都侯”;宋度宗咸淳三年(1267)以“益都侯”从祀孔子。从用典的角度看,唐代诗人对子贡的接受主要体现在“学稼”这个典故上。

《论语·子路》:“樊迟请学稼,子曰:‘吾不如老农。’请学为圃。曰:‘吾不如老圃。’樊迟出。子曰:‘小人哉,樊须也!上好礼,则民莫敢不敬;上好义,则民莫敢不服;上好信,则民莫敢不用情。夫如是,则四方之民襁负其子而至矣,焉用稼?’”①孔子从社会分工的角度出发反对樊迟学稼,但“学稼”这一典故被唐代诗人所接受,并赋予它新的含义,这种新含义与隐逸情结紧密联系在一起。如韩愈在《县斋有怀》中写道:“少小尚奇伟,平生足悲咤。犹嫌子夏儒,肯学樊迟稼。”年轻时的韩愈涉世未深,豪气满怀,因此对学稼这种小事是不屑一顾的,诗中的“肯”是反语,乃“岂肯”之意。在贬所岭南阳山县写的这首诗显然是对年轻时思想的一种反驳,表达了自己在人生失意时的一种隐逸情结。与此类似的例子还有权德舆《暮春闲居示同志》中的“灌园输井税,学稼奉晨昏”、卢纶《酬李端长安寓居偶咏见寄》中的“学稼功还弃,论边事亦沉”、耿湋《渭上送李藏器移家东都》中的“求名虽有据,学稼又无田”、钱起《东皋早春寄四校书》中的“禄微赖学稼,岁起归衡茅”等。

总的来说,唐代诗人对孔门弟子的接受是多方面的,这些接受对他们的人格精神、心理结构、性格气质、审美趣味及创作风格的形成都起到了重要作用。

---

① 杨伯峻:《论语译注》,中华书局1980年版,第142页。

第三节　唐代诗人对孟子的接受

孟子（约前372—约前289），名轲，字子舆，邹国（今山东邹城）人，也有人认为邹国是鲁国的附属国，说孟子是鲁国人。孟子是儒家的主要代表之一，在政治上主张法先王、行仁政；在学说上推崇孔子，反对杨朱、墨翟。孟子被后世尊称为亚圣。其弟子将孟子的言行记录成《孟子》一书。从用典的角度看，唐代诗人对孟子的接受主要体现在以下典故上。

一、"孟母三迁"或"孟邻"

"孟母三迁"或"孟邻"之典出自刘向的《列女传·母仪·邹孟轲母传》："邹孟轲之母也。号孟母。其舍近墓。孟子之少也，嬉游为墓间之事，踊跃筑埋。孟母曰：'此非吾所以居处子也。'乃去舍市傍。其嬉戏为贾人炫卖之事。孟母又曰：'此非吾所以居处子也。'复徙舍学宫之傍。其嬉游乃设俎豆揖让进退。孟母曰：'真可以居吾子矣。'遂居之。及孟子长，学六艺，卒成大儒之名。君子谓孟母善以渐化。"①这个故事告诉人们良好的人文环境对人的成长及品格的养成至关重要。同时，"孟邻"也成为好邻居的代名词，体现出邻里之间感情的融洽。

唐代诗人运用"孟邻"这一典故最多的是杜甫，在《奉贺阳城郡王太夫人恩命加邓国太夫人》诗中，杜甫写道："奕叶班姑史，芬芳孟母邻。"大历二年（767）六月，荆南节度使卫伯玉被封为阳城

---

① （西汉）刘向撰，绿净译注：《古列女传译注》，上海三联书店2014年版，第42页。

郡王,其母亲也被封为邓国夫人,杜甫写诗祝贺。诗中用“孟邻”之典夸赞卫太夫人像孟母一样训子有方。在《奉赠萧十二使君》中,杜甫写道:“终始任安义,荒芜孟母邻。”萧十二和杜甫曾一同在蜀中严武幕中任职。严武死后,老母尚在,萧十二像孝敬自己的母亲一样孝敬严母,而如今“荒芜孟母邻”,以孟母比严母,意指严武的母亲也去世了,萧十二和杜甫都为失去这样一位“孟邻”而惋惜和悲痛。在《奉送十七舅下邵桂》中,杜甫写道:“飘缈苍梧帝,推迁孟母邻。”杜甫的十七舅带着母亲离开动荡的夔州前往相对比较稳定的邵州、桂州,此时的十七舅承担了孟母般的角色,这是杜甫对“孟邻”这一典故寓意的拓展。在《寄张十二山人彪三十韵》中,杜甫写道:“历下辞姜被,关西得孟邻。”张彪是颍洛之间的隐者,安史之乱时,他携带母亲离开家乡避难,曾与杜甫相遇于华州并成为邻居。杜甫用“孟邻”之典表现出自己与张彪之间深厚的感情。在所有的唐代诗人中,与母亲感情最深厚的莫过于孟郊了。孟郊幼年丧父,在母亲裴氏的抚养下长大,母亲在极其艰难的情况下给他提供了很好的教育环境,也让孟郊发出了“谁言寸草心,报得三春晖”的肺腑之言。在《题韦承总吴王故城下幽居》中,孟郊写道:“韦生堪继相,孟子愿依邻。”表面上是在夸赞韦承总,实际上也暗示出孟郊对“孟邻”这一典故接受颇深,对母亲感激颇深。唐诗中体现出对“孟母三迁”或“孟邻”有所接受的诗句还有刘昚虚《寄江滔求孟六遗文》中的“偏知汉水广,应与孟家邻”、岑参《西河郡太原守张夫人挽歌》中的“从夫元凯贵,训子孟轲贤”、张九龄《与袁补阙寻蔡拾遗会此公出行后蔡有五韵诗见赠以此篇答焉》中的“辙迹陈家巷,诗书孟子邻”、李峤《宅》中的“孟母迁邻罢,将军辞第初”、温庭筠《感旧陈情五十韵献淮南李仆射》中的“邻里才三徙,云霄已九迁”等。

二、缘木求鱼

《孟子·梁惠王上》:“以若所为求若所欲,犹缘木而求鱼也……缘木求鱼,虽不得鱼,无后灾。以若所为求若所欲,尽心力而为之,后必有灾。”①后以“缘木求鱼”或“缘木”比喻行动和目的相反,劳而无所得。

独孤及在《喜辱韩十四郎中书兼封近诗示代书题赠》中写道:“宦情缘木知非愿,王事敦人敢告劳。”受到儒家思想的影响,独孤及想要通过顺利的仕途而实现自己的人生理想,他的朋友韩十四郎中亦如此。但现实的“宦情”发展并不如他们所愿,是时二人的官位都极其卑微,这种理想与现实之间的反差如同“缘木”,但二人并没有因此而得过且过,而是仍然勤于王事,这是他们的可贵之处。罗隐在《答宗人衮》中写道:“敢恨守株曾失意,始知缘木更难求。”自信有一身才华,罗隐曾经“守株”以待伯乐,遗憾的是伯乐不常有。为了理想,他开始主动出击,但结局仍不如人意,就像“缘木”一样,劳而无所得。与此类似的例子还有贯休《行路难》中的“负心为垆复为火,缘木求鱼应且止”、温庭筠《病中书怀呈友人》中的“定为鱼缘木,曾因兔守株”等。

三、臧仓掩孟轲

《孟子·梁惠王下》:“鲁平公将出。嬖人臧仓者请曰:‘他日君出,则必命有司所之。今乘舆已驾矣,有司未知所之。敢请。’公曰:‘将见孟子。’曰:‘何哉?君所为轻身以先于匹夫者,以为贤乎?礼义由贤者出。而孟子之后丧逾前丧。君无见

① 杨伯峻:《孟子译注》,中华书局 2016 年版,第 12 – 13 页。

焉！'公曰：'诺。'"[①]鲁平公将见孟子，为其宠臣臧仓所阻。后因以臧仓指进谗害贤的小人，以"臧仓掩孟轲"之君子为小人所谗。

孟郊在《君子勿郁郁士有谤毁者作诗以赠之》中写道："叔孙毁仲尼，臧仓掩孟轲。"从题目中可以看出，有一"君子"因遭到别人的"谤毁"而心情"郁郁"，孟郊以孟子也被臧仓诬陷过的典故劝慰"君子"放开胸怀，莫要为他人的谤毁而抑郁。皮日休在《奉和鲁望读阴符经见寄》中写道："叔孙与臧仓，贤圣多如此。"皮日休少年成名，但因经常遭到他人的谗毁而仕途坎坷，诗句以圣人孔子曾遭叔孙的谗毁、亚圣孟子曾遭到臧仓的谗毁以自慰，也透露出绝不向邪恶势力屈服的决心。与此类似的例子还有唐彦谦《送樊琯司业归朝》中的"畏诛轻李喜，言命小臧仓"、皮日休《江南书情二十韵寄秘阁韦校书贻之商洛宋先辈垂文二同年》中的"季氏唯谋逐，臧仓只拟谗"等。

四、揠苗

《孟子·公孙丑上》："宋人有悯其苗之不长而揠之者，芒芒然归。谓其人曰：'今日病矣，予助苗长矣。'其子趋而往视之，苗则槁矣。天下之不助苗长者寡矣。以为无益而舍之者，不耘苗者也；助之长者，揠苗者也。非徒无益，而又害之。"[②]后以"揠苗"喻强求速成，有害无益。

贾岛在《送令狐绹相公》中写道："揠苗方灭裂，成器待陶钧。"这首诗是贾岛在科举落第之后写给自己的"慷慨知音"令狐绹的。"揠苗"意谓宋人揠苗助长是极其草率的做法，而要真正成

---

① 杨伯峻：《孟子译注》，中华书局2016年版，第39页。

② 杨伯峻：《孟子译注》，中华书局2016年版，第47页。

器必须要向制作陶器一样慢慢陶冶。这可以看成是贾岛对自己落第的一种安慰，亦是作为“苦吟诗人”的贾岛对成功的真理性认识。陆龟蒙在《南泾渔父》中写道：“孟子讥宋人，非其揠苗躁。”亦以“揠苗”之典告诫自己及世人切勿违反事物的发展规律，急于求成。

五、箪食壶浆

《孟子·梁惠王下》：“以万乘之国伐万乘之国，箪食壶浆以迎王师，岂有他哉！”[①]两国交战，老百姓用箪盛饭、用壶盛汤以热情迎接和款待自己所爱戴的军队。后用“箪食壶浆”或“壶浆”以表现双方交往时其中一方的热情与慷慨。

白居易在《别州民》中写道：“耆老遮归路，壶浆满别筵。”此诗作于长庆四年(824)，时白居易要离开任职多年的杭州前往洛阳，而杭州父老拦路送别。诗中以“壶浆”之典表达了杭州的父老准备水酒盛筵拦路相送的热情与留恋。白居易在杭州之任上做了许多惠及州民的事情，如对因年久失修皆堵塞失用的“六井”(李泌守郡时所开)加以修缮，解决了州民的饮水问题；在钱塘江上增筑了湖堤工程，避免了因干旱而造成灾荒。正因为如此，才有了他离任之时州民的“壶浆”相送。刘禹锡在《历阳书事七十韵》中写道：“里社争来献，壶浆各自擎。”在“二十三年弃置身”(《酬乐天扬州初逢席上见赠》)的贬谪生涯中，刘禹锡曾于长庆四年(824)夏调任和州(即历阳，今安徽和县)刺史，在这里，他留下了千古名作《陋室铭》。虽然是贬谪之身，但刘禹锡前期与王叔文、柳宗元等人一起倡导政治革新的热情一直未改，在离任时，乡

---

① 杨伯峻：《孟子译注》，中华书局2016年版，第33页。

里百姓争相献"壶浆",由此可见,刘禹锡在和州应该做了许多有益于百姓的事情。分别之时,"壶浆"之典可以用来表达热情与留恋;而在相聚之时,"壶浆"之典亦可以表达热情,同时也是一种欢迎。李白在《赠从孙义兴宰铭》中写道:"壶浆候君来,聚舞共讴吟。"自己的从孙即将来义兴(今江苏宜兴)做县宰,而当地的百姓早已准备好了"壶浆"等候他的到来,这是一种热情和欢迎,亦是一种期盼。杜牧在《郡斋独酌》中写道:"伯姊子欲归,彼亦有壶浆。""伯姊子"即将归来,杜牧用"壶浆"之典表达了对这一即将到来的相聚的期盼。与此类似的例子还有刘长卿《行营酬吕侍御时尚书问罪襄阳军次汉东境上……诗以见谕》中的"井税鹑衣乐,壶浆鹤发迎"、温庭筠《寓怀》中的"苟无海岱气,奚取壶浆恩"、贯休《送吏部刘相公除东川》中的"渥泽番番降,壶浆处处陈"、李白《游溧阳北湖亭望瓦屋山怀古赠同旅》中的"子胥昔乞食,此女倾壶浆"、白居易《江州赴忠州至江陵已来舟中示舍弟五十韵》中的"壶浆椒叶气,歌曲竹枝声"等。

六、明察秋毫

"明察秋毫"语出《孟子·梁惠王上》:"吾力足以举百钧,而不足以举一羽;明足以察秋毫之末,而不见舆薪,则王许之乎?"①本义指眼睛能明晰地观察到秋天鸟兽身上新长出的细毛;后用"秋毫"比喻极细微的事物、现象,进一步引申为形容人能洞察事理、不受欺蒙。

唐代诗人运用"明察秋毫"之典时因语境不同而有选择性地取其本义、比喻义或引申义。杜甫在《八月十五夜月二首》(其

① 杨伯峻:《孟子译注》,中华书局2016年版,第12页。

一）中写道：“此时瞻白兔，直欲数秋毫。”意谓此时看月亮上的白兔，简直能数出它的细毛，虽然明显是在夸张，但“秋毫”之典用的是本义。与此类似的例子还有李白《观放白鹰二首》（其一）中的“孤飞一片雪，百里见秋毫”、皮日休《奉酬鲁望夏日四声四首·平声》中的“清烟埋阳乌，蓝空含秋毫”、皇甫冉《台头寺愿上人院古松……与赵八员外、裴十补阙同赋之》中的“细草亦全高，秋毫乍堪比”等。在《喜闻官军已临贼境二十韵》中，杜甫写道：“戈铤开雪色，弓矢尚秋毫。”戈和铤这样的兵器闪亮如雪，拉弓射箭，即使细微的事物也能射中，这里的“秋毫”用的是比喻义。李白在《流夜郎半道承恩放还兼欣克复之美书怀示息秀才》中写道：“愧无秋毫力，谁念矍铄翁。”谓自己很惭愧没有贡献秋毫之力，因此没有人会想起他这个鹤发童颜的老翁，这里的“秋毫”用的也是比喻义。与此类似的例子还有陈昌言《白日丽江皋（一作鲍溶诗）》中的“清明开晓镜，昭晰辨秋毫”、杜牧《独酌》中的“独佩一壶游，秋毫泰山小”、白居易《无可奈何歌》中的“俾吾为秋毫之杪，吾亦自足，不见其小；俾吾为泰山之阿，吾亦无馀，不见其多”等。相比较而言，对这一典故接受最为透彻的应该是引申义的运用。李白在《赠别王山人归布山》中写道：“王子析道论，微言破秋毫。”意谓王山人剖析仙道的高论，几句简单的话就能洞察“秋毫”一般的事理。李颀在《送刘四》中写道：“听讼破秋毫，应物利干将。”夸赞刘四在审案的时候能够洞察事理，不受欺蒙。与此类似的例子还有舒元舆《坊州按狱》中的“大君明四目，烛之洞秋毫”、刘禹锡《贾客词》中的“心计析秋毫，摇钩侔悬衡等”。

七、解民倒悬

《孟子·公孙丑上》：“当今之时，万乘之国行仁政，民之悦之，犹解倒悬也。”[1]意思是现在这个时候,拥有万辆兵车的大国如果实行仁政,那么老百姓的高兴,就好像头向下、脚向上悬挂着的人被解救了一般。后用“倒悬”比喻极其艰难、危险的困境,以“解民倒悬”比喻把受苦难的人民解救出来。

高适在《信安王幕府诗并序》中写道:“庶物随交泰,苍生解倒悬。”诗序交代了写作背景和目的:“开元二十年,国家有事林胡,诏礼部尚书信安王总戎大举。时考功郎中王公、司勋郎中刘公、主客郎中魏公、侍御史李公、监察御史崔公咸在幕府,诗以颂美数公。”与林胡国的战争给“庶物”(万物)带来了苦难,随着信安王等人的出征,天地之气变得和祥,万物变得通泰,老百姓也从倒悬之苦中被解救了出来。李白在《送张秀才谒高中丞》中写道:“宇宙初倒悬,鸿沟势将分。”此诗作于至德二年(757),时李白在浔阳狱中,此时的情形如同“倒悬”,因此李白希望高中丞即高适来解救自己。不过高适是否帮助了李白没有史料记载。现在可以知道的是,李白最后是因崔涣和宋若思为之洗雪冤情才出狱的,不久之后被流放。但相对于韦子春等人的被杖杀,可以说明有人在保护李白。杜甫《闻斛斯六官未归》:“本卖文为活,翻令室倒悬。”斛斯六即斛斯融,因排行第六,故称。他是杜甫在草堂居住时的南邻。斛斯融离开成都前往江陵去讨为人撰写碑文的报酬。他本来是靠卖文为生,结果却使全家像倒悬一样活不下去。孟郊在《寄陕府邓给事》中写道:“疾诉将何谕,肆鳞今倒悬。”此诗当作于元和五年(810),孟郊时年六十,此时的他疾病缠身,他以“肆鳞今倒悬”向寄陕府邓给事哭诉,“东野这里用的是进一层写法。鱼失水已困苦不堪,今枯鱼倒悬于市肆,痛苦更甚”[2]。

---

① 杨伯峻:《孟子译注》,中华书局2016年版,第43页。

② 华忱之、喻学才:《孟郊集校注》,人民文学出版社1995年版,第323页。

八、以羊易牛

《孟子·梁惠王上》:“臣闻之胡龁曰,王坐于堂上,有牵牛而过堂下者,王见之,曰:‘牛何之?’对曰:‘将以衅钟。’王曰:‘舍之!吾不忍其觳觫,若无罪而就死地。’对曰:‘然则废衅钟与?’曰:‘何可废也?以羊易之!’……曰:‘无伤也,是乃仁术也,见牛未见羊也。君子之于禽兽也,见其生,不忍见其死;闻其声,不忍食其肉。是以君子远庖厨也。’”①后以“以羊易牛”之典喻人之慈悲之心。

柳宗元在《放鹧鸪词》中写道:“齐王不忍觳觫牛,简子亦放邯郸鸠。二子得意犹念此,况我万里为孤囚。”此诗作于元和三年(808),时柳宗元因革新运动失败而谪居永州。“齐王”两句用两个典故与自己对比,感叹自己身为迁谪万里孤囚,怎忍心吃这鹧鸪?真是同病相怜!齐王“以牛易羊”是不忍看牛觳觫,简子放鸠是为了显示君主恩泽及于万物。此两人在得意之时尚且有此善心,何况自己是万里之外一孤囚呢?在同时期所作的另一首诗《游南亭夜还叙志七十韵》中,柳宗元又写道:“问牛悲衅钟,说彘惊临牢。”此诗句是想借助于“以羊易牛”之典表达自己希望被天子原谅的心情,但遗憾的是柳宗元没有如愿。

九、怨天

《孟子·公孙丑下》:“孟子去齐,充虞路问曰:‘夫子若有不豫色然。前日虞闻诸夫子曰:君子不怨天,不尤人。’”②后以“怨

① 杨伯峻:《孟子译注》,中华书局2016年版,第11页。
② 杨伯峻:《孟子译注》,中华书局2016年版,第82页。

天”形容遇到不称心的事情一味归咎客观。

王建在《水夫谣》中写道：“我愿此水作平田，长使水夫不怨天。”这篇作品以纤夫的生活为描写对象，通过“怨天”之典，表现了其不堪忍受的痛苦，对当时不合理的劳役制度进行控诉。李白在《流夜郎半道承恩放还兼欣克复之美书怀示息秀才》中写道：“得罪岂怨天，以愚陷网目。”这是李白的自我反省，因加入永王李璘幕府而获罪，虽流放夜郎途中遇赦放还，但这次经历还是给李白造成了沉重的打击，他不愿意再重蹈覆辙，且意识到自己的获罪根本原因不在外界，而在于自己的愚钝，不该参与到险恶的政治斗争中。与此类似的例子还有白居易《送刘五司马赴任硖州兼寄崔使君》中的“位下才高多怨天，刘兄道胜独恬然”、牟融《重赠张籍》中的“凡缘未了嗟无子，薄命能孤不怨天”、薛据《初去郡斋书怀（一作初去郡书情）》中的“感时惟责己，在道非怨天”、吕岩《寄白龙洞刘道人》中的“莫教烛被风吹灭，六道轮回难怨天”等。

第四节　唐代诗人对晏子的接受

晏婴，字仲，谥平，也称晏子。春秋时齐国夷维（今山东高密）人，他是一位重要的政治家、思想家、外交家。公元前556年，父晏弱死后，晏婴继任齐卿，历仕灵公、庄公、景公三世。晏婴敢于犯颜直谏，纠正国君的错误，提倡节俭并且自己身体力行。传说晏子五短身材，貌不出众，但足智多谋，刚正不阿，为齐国昌盛立下了汗马功劳。传世有《晏子春秋》一书，当是战国时人搜集有关他的言行编辑而成。从用典的角度看，唐代诗人对晏子的接受主要体现在以下典故上。

一、晏子裘

《晏子春秋·内篇·杂下》:“晏子衣缁布之衣,麋鹿之裘,栈轸之车,而驾驽马以朝,是隐君之赐也。”①后多以“晏子裘”为称人节俭的典故,亦谓处境困顿。

高适在《东平旅游奉赠薛太守二十四韵》中写道:“不改任棠水,仍传晏子裘。”上句用的是东汉庞参之典。庞参任汉阳太守时,曾去拜访当地名士任棠,任棠不和他说话,只把薤一大本、水一盂放在户屏之前,自己抱着孙子伏在户下。庞参认为任棠是想用“水”告诫自己为官要清白,用“薤”告诫自己要打击强宗。后用“任棠水”称颂官吏清正廉明,为民做主。下句用“晏裘”之典进一步表达对东平太守薛思贞为官清廉的赞美之情。此诗创作于天宝五载(746),时高适已年近五十,然其“永愿拯刍荛,孰云干鼎镬”(《淇上酬薛三据兼寄郭少府微》)的政治理想仍未实现,但高适一直未放弃努力,因此在漫游至东平时给太守薛思贞写下了这首干谒诗,希冀通过对方的褒奖获得援引,但事与愿违。杜牧《冬至日遇京使发寄舍弟》中写道:“旅馆夜忧姜被冷,暮江寒觉晏裘轻。”上句中的“姜被”用的是汉人姜肱之典。姜肱秉性纯孝友爱,常与其弟仲海、季江同被而寝,后用以比喻兄弟间相亲友爱。下句用“晏裘”之典喻处境困顿。在异地他乡的客馆里,此时的杜牧正承受着寒冷的煎熬,困顿之际他想到了远方的舍弟此时也应承受着同样的痛苦。借助于“姜被”和“晏裘”之典,杜牧既写出了彼此的困顿处境,也把自己对舍弟的关心与思念表达得淋漓尽致。武元衡在《酬李十一尚书西亭暇日书怀见寄十二韵之作》中

① 汤化译注:《晏子春秋》,中华书局2015年版,第405页。

写道："高德闻郑履，俭居称晏裘。"借"晏裘"之典表达了对李十一尚书为官清廉品质的赞美。

二、三士桃

《晏子春秋·内篇·谏下》："公孙接、田开疆、古冶子事景公，以勇力搏虎闻。晏子过而趋，三子者不起，晏子入见公曰：'臣闻明君之蓄勇力之士也，上有君臣之义，下有长率之伦，内可以禁暴，外可以威敌，上利其功，下服其勇，故尊其位，重其禄。今君之蓄勇力之士也，上无君臣之义，下无长率之伦，内不以禁暴，外不可威敌，此危国之器也，不若去之。'……因请公使人少馈之二桃，曰：'三子何不计功而食桃？'……皆反其桃，挈领而死。"①后用以比喻施用阴谋杀人。

李白在作品中曾两次运用"三士桃"之典，分别是《惧谗》中的"二桃杀三士，讵假剑如霜"和《梁甫吟》中的"世人见我轻鸿毛，力排南山三壮士，齐相杀之费二桃"。两篇作品大约都作于天宝三载（744），时李白被唐玄宗"赐金放还"。对于李白被"赐金放还"的原因，目前学术界尚无一个统一的说法，比较流行的说法是唐玄宗的女婿张垍因嫉贤妒能而在唐玄宗面前说了不少李白的坏话，于是唐玄宗便说"此人固穷相"（《酉阳杂俎》）、"非廊庙器"（《本事诗》），从而打消了先前重用他的打算。无论这一说法是否站得住脚，李白因谗言屡及而遭弃是可以肯定的，两篇作品中的"三士桃"之典也充分验证了这个事实。与此类似的例子还有卢象《追凉历下古城西北隅此地有清泉乔木》中的"闲荫七贤地，醉餐三士桃"。

---

① 汤化译注：《晏子春秋》，中华书局2015年版，第152–154页。

三、徙橘

《晏子春秋·内篇·杂下》:"楚王赐晏子酒,酒酣,吏二缚一人诣王,王曰:'缚者曷为者也?'对曰:'齐人也,坐盗。'王视晏子曰:'齐人固善盗乎?'晏子避席对曰:'婴闻之,橘生淮南则为橘,生于淮北则为枳,叶徒相似,其实味不同。所以然者何?水土异也。今民生长于齐不盗,入楚则盗,得无楚之水土使民善盗耶?'王笑曰:'圣人非所与熙也,寡人反取病焉。'"①后比喻环境变了,事物的性质也跟着改变。也指即使生存于环境有利的地方,也会有不好的事物出现。

骆宾王在《晚泊江镇》中写道:"转蓬惊别渚,徙橘怆离忧。"在一个最容易引起游子感士不遇情结的早秋傍晚,漂泊的诗人泊舟于长江边的一个江镇,当他看到朝廷船队的时候,内心不由得掀起了波澜,他感叹自己就像随风飘转的蓬草,不知道下一刻会飘向哪里;此时的自己又像是坚定而纯洁的橘树,只宜生长于南方,当被移植至北方时就变成另一种树。离开家乡的自己似乎已不是真正的自己。"徙橘"之典的运用表现了陈子昂身处异地他乡生活的不如意,也透露出了自己的思乡之情。与此类似的例子还有骆宾王《早发诸暨》中的"橘性行应化,蓬心去不安"、元稹《驯犀》中的"渡江之橘踰汶貉,反时易性安能长"、崔兴宗《和王维敕赐百官樱桃》中的"未胜晏子江南橘,莫比潘家大谷梨"等。

四、"北郭贫"或"北郭骚"

《吕氏春秋·季冬纪·士节》:"齐有北郭骚者,结罘罔,捆蒲

---

① 汤化译注:《晏子春秋》,中华书局2015年版,第403页。

苇,织履,以养其母,犹不足,踵门见晏子曰:‘说先生之义,愿乞所以养母者。’晏子使人分仓粟府金而遗之,辞金受粟。有闲,晏子见疑于景公,出奔,过北郭骚之门而辞。北郭骚沐浴而见晏子曰:‘夫子将焉适?’晏子曰:‘见疑于齐君,将出奔。’北郭骚曰:‘夫子勉之矣!’晏子上车太息而叹曰:‘婴之亡岂不宜哉!亦不知士甚矣。’晏子行,北郭子召其友而告之曰:‘吾说晏子之义,而尝乞所以养母者焉。吾闻之,养其亲者身伉其难。今晏子见疑,吾将以身死白之。’著衣冠,令其友操剑,奉笥而从,造于君庭,求复者曰:‘晏子,天下之贤者也;今去齐国,齐必侵矣。方见国之必侵,不若死,请以头托白晏子也。’因谓其友曰:‘盛吾头于笥中,奉以托。’退而自刎。其友因奉托而谓复者曰:‘此北郭子为国故死,吾将为北郭子死。’又退而自刎。景公闻之,大骇,乘驲而自追晏子,及之国郊,请而反之。晏子不得已而反,闻北郭子之以死白己也,太息而叹曰:‘婴之亡,岂不宜哉!亦愈不知士甚矣。’”①后以“北郭贫”或“北郭骚”喻知己或家境贫困之人。

钱起在《小园招隐》中写道:“谁言北郭贫,能分晏婴粟。”诗中“但遂饮冰节,甘辞代耕禄”两句交代了写此诗时钱起的生活状况。引冰,谓清苦廉洁;代耕,旧时官吏不耕而食,因称为官食禄为代耕。钱起辞官归隐,过起了清苦日子。此时的他“支离鲜兄弟”,离开官场的他连兄弟都没有了,这不由得让他感叹“穷通世情阻”,人在失意时才能体会到世态炎凉。诗歌的结尾引用了“北郭贫”之典,抒发了自己的缺乏知音之叹。李贺在《感春》中写道:“日暖自萧条,花悲北郭骚。”以“北郭骚”比喻自己家境的萧条,而人在穷困潦倒时连赏春的雅兴都没有了,面对着花也只能无端

① 张双棣等:《吕氏春秋译注》,北京大学出版社2011年版,第274页。

生悲。

五、“晏婴骖”或“脱骖”

《史记·管晏列传·晏平仲》：“越石父贤，在缧绁中。晏子出，遭之涂，解左骖赎之，载归。弗谢，入闺。久之，越石父请绝。晏子戄然，摄衣冠谢曰：‘婴虽不仁，免子于厄，何子求绝之速也？’石父曰：‘不然。吾闻君子诎于不知己而信于知己者。方吾在缧绁中，彼不知我也。夫子既已感寤而赎我，是知己；知己而无礼，固不如在缧绁之中。’晏子于是延入为上客。”后因用“晏婴骖”或“脱骖”为以财助人之急的典故。

杜甫在《八哀诗·赠秘书监江夏李公邕》中写道：“分宅脱骖间，感激怀未济。”李邕（678—747），即李北海，也称李括州，字泰和，鄂州江夏（今湖北武汉武昌区）人。少年成名，历任左拾遗、户部员外郎、括州刺史、北海太守等职，人称“李北海”。《旧唐书·文苑传中·李邕》：“邕，素负美名，频被贬斥，皆以邕能文养士。”李邕与杜甫的交往历来为后世津津乐道。杜甫在《奉赠韦左丞丈二十二韵》中曾写道：“李邕求识面，王翰愿卜邻。”李邕长杜甫三十余岁，两人于开元二十九年（741）初识于洛阳，李邕主动“求识面”。其后，天宝四年（745），杜甫又陪时已近七十高龄的李邕游济南，留下了《陪李太守登历下亭》《同李太守登历下古城员外新亭亭对鹊山湖》等名篇。因为李邕的年龄和名望，这种交往对杜甫起了一定的提携作用。从作品中我们看不出李邕是否曾资助过杜甫财物，但从时间推算，与李邕的交往发生在杜甫困居长安的时期，李邕又是一个善于“养士”之人，想必李邕是资助过杜甫的，文中“脱骖”之典的运用也暗示出了这一点，同时这一典故的运用也表达了杜甫对李邕的感激之情。贯休在《和毛学士舍人早春》中写道："不知门下客，谁上晏婴骖。"借"晏婴骖"之典表达了对毛学士善于提携门人的赞美。

六、晏子楹

《晏子春秋·内篇·杂下》："晏子病，将死，凿楹纳书焉，谓其妻曰：'楹语也，子壮而示之。'及壮，发书之言曰：'布帛不可穷，穷不可饰；牛马不可穷，穷不可服；士不可穷，穷不可任；国不可穷，穷不可窃也。'"①晏子临终之时凿楹纳书以传后代，后用"晏子楹"指先人遗书，亦包含对先人的继承之意。

李商隐在《五言述德抒情诗一首四十韵献上杜七兄仆射相公》中写道："经出宣尼壁，书留晏子楹。"用"宣尼壁"和"晏子楹"之典，谓杜悰受其先人之传，而富有文韬武略。杜悰，字允裕（一说永裕），京兆万年（今陕西长安）人。唐中叶宰相杜佑之孙，晚唐诗人杜牧之堂兄，又与李商隐为表兄弟。杜悰以荫迁太子司仪郎，元和九年（814）娶唐宪宗第十一女岐阳公主为妻，授从四品上阶的殿中少监，加封银青光禄大夫衔。历官京兆尹、淮南节度使、左仆射兼门下侍郎、同中书门下平章事、剑南东川节度使。复镇淮南，再拜相。以检校司徒为凤翔、荆州节度使，加太傅，封邠国公。此诗约作于大中五年（851），时李商隐居东川幕府，杜悰镇西川。李商隐此诗用"晏子楹"之典，一方面是对杜悰的褒奖，另一方面也有希望对方荐举之意。

七、晏子赠行

《晏子春秋·内篇·杂上》："曾子将行，晏子送之曰：'君子

---

① 汤化译注：《晏子春秋》，中华书局2015年版，第447页。

赠人以轩,不若以言。吾请以言之,以轩乎?'曾子曰:'请以言。'晏子曰:'今夫车轮,山之直木也,良匠揉之,其圆中规,虽有槁暴,不复嬴矣,故君子慎隐揉。和氏之璧,井里之困也,良工修之,则为存国之宝,故君子慎所修。今夫兰本,三年而成,湛之苦酒,则君子不近,庶人不佩;湛之麋醢,而贾匹马矣。非兰本美也,所湛然也。愿子之必求所湛。婴闻之,君子居必择邻,游必就士,择居所以求士,求士所以辟患也。婴闻汩常移质,习俗移性,不可不慎也。'"①晏子在赠言中巧设比喻,告诫曾子,要想做君子,无论是矫正错误还是修养自身都要慎重。晏子的话可谓深入浅出,字字珠玑,既表现了晏子的远见卓识,也反映了他与曾子是肝胆相照的朋友。

李白《送鲁郡刘长史迁弘农长史》写道:"鲁缟如白烟,五缣不成束。临行赠贫交,一尺重山岳。相国齐晏子,赠行不及言。托阴当树李,忘忧当树萱。他日见张禄,绨袍怀旧恩。"鲁郡(今山东兖州)刘长史迁任弘农(今河南灵宝)长史,临行前将五缣如白烟的鲁缟送与此时正处于困顿之中的李白。李白没有财物回赠,只能学着当年的晏子送别曾子,给予对方几句临别赠言,发誓如果有朝一日自己发达了,一定会像秦朝宰相张禄一样不忘刘长史的赠送衣袍之恩。"晏子赠行"之典,一方面表达出两人是肝胆相照的朋友,另一方面也表达出了李白自己的知恩图报之心。

第五节 唐代诗人对墨子的接受

墨子(约前468—前376),名翟,春秋末战国初鲁国人,我国

---

① 汤化译注:《晏子春秋》,中华书局2015年版,第362页。

古代著名的思想家、教育家、军事家，墨家学派的创始人。墨子的学说与思想包括尚贤、尚同、兼爱、非攻、节用、节葬、天志、明鬼、非乐、非命等十项内容，其中以尚贤、兼爱和非攻为核心。唐代诗人对墨子的接受主要集中在尚贤、兼爱和非攻这三项核心内容上，另外，对“素丝”“墨突不黔”等典故也有所接受。

一、对尚贤思想的接受

墨子认为：“尚贤者，为政之本也。”[①]要像古代圣王那样，“列德而尚贤，虽在农与工肆之人，有能则举之，高予之爵，重予之禄，任之以事，断予之令”[②]。从这段话中可以看出，墨子的尚贤，即打破贵贱的界限，从各个阶层中选拔德才兼备的贤人，委以重用。为了让自己的观点更具说服力，墨子还举例说：“故古者尧举舜于服泽之阳，授之政，天下平；禹举益于阴方之中，授之政，九州成；汤举伊尹于庖厨之中，授之政，其谋得；文王举闳夭、泰颠于罝罔之中，授之政，西土服。”[③]

唐代诗人对尚贤思想的接受最明显的表现，是他们对天子能够重用本来地位低下的人这一做法大加赞赏。伊尹和吕尚，一为钓叟，一为耕佣，但他们一个被商汤重用，一个被周文王和周武王重用，这是尚贤的典范。杜甫在《咏怀古迹五首》（其四）中写道：“伯仲之间见伊吕，指挥若定失萧曹。”诗中杜甫把诸葛亮比作伊尹和吕尚，咏史诗的写作目的是借古讽今和借古抒怀，因此伊、吕亦可以看成是杜甫的自比。杜甫自认为也有伊尹、吕尚和诸葛亮般的才华，他希望借助于这种才华而“致君尧舜上，再使风俗淳”

---

① 梁奇：《墨子译注》，上海三联书店2014年版，第11页。

②③ 梁奇：《墨子译注》，上海三联书店2014年版，第6页。

(《奉赠韦左丞丈二十二韵》)。虽然此时的杜甫漂泊西南,但他一直没有放弃自己的理想。借助于伊尹、吕尚和诸葛亮的经历,杜甫表达出了他对天子“尚贤”的期盼。在《大历三年春白帝城放船出瞿塘峡……凡四十韵》中,杜甫又写道:“伊吕终难降,韩彭不易呼。”大历三年(768),杜甫乘船出瞿塘峡,前往江陵。此时的他已步入人生的晚年,心有余而力不足。在诗中,他借助“伊吕终难降”之语,一方面感慨在“韩彭不易呼”(韩信、彭越之流难以驾驭)的政治局势下,像伊尹、吕尚那样的贤臣终难降世,朝廷危难难解;另一方面亦是对自己没有获得天子“尚贤”礼遇之命运的感慨。用“伊吕”之典表现出唐代诗人对墨子“尚贤”思想的接受的例子还有杜淹《召拜御史大夫赠袁天纲》中的“伊吕深可慕,松乔定是虚”、权德舆《奉送孔十兄宾客承恩致政归东都旧居》中的“能将此道助皇风,自可殊途并伊吕”、元稹《四皓庙》中的“伊吕虽急病,汤武乃可君”、吕温《同舍弟恭岁暮寄晋州李六协律三十韵》中的“伊吕偶然得,孔墨徒尔为”、刘长卿《至德三年春正月时谬蒙差摄海盐令闻王师收二京……五十韵》中的“苍生属伊吕,明主仗韩彭”等。

从唐代诗人对傅说的关注上亦可以看出他们对墨子尚贤思想的接受。傅说是殷商时期著名的贤臣,虽出身卑微,“举于版筑之间”,但自幼聪慧,勤学好问,对国家大事颇有见解。武丁即位后拜傅说为相,傅说以其文韬武略之才华使得国势再度复兴。杜甫在《昔游》中写道:“吕尚封国邑,傅说已盐梅。”吕尚对周武王伐纣有大功,封于营丘;傅说如同盐梅,盐成梅酸,为调羹所需,是国家所需的贤才。这首诗是大历元年(766)杜甫在夔州所作的自传性回忆诗,回忆的是天宝四载(745)作者与李白、高适同游山东的经历。杜甫虽然出生于官宦家庭,但是此时已过而立之年的他仍无任何"立",从这点看,他与举于版筑之间的傅说命运是相似的,不同的是傅说最终如盐梅一样获得了武丁的重用。借用此典,杜甫表达了对朝廷能够重用像自己一样的贤才的渴盼。李白在《冬夜醉宿龙门觉起言志》中写道:"傅说版筑臣,李斯鹰犬人。"诗句借傅说和李斯言己志,曾为"版筑臣"的傅说和曾为"鹰犬人"的李斯最终都获得了天子的赏识,李白希望这样的故事在自己的身上重演。瞿蜕园、朱金城先生评曰:"傅说、李斯之喻皆在未遇时,既已被征,虽遭谗而去,亦不当复作富贵不可期之语也。"[①]类似的例子还有皎然《问天》中的"谁道贤人死,今为傅说星"、李峤《舟》中的"何当同傅说,特展巨川材"、张祜《寄献萧相公》中的"谢安近日违朝旨,傅说当时允帝求"、徐夤《梦》中的"傅说已征贤可辅,周公不见恨何长"、公乘亿《赋得郎官上应列宿》中的"佐商依傅说,仕汉笑冯唐"、苏颋《奉和马常侍寺中之作》中的"作霖期傅说,为旱听周宣"、高适《留上李右相》(一作《奉赠李右相林甫》)中的"傅说明殷道,萧何律汉刑"、白居易《奉和汴州令狐令公二十二韵(同用淹字)》中的"羊公长在岘,傅说莫归岩"、李商隐《五言述德抒情诗一首四十韵献上杜七兄仆射相公》中的"后饮曹参酒,先和傅说羹"、元稹《酬乐天东南行诗一百韵》中的"点检张仪舌,提携傅说图"等。

二、对兼爱思想的接受

《墨子·兼爱中》云:"视人之国,若视其国;视人之家,若视其家;视人之身,若视其身。是故诸侯相爱,则不野战;家主相爱,则

---

① 瞿蜕园、朱金城:《李白集校注》,上海古籍出版社1998年版,第1337页。

不相篡;人与人相爱,则不相贼;君臣相爱,则惠忠;父子相爱,则慈孝;兄弟相爱,则和调。天下之人皆相爱,强不执弱,众不劫寡,富不侮贫,贵不傲贱,诈不欺愚,凡天下祸篡怨恨,可使毋起者,以相爱生也,是以仁者誉之。"[①]针对儒家"爱有差等"的说法,墨子主张爱无差别等级,不分厚薄亲疏,可同时爱不同的人。后人将这一思想予以发展,不仅可以兼爱人,还可以兼爱物。

墨子的兼爱思想与儒家的仁民爱物思想有时很难区分开,但有些唐代诗人在诗中直接运用到了"兼爱"一词,这就明显是对墨子思想的接受了。如白居易在《得杨湖州书颇夸抚民接宾纵酒题诗因以绝句戏之》中写道:"岂独爱民兼爱客,不唯能饮又能文。"白居易的前半生奉行的是儒家的"达则兼济天下"思想,因此在为官生涯中特别注重民生疾苦,他认识到"嗷嗷万族中,唯农最辛苦"(《秋游原上》),并与百姓建立了很好的感情,"村中相识久,老幼皆有情",可以说他是一个颇受百姓欢迎的好官。好友杨湖州在给白居易的书信中对他的这一品质予以了褒奖,白居易借用墨子的兼爱思想回应对方,"爱民兼爱客",既接受了对方的褒奖,又巧妙地表达了对友情的重视。皇甫冉在《庐山歌送至弘法师兼呈薛江州》中写道:"使君爱人兼爱山,时引双旌万木间。"在作者的眼中,薛江州既是一个有入世精神的人,在为官时可以做到"爱人";同时他又是一个有出世精神的人,可以"兼爱山"。元稹在《酬孝甫见赠十首》(其五)中写道:"近来兼爱休粮药,柏叶纱罗杂豆黄。""休粮药"即芋头,这是对墨子兼爱思想的进一步发展,纯粹是物与物之间的兼爱了。与此类似的例子还有李端《送从兄赴洪州别驾兄善琴》中的"援琴兼爱竹,遥夜在湘沅"、章孝标《送

---

① 梁奇:《墨子译注》,上海三联书店 2014 年版,第 105 页。

张使君赴饶州》(一作《送饶州张蒙使君赴任》)中的"太守能诗兼爱静,西楼见月几篇成"、元稹《见人咏韩舍人新律诗,因有戏赠》中的"喜闻韩古调,兼爱近诗篇"等。

三、对非攻思想的接受

"非攻"是墨学的重要范畴,是墨子军事思想的集中体现。《墨子·非攻中》云:"国家发政,夺民之用,废民之利,若此甚众。然而何为为之?曰:'我贪伐胜之名,及得之利,故为之。'子墨子言曰:'计其所自胜,无所可用也;计其所得,反不如所丧者之多。'今攻三里之城、七里之郭,攻此不用锐,且无杀,而徒得此然也?杀人多必数于万,寡必数于千,然后三里之城、七里之郭且可得也。今万乘之国,虚数于千,不胜而入;广衍数于万,不胜而辟。然则土地者,所有馀也;王民者,所不足也。今尽王民之死,严下上之患,以争虚城,则是弃所不足,而重所有馀也。为政若此,非国之务者也!'"[①]墨子的这种"非攻"观,概括起来说就是反对一切非正义的战争。

杜甫是儒家思想的代表,但从他在许多作品中所反映出的对于战争的态度可以看到,墨子的"非攻"思想对他的影响也是颇为深刻的。玄宗天宝十载(751)四月,剑南节度使鲜于仲通率兵六万讨南诏(今云南一带),全军陷没。杨国忠掩其败状,仍叙其战功。又大募两京及河南、河北兵以击南诏。人闻云南多瘴疠,士卒未战而死者十八九,莫肯应募。杨国忠遂遣御史分道捕人,连枷强征入伍。又玄宗连年用兵吐蕃,死伤甚众。杜甫亲见征人服役惨状,于是写下了《兵车行》这篇作品。诗中"边庭流血成海水,

---

① 梁奇:《墨子译注》,上海三联书店2014年版,第140页。

武皇开边意未已”两句，表现了诗人反对“开边”战争的坚定立场，说明他认识到这种不义的战争是一切苦难的根源，他敢于把战争的责任加在最高统治者身上，这样的勇气是当时众多的诗人所不具有的。周甸评曰：“少陵值唐运中衰，其音响节奏，骎骎变《风》、变《雅》，与《骚》同功。唐非无诗，求能仰窥圣作，裨益世教，如少陵者，鲜矣。”①诗的结尾又进一步写道：“信知生男恶，反是生女好。生女犹得嫁比邻，生男埋没随百草。君不见，青海头，古来白骨无人收。新鬼烦冤旧鬼哭，天阴雨湿声啾啾！”不义的战争改变了人们的传统观念，也使普通民众的生命变为草芥。这样的战争是墨子反对的，也是杜甫反对的。至德元年（756）冬，唐军跟安史叛军在长安西北的陈陶斜作战，来自西北十郡（今陕西一带）清白人家的子弟，血染战场，几乎全军覆没。被困长安的杜甫听闻此事后写下了《悲陈陶》一诗，诗的后半段写道：“群胡归来血洗箭，仍唱胡歌饮都市。都人回面向北啼，日夜更望官军至。”前两句写安史叛军之得志骄横，揭示了战争的不义性质；后两句写长安人民亟盼光复，表现了人民对和平的渴望。

除杜甫外，许多唐代诗人对“非攻”思想也有所接受。李颀《古从军行》的结尾写道：“年年战骨埋荒外，空见蒲桃入汉家。”诗句揭示了战争的后果却不加评判，这就使得诗味更加隽永，更加耐人寻味。《唐诗别裁》评曰：“以人命换塞外之物，失策甚矣。为开边者垂戒，故作此诗。”②王昌龄《塞下曲》（其二）写道：“饮马渡秋水，水寒风似刀。平沙日未没，黯黯见临洮。昔日长城战，咸言意气高。黄尘足今古，白骨乱蓬蒿。”前四句写晚秋时节塞外的

---

① （清）仇兆鳌：《杜诗详注》，中华书局 1995 年版，第 117 页。

② 陈伯海：《唐诗汇评》，浙江教育出版社 1996 年版，第 387 页。

恶劣荒凉景象；后四句写历来是战场的长城一带白骨成丘的荒凉景象。全诗写得触目惊心，揭示了战争的恶果，表达了对不义战争的厌恶。柳中庸的《征人怨》写道："岁岁金河复玉关，朝朝马策与刀环。三春白雪归青冢，万里黄河绕黑山。"远在边关的征人，年年转战于西北苦寒之地，日日与兵器打交道。虽已是阳春三月，但边塞之地仍然白雪纷飞；九曲的黄河依然环绕着沉沉黑山。诗中无一个"怨"字，但字字是怨，在外征战之人对戎马生涯的怨情寓于其中。

四、对"素丝"之典的接受

"素丝"，亦作"悲染丝"，典出《墨子·所染》："子墨子言见染丝者而叹，曰：'染于苍则苍，染于黄则黄，所入者变，其色亦变，五入必，而已则为五色矣！故染不可不慎也！'"[①]后以"素丝"或"悲染丝"作为易受习俗影响以及由此而发感叹的典故。

杜甫于困居长安时写下的《白丝行》可以说是对"素丝"之典的最好接受。诗在起始便说"缫丝须长不须白"，意即缫丝时只求丝长，不求丝白。杜甫以此借比世人不重视人品的纯洁。其后杜甫又写道："已悲素质随时染，裂下鸣机色相射。"为了达到"色相射"（颜色鲜艳，光彩互相回应）的效果，白丝之"素质"（洁白的质地）被"随时染"，这让诗人"已悲"。用"色相射"的布匹制成的衣服又怎么样呢？虽然它可以暂时获得"春天衣着为君舞，蛱蝶飞来黄鹂语"的辉煌，但最终只能是"香汗轻尘污颜色，开新合故置何许"——薄汗和些许尘土污染了它的美丽，衣服打开来穿的时候还是新的，脱下来的时候已成了旧装，不知道放在哪里了。杜

---

① 饶宗颐：《墨子》，中信出版社 2015 年版，第 56 页。

甫借此慨叹人不能为媚俗而失去纯洁无瑕的品格。仇兆鳌评曰："诗咏白丝，即墨子悲素丝意也。已悲素质随时染，当其渲染之初，便是沾污之渐，及其见置时，欲保素质得乎？唯士守贞白，则不随人荣辱矣。此风人有取于素丝欤。"[①]张九龄在《酬宋使君见诒》中写道："顾己欢乌鸟，闻君泣素丝。"张九龄是唐代著名的贤相，他忠耿尽职，秉公守则，选贤任能，为"开元之治"做出了积极贡献。诗中通过"泣素丝"之典表现出宋使君与张九龄的志同道合。他们对社会上的一些不良风气极为忧虑，最让他们担心的是良好的世风像素丝被染一样遭到破坏。刘驾在《白髭》中写道："素丝易染髭难染，墨翟当年合泣髭。""素丝易染"和"髭难染"形成鲜明的对比，髭即胡须，胡须变白意味着年老。诗人借这一对比抒发了自己的白首无成之叹，也流露出心有不甘之情。司空曙在《长林令卫象饧丝结歌》中写道："主人雕盘盘素丝，寒女眷眷墨子悲。"借助于"素丝"表现出对饧丝的赞美，但饧丝作为食品，最终要落入人之口，"丝"之"素"最终要被破坏，因此令"墨子悲"。

五、对"墨突不黔"之典的接受

"墨突不黔"，亦作"突不黔""墨灶"等。语出汉代班固的《答宾戏》："是以圣哲之治，栖栖遑遑，孔席不暖，墨突不黔。"[②]此谓墨翟东奔西走，每至一地，烟囱尚未熏黑，便又到别处去了。后用"墨突不黔"形容事情繁忙，犹言席不暇暖。

乾元二年（759）是杜甫一生中走路最长、吃苦最多的一年，

---

① 仇兆鳌：《杜诗详注》，中华书局 1995 年版，第 146 页。

② 陈宏天、赵福海、陈复兴：《昭明文选译注》，吉林文史出版社 2007 年版，第 2138 页。

“一岁四行役”(《发同谷县》)。这年春天,杜甫在兵荒马乱中由洛阳前往华州;秋天,杜甫从华州司功参军的官位上离职后,先是前往西北的秦州,因生活所迫,很快又辗转至同谷县,但在同谷一个月左右,生活衣食问题仍未解决,没有办法,他只能又选择离开同谷前赴成都,在这种背景下他写下了《发同谷县》一诗,诗歌在开头即写道:“贤有不黔突,圣有不暖席。况我饥愚人,焉能尚安宅?”以圣贤尚且不能安居作比,慨叹像自己这样笨拙得不能谋生的人,又怎能奢望长久安居?无奈之情溢于言表。杜甫在《送率府程录事还乡》又写道:“内愧突不黔,庶羞以赒给。”此诗写于杜甫困居长安时期,此时的杜甫过着食不果腹的日子,因此当程录事即将还乡的时候,只能是自带酒食来与杜甫告别,这让杜甫羞愧难当。“突不黔”的典故恰切地写出了此时杜甫的尴尬之情。与此类似的例子还有权德舆《戏和三韵》中的“墨翟突不黔,范丹甑生尘”、钱起《穷秋对雨》中的“翟门悲暝雀,墨灶上寒苔”、雍裕之《四色》中的“已见池尽墨,谁言突不黔”等。

总之,唐代诗人对墨子的尚贤、尚同和非攻思想以及“素丝”“墨突不黔”之典都有所接受,这些接受对他们的人格精神、心理结构、性格气质、审美趣味及创作风格的形成都起到了重要作用。

第六节　唐代诗人对管仲的接受

管仲(前723—约前645),名夷吾,又名敬仲,字仲,春秋时期齐国著名的政治家、军事家,颍上(今安徽颍上)人。史称管子。管仲执政四十年,辅佐齐桓公成为春秋时代的第一个霸主,有着“春秋第一相”的美誉。管仲的言行与思想对后世影响深远。在唐人的心目中,管仲就是一个典范。唐太宗李世民在《求访贤良限来年二月集泰山诏》中说："况乎齐桓中人之才，器非濬哲；……犹赖管仲隰朋之相，……既为五霸之长，亦称万代之宗。是知得士则昌，失人则乱。"[①]唐玄宗李隆基在《令州县举智勇诏》中亦说："齐为九合之君，斯繇管仲。"[②]天子们对于管仲的接受主要集中在他的贤臣角色，而对于唐代诗人们来说，他们对管仲的接受相对要全面一些。从用典的角度看，这些接受主要表现在以下方面。

一、借管鲍之交讽今之交道浇薄或喻己与朋友之谊

管鲍之交历来被人们奉为交友的典范。管、鲍二人年轻时曾一起经商，分财时管仲总是多拿一点，但鲍叔牙"不以我（指管仲，下同）为贪，知我贫也"[③]。管仲多次想为鲍叔牙办事，结果总是适得其反，但鲍叔牙"不以我为愚，知时有利不利也"[④]。管仲服兵役期间多次从战场上逃跑，但鲍叔牙"不以我为怯，知我有老母也"[⑤]；管仲几次任职几次被国君驱逐，但鲍叔牙"不以我为不肖，知我遭不时也"[⑥]。不仅如此，鲍叔牙还极力劝阻齐桓公打消了杀死管仲的念头，并且封曾经欲射杀自己的管仲为相。可以说，管仲之所以能够成功，很大程度上得益于有鲍叔牙这样一位朋友，管仲也曾由衷地感叹："生我者父母，知我者鲍子也。"[⑦]由此可见，管鲍二人的友谊是经得起风吹雨打的真挚友谊，这种友谊深得唐代诗人的钦羡。

---

① （清）董诰等：《全唐文》，中华书局1983年版，第78页。
② （清）董诰等：《全唐文》，中华书局1983年版，第319页。
③ （西汉）司马迁：《史记》，中华书局1963年版，第2536页。
④ （西汉）司马迁：《史记》，中华书局1963年版，第2131页。
⑤⑥⑦ （西汉）司马迁：《史记》，中华书局1963年版，第2132页。

唐代诗人对管鲍之交的接受,最著名的作品莫过于杜甫的《贫交行》,全诗只有四句:"翻手作云覆手雨,纷纷轻薄何须数。君不见管鲍贫时交,此道今人弃如土。"此诗作于天宝十一载(752),此时的杜甫正困居长安,由于父亲去世后缺少经济来源,杜甫过着"朝扣富儿门,暮随肥马尘;残杯与冷炙,到处潜悲辛"(《奉赠韦左丞丈二十二韵》)的生活。这使杜甫深感交道浇薄,世态炎凉,人情反覆。残酷的现实使人绝望,于是诗人自觉不自觉地想起了古时"管鲍贫时交"的可贵。"君不见管鲍贫时交",这句诗犹如当头一喝,将古道与现实进行鲜明的对比,有力地鞭挞了现实。古人视友情重于磐石,相形之下,"今人"的"轻薄"就越发显得突出。清代学者仇兆鳌评曰:"公见交道之薄,而伤今思古也。"[①]稍后的杨伦也给予了这首诗极高的评价:"作'行',止此四句,语短而恨长,亦唐人所绝少者。"[②]另外,在《送率府程录事还乡》和《过故斛斯校书庄二首》(其二)两首诗中杜甫也提到了管鲍之交。前者写道:"千载得鲍叔,末契有所及。"以己喻管仲,说自己在千载之后又得到了像鲍叔牙一样的知心朋友(指程录事),欣喜之情溢于言表;后者写道:"遂有山阳作,多惭鲍叔知。"斛斯融是杜甫居住在成都草堂时的邻居,杜甫与其有知音之感。写此诗时斛斯融已经去世,杜甫故地重游,触物伤情,用管鲍之谊喻己与斛斯融之谊,表达了对对方的悼念之情。这两例都以管鲍之交喻自己与他人的朋友之谊,由此可见杜甫对管鲍之交的推崇。

心在人间的现实主义诗人杜甫深感友谊的可贵,而心在天上的浪漫主义诗人李白也同样感受到友谊的可贵,同时也体会到结

① (清)仇兆鳌:《杜诗详注》,中华书局 1995 年版,第 133 页。

② (清)杨伦:《杜诗镜铨》,上海古籍出版社 1999 年版,第 215 页。

交挚友之难，他的《箜篌谣》就在慨叹着这种艰难。此诗先从正面列举了“严陵及光武”这样贵贱结交而心不移的典范；而后又从反面列举了兄弟不相容的事例，如周公与管蔡、汉文帝刘恒与淮南厉王刘长；最后以“管鲍久已死，何人继其踪”结尾，呼唤交友古风的重现，起到卒章显志的效果，充分表现了李白对管鲍之交的钦羡。除《箜篌谣》外，李白还有两首诗提到了管鲍之交，分别是《读诸葛武侯传书怀赠长安崔少府叔封昆季》和《赠张相镐二首》（其一）。前者写道：“毋令管与鲍，千古独知名。”后者写道：“托意在经济，结交为弟兄。毋令管与鲍，千古独知名。”两首诗都属于酬赠诗，借用管鲍之交分别表现了李白与崔叔封和张相镐的真挚友谊。

除了李白和杜甫，唐代还有许多诗人在诗歌中表现了对管鲍之交的接受。借管鲍之交讽今之交道浇薄的例子有：“管鲍化为尘，交友存如线”（杨巨源《题赵孟庄》）、“常恐管鲍情，参差忽终老”（李咸用《古意论交》）。更多的例子是借管鲍之交以喻自己与朋友之谊，如“鲍叔知我贫，烹葵不为薄”（元稹《别李三》）、“鲍叔幸相知，田苏颇同游”（刘长卿《送裴四判官赴河西军试》）、“惭愧故人同鲍叔，此心江柳尚依依”（孟迟《寄浙右旧幕僚》）、“上惭伯乐顾，中负叔牙知”（张九龄《南还以诗代书赠京师旧僚》）、“唯惭鲍叔深知我，他日蒲帆百尺风”（罗隐《东归别常修》）、“叔牙忧我应相痛，回首天涯寄所思”（李山甫《赴举别所知》）等。

二、借管仲之遇抒己对君臣遇合的钦羡

生逢盛世，大部分唐代诗人都有建功立业的雄心，而理想的实现一方面要靠个人的努力，另一方面也需要一定的机遇。从这一点看，管仲是幸运的，借助于鲍叔牙的举荐，他遇上了齐桓公这

样一位明君,得以君臣遇合。而管仲的命运也令许多唐代诗人十分钦羡。

李白是一个有着天纵之才的诗人,他也有着君臣遇合的四海之志。他的《君道曲》中有“小白鸿翼于夷吾”之句,言齐桓公(小白)治国,离不开管仲的得力辅佐。也可以说,是管仲有幸遇到明主,君臣遇合,使自己的才能得到了充分发挥。此典出自《管子·霸形》:“桓公曰:‘寡人之有仲父也,犹飞鸿之有羽翼也。’”①管仲是齐桓公的羽翼,李白也渴望成为当朝天子的羽翼,这也是李白的雄心与理想。李白又有《鞠歌行》诗,中云“听曲知宁戚,夷吾用小妻”,此典出自《列女传》卷六《辩通传·齐管妾婧》:“妾婧者,齐相管仲之妾也。甯戚欲见桓公,道无从,乃为人仆。将车宿齐东门之外,桓公因出,甯戚击牛角而商歌,甚悲,桓公异之,使管仲迎之,甯戚称曰:‘浩浩乎白水!’管仲不知所谓,不朝五日,而有忧色,……其妾笑曰:‘……此甯戚之欲得仕国家也。’管仲大悦,以报桓公。桓公乃修官职,斋戒五日,见甯子,因以为相,齐国以治。君子谓妾婧为可与谋。”②从这一典故可以看出,甯戚之所以会受到齐桓公的重用,管仲的小妻婧是起到了关键作用的,甚至可以说,婧就是甯戚的伯乐。李白也有一位女性伯乐,天宝元年(742),因为玉真公主的举荐,李白才得以被唐玄宗征召入京,他“仰天大笑出门去”,自信“我辈岂是蓬蒿人”(《南陵别儿童入京》)。在《陈情赠友人》一诗中,李白写道:“鲍生荐夷吾,一举置齐相。”再次表现了希望得到某个有力人物的举荐、得以君臣遇合

---

① 谢浩范、朱迎平:《管子全译》,贵州人民出版社 2009 年版,第 280 页。

② 刘晓东:《列女传·高士传》,辽宁教育出版社 1998 年版,第 58 页。

的理想。而在理想无法实现时,李白也借助管仲的成功来反衬自己的失意。在《驾去温泉后赠杨山人》一诗中,李白就曾慨叹:“自言管葛竟谁许,长吁莫错还闭关。”意即自己有管仲、乐毅之才,但没有人相信,只好孤寂闭关,独自叹息。这一方面表现了李白自认有管仲、乐毅之才的自信,另一方面也表现了对君臣遇合的渴盼,同时抒写了自己的怀才不遇。

中国古代被文人们津津乐道的君臣遇合的典范除了管仲和齐桓公外,还有诸葛亮和刘备。李商隐在他的《筹笔驿》一诗中写道:“管乐有才真不忝,关张无命欲何如。”筹笔驿,古地名,旧址在今四川省广元市北。相传三国时蜀汉诸葛亮出兵伐魏,曾驻此筹划军事。大中九年(855),李商隐罢梓州幕随柳仲郢回长安,途经此驿,写下此诗。作品吟咏诸葛亮,而诸葛亮经常自比于管仲、乐毅,故诗人以管仲、乐毅比诸葛亮。在人生失意之时写下此诗,李商隐也是在借诸葛亮和管仲君臣遇合的命运表现自己的理想,同时也透露出人生失意之感。

三、借管仲之遇抒己之怀才不遇

管仲君臣遇合的命运令人钦羡,许多唐代诗人也自认有着管仲之才,但现实对他们来说却无比残酷,因此一想到管仲之遇,他们自然而然地就会产生一种怀才不遇之感。

李白在《玉真公主别馆苦雨赠卫尉张卿二首》(其一)中写道:“吟咏思管乐,此人已成灰。”此诗是李白三十岁第一次入长安干谒时所作。有着天纵之才的李白此次赴长安的目的是想通过张说、张垍父子引荐而见玄宗,从而不必通过循规蹈矩的科举考试就可以直接受到重用,以施展抱负。然而心高气傲的李白遭到了张氏父子冷遇,将他置于终南山下的“玉真公主别馆”,此时又恰遇阴雨连绵，李白的生活十分艰难，怀才不遇之感也油然而生，故作此诗以抒其愤。所引诗句说自己在作诗吟诵时想到古时候管仲与乐毅的故事，“此人已成灰”的感叹实际上是对自己怀才不遇命运的感叹。孟浩然在《与黄侍御北津泛舟》中写道：“自顾躬耕者，才非管乐俦。”孟浩然是一个以布衣终其一生的诗人，但这并非孟浩然的本意。作为孟子的后裔，孟浩然也有兼济天下的远大理想，只不过苦于没有机遇罢了。“才非管乐俦”是孟浩然的自谦之语，抒发的是怀才不遇之感。与此类似的例子还有高适《奉酬睢阳李太守》中的“未能方管乐，翻欲慕巢由”、秦系《山中崔大夫有书相问》中的“迹愧巢由隐，才非管乐俦”等。

四、借管仲之才表现对他人的赞许与期盼

管仲的人生是成功的，后世许多人都以他为榜样，希望能达到像他一样的高度，这种希望对己对人同样适用，唐代诗人就多次借管仲之才表现对他人的赞许与期盼。

杜甫在《别张十三建封》中写道：“君臣各有分，管葛本时须。”意思是说，君臣各有其职分，管仲和诸葛亮都是适应时代需要的人才。此诗是杜甫晚年在湖南与好友张玠之子张建封相遇时所作。此时的杜甫已年老，且贫病交加，对早年“致君尧舜上，再使风俗淳”(《奉赠韦左丞丈二十二韵》)的远大抱负早已没有了奢望。但他的一颗忠君爱国之心仍在，杜甫与张建封相遇之时，年轻的张建封正要离乡进京。此时，经历了安史之乱的唐代社会极其动荡，国家正在用人之际，杜甫以管仲和诸葛亮比张建封，充分表现了对张建封的赞许和期盼，也流露出老年杜甫的一颗忧国忧民之心。杜甫是一个官场的失意者，但他期盼别人能够成功。李白也是一个官场的失意者，他也毫不吝惜对他人的赞

许，在《赠何七判官昌浩》一诗中，李白写道："夫子今管乐，英才冠三军。"赞许何昌浩具有堪比古代的管仲和乐毅般的极高的军事才能，希望他能借助这种才能解除国家的危难。诗人李郢在《奉陪裴相公重阳日游安乐池亭》一诗中赞美裴相公："绛霄轻翥翊三台，稽阮襟怀管乐才。"储光羲在《敬酬陈掾亲家翁秋夜有赠》中也借管仲之才夸赞自己的亲家翁陈掾："敬仲为齐卿，当国名益震。"

五、借管仲"沐树"之策表现对民生疾苦的关注

作为"春秋第一相"，管仲也是一个有"仁民"精神的人，他对民生疾苦极为关注，这一点也对唐代诗人产生了积极影响。

为了鼓励民众辛勤劳动，同时防止民众劳动时偷懒，管仲在当政之时曾向齐桓公提出了"沐树"之策。《管子·轻重丁》载："桓公曰：'五衢之民衰然多衣弊而屦穿，寡人欲使帛布丝纩之贾贱，为之有道乎？'管子曰：'请以令沐途旁之树枝，使无尺寸之阴。'"[①]这种政策就是芟除树枝，使之无荫，从而使民无游憩之所，各归治业。元稹《竞舟》诗中写道："吾闻管仲教，沐树惩堕游。"作品描写了楚地的竞舟风俗，每年的八月举行竞舟，但准备工作从四五月份就开始了："年年四五月，茧实麦小秋。"这个时候本应是农忙时节蚕茧生成和小麦成熟的关键时刻，而壮丁们却被征集起来"习竞南亩头"，而且"买舟俟一竞，竞敛贫者赇"，买舟的钱还要从贫穷人家搜刮。三个月的农活白白地被耽误，从而导致"积水堰堤坏，拔秧蒲稗稠"的荒败局面。"此事数州有，亦欲闻数州"，这件事不仅仅在武昌有，其他州均是如此，当时竞舟对农业

---

① 谢浩范、朱迎平：《管子全译》，贵州人民出版社2009年版，第837页。

的影响可见一斑。作为新乐府诗派的代表诗人，元稹一向十分关心民生疾苦，他也从楚地的竞舟风俗中看到了百姓之艰，于是他借助管仲的“沐树”之策呼吁统治者放弃竞舟，让普通民众回到田间耕作。这充分反映了元稹以民为本的思想。

六、借“老马识途”之典喻人之阅历丰富

关于管仲的故事，还有一个著名的“老马识途”之典，唐代诗人对这一典故也有所接受。

老马识途之典出自《韩非子·说林上》：“管仲、隰朋从桓公伐孤竹，春往冬反，迷惑失道。管仲曰：‘老马之智可用也。’乃放老马而随之，遂得道。”[①]后人常用这一典故喻人之阅历丰富。唐代诗人中运用这一典故最著名的作品是杜甫的《江汉》。诗作于大历三年(768)，五十六岁的杜甫自夔州出三峡，流寓湖北江陵、公安等地，此时的他北归无望，生计日蹙。尽管如此，诗人仍没有丧失对生活的信心，诗歌的最后两句写道：“古来存老马，不必取长途。”《瀛奎律髓》评曰：“公之意自比于‘老马’，虽不能取‘长途’，而犹可以知道释惑也。”[②]杜甫自认虽是一个“腐儒”，但“心犹壮”，“病欲苏”，同老马一样，有着丰富的阅历。这就集中地表现了一种到老不衰、顽强不息的精神。在另外一篇作品《观安西兵过赴关中待命二首》(其一)中，杜甫也用到了这一典故，诗中写道：“老马夜知道，苍鹰饥著人。”用以赞美时任怀州刺史兼镇西北庭行营节度使的李嗣业久经沙场，懂得如何打仗。类似的例子还

---

① 陈秉才：《韩非子》，中华书局2007年版，第131页。

② 萧涤非、张忠纲：《杜甫全集校注》，人民教育出版社2014年版，第5576页。

有“风沙移道路,仆马识山川”(姚合《送李琮归灵州觐省》)、“征鸿辞塞雪,战马识边秋”(李频《送友人往振武》)、“蜀马知归路,巴山似旧游”(李频《送友人游蜀》)、“负剑渡颍水,归马自知津。”(独孤及《壬辰岁过旧居》)等。

七、借“社鼠”之典喻有所依恃的小人

《韩非子》卷十三《外储说右上·说三》:“故桓公问管仲:‘治国最奚患?’对曰:‘最患社鼠矣。’公曰:‘何患社鼠哉?’对曰:‘君亦见夫为社者乎?树木而涂之,鼠穿其间,掘穴托其中,熏之则恐焚木,灌之则恐涂陁,此社鼠之所以不得也。今人君之左右,出则为势重而收利于民,入则比周而蔽恶于君,内闲主之情以告外,外内为重,诸臣百吏以为富,吏不诛则乱法,诛之则君不安,据而有之,此亦国之社鼠也。’”[①]后用社鼠喻有所依恃的小人,亦作“依社有狐”或“城社有狐”。元稹在《酬翰林白学士代书一百韵》中写道:“庙堂虽稷契,城社有狐狸。”以“稷契”与“狐狸”相对举,指出朝廷中既有“稷契”一样的能臣,亦有“狐狸”一样的奸臣,表现了元稹对政局的清醒认识和对国家命运的关注。与此类似的例子还有李绅《趋翰苑遭诬构四十六韵》中的“诳天犹指鹿,依社尚凭狐”、白居易《叹鲁二首》(其一)中的“毳肥因粪壤,鼠稳依社坛”等。

总之,作为中国古代的一个圣贤人物,管仲其人其行都对唐代诗人产生了深远影响,对唐代诗人的情感抒发和人格塑造也起了重要作用。

---

① 陈秉才:《韩非子》,中华书局2007年版,第156页。

第七节　唐代诗人对诸葛亮的接受

在中国传统文化中,诸葛亮是贤臣和智者的化身,而这二者正是中国历代士人们所努力追求的至高境界。与前代相比,唐代的文化环境更加开放,士人入仕的途径更多,尤其是开科取士制度的成熟,进一步激发了他们积极进取的精神。在这种情形下,集贤臣和智者于一身的诸葛亮自然而然地成了他们心目中的理想目标。对于唐代诗人来说,他们对诸葛亮的接受主要体现在以下几方面。

一、对治国救世才能的颂扬

受儒家思想根深蒂固的影响,唐代诗人大都有着治国救世的理想,这与辅佐刘备建立蜀汉的诸葛亮是相通的,因此唐代诗人们毫不吝惜对诸葛亮治国救世才能的颂扬。这种颂扬首先表现在与历史上著名的能臣相提并论上。杜甫的《咏怀古迹五首》(其五)中写道:“伯仲之间见伊吕,指挥若定失萧曹。”杜甫认为,诸葛亮与辅佐商汤建立商王朝的伊尹、辅佐周武王建立周王朝的吕尚不分伯仲,而他的指挥才能却使萧何、曹参黯然失色。在《晚登瀼上堂》中杜甫又写道:“凄其望吕葛,不复梦周孔。”再次将诸葛亮和吕尚相提并论。除了伊尹和吕尚,辅佐齐桓公成为“春秋五霸”之首的管仲也是能臣的榜样,因此唐代诗人也把诸葛亮和管仲并提,如李白在《读诸葛武侯传书怀赠长安崔少府叔封昆季》中写道:“毋令管与鲍,千载独知名。”在《驾去温泉后赠杨山人》中,李白又写道:“自言管葛竟谁许,长吁莫错还闭关。”杜甫在《别张十三建封》中也写道:“君臣各有分,管葛本时须。”另外,在《承闻故房相公灵榇自阆州启殡归葬东都有作二首》中杜甫还将诸葛亮和晋代名臣谢安(字安石)并论:“孔明多故事,安石竟崇班。”

除了与历史上的一些能臣相提并论,唐代诗人也关注到了诸葛亮治国救世才能的一些具体表现。杜甫的《八阵图》这样写道:“功盖三分国,名成八阵图。”前句写诸葛亮在确立魏蜀吴三国鼎立的过程中,功绩卓绝;后句说诸葛亮创制八阵图使他声名更加卓著。“八阵图”,指由天、地、风、云、龙、虎、鸟、蛇八种阵势所组成的军事操练和作战的阵图,这是诸葛亮的一项创造,反映了他卓越的军事才能。“七擒孟获”也是最能反映诸葛亮智慧的事件之一,唐代诗人对此也予以了颂扬。如李白《书怀赠南陵常赞府》中的“将无七擒略,鲁女惜园葵”、苏晋《奉和圣制送张说巡边》中的“三捷岂云尔,七擒良信然”、贯休《送人征蛮》中的“七纵七擒处,君行事可攀”等。

二、对鞠躬尽瘁精神的肯定

“鞠躬尽瘁”一词出自诸葛亮的《后出师表》,原话为:“臣鞠躬尽瘁,死而后已。”这是诸葛亮的自誓之言,后人也公认这是诸葛亮精神的真实写照。杜甫在《蜀相》一诗中写道:“三顾频烦天下计,两朝开济老臣心。出师未捷身先死,长使英雄泪满襟。”其中,“两朝开济老臣心”一句是对诸葛亮鞠躬尽瘁精神的极好诠释。“两朝”,指的是蜀国先主刘备和后主刘禅两代。“开济”,指的是帮助刘备开创基业和辅佐刘禅匡济艰危。最值得玩味的是“老臣心”三字,它极其恰当地概括出了诸葛亮尽忠蜀国、不遗余力、死而后已的精神。“出师”句指的是诸葛亮为伐魏而六出祁山之事。224 年,他统率大军,出斜谷,占据了五丈原(今陕西省岐山县西南),与司马懿隔着渭水相持了一百多天。八月,诸葛亮病死在军中。这是对“老臣心”三字最好的诠释，诸葛亮也用实际行动证明了自己“鞠躬尽瘁，死而后已”的话绝非空言。在《咏怀古迹五首》（其五）中，杜甫又写道：“运移汉祚终难复，志决身歼军务劳。”诗人抱恨汉朝“气数”已尽，长叹尽管有诸葛亮这样治世救国的人物，下决心恢复汉朝大业，但竟未成功，反而因军务繁忙，积劳成疾而死于征途。这既是对诸葛亮“鞠躬尽瘁，死而后已”高尚品节的赞歌，也是对英雄未遂平生志的深切叹惋。在《武侯庙》中，杜甫亦写道：“犹闻辞后主，不复卧南阳。”“辞后主”之事指的是蜀建兴五年（227）诸葛亮出兵伐魏，临行向后主刘禅上《出师表》以辞行，告诫后主要亲君子，远小人，表明自己的一片忠贞之心。“不复卧南阳”意谓由于诸葛亮将一生献给蜀汉事业，再也不能回到他的躬耕之地南阳了。这样的表述很好地写出了诸葛亮为报答刘备三顾茅庐之情，将一生献给蜀汉事业的鞠躬尽瘁精神。

三、对君臣遇合命运的钦羡

对于唐代诗人来说，他们对于诸葛亮的接受最集中最深刻的应该是对诸葛亮和刘备之间君臣遇合的钦羡。在诗歌创作中，诗人们的这种接受主要借助对“三顾茅庐”之典的运用来体现。《三国志·蜀书·诸葛亮传》载：“刘备往访诸葛亮，凡三往，乃见。后诸葛亮上后主表云：‘先帝不以臣卑鄙，猥自枉屈，三顾臣于草庐之中，咨臣以当世之事，由是感激，遂许先帝以驱驰。’”[①]后以“三顾茅庐”比喻对贤才的诚心邀请。唐代诗人大都对自己的才华相当自信，对他们而言，迫切需要的就是一个能够三顾茅庐的刘备。

① 陈寿：《三国志》，凤凰出版社2012年版，第239页。

杜甫在《蜀相》一诗中写道："三顾频烦天下计，两朝开济老臣心。"此诗为上元元年（760）春杜甫初到成都后游诸葛亮庙时作。此时的杜甫虽然因为对刚愎自用的唐肃宗失去信心而主动离开官场，但有着"奉儒守官"优良家族传统的他仍然期待着他人的赏识，因此在游诸葛亮庙时自然而然地想到了"三顾茅庐"的典故，一方面歌颂了诸葛亮的丰功伟绩，另一方面也表达了对得遇明主的期盼之情。李商隐在《五言述德抒情诗一首四十韵献上杜七兄仆射相公》中写道："得主劳三顾，惊人肯再鸣。"李商隐十六岁时便因擅长古文而得名，但入仕后的他一直处于牛李党争的夹缝之中而得不到重用，题目中的杜七兄仆射相公杜悰是杜佑的孙子、李商隐的表兄，时官任左仆射，李商隐的世界观基本上属于儒家体系，积极入世的人生态度在他的思想中可以说是根深蒂固的，因此在诗中他运用"三顾茅庐"之典委婉地表达出希望得到对方提携的想法。与此类似的例子还有储光羲《贻王侍御出台掾丹阳》中的"赤墀高崩屶，一见如三顾"、元晦《越亭二十韵》中的"乏才叨八使，徇禄非三顾"、李山甫《代孔明哭先主》中的"忆昔南阳顾草庐，便乘雷电捧乘舆"、李白《赠友人三首之三》中的"蜀主思孔明，晋家望安石"、杜牧《川守大夫刘公早岁寓居敦行里有题壁十韵今之置第乃获旧居洛下大僚因有唱和叹咏不足辄献此诗》中的"百年明素志，三顾起新恩"、杨衡《冬夜举公房送崔秀才归南阳》中的"南阳三顾地，幸偶价千金"、武元衡《西亭题壁寄中书李相公》中的"授钺虚三顾，持衡旷万机"、汪遵《南阳》中的"若非先主垂三顾，谁识茅庐一卧龙"、沈佺期《陪幸韦嗣立山庄》中的"茆室承三顾，花源接九重"、胡曾《泸水》中的"誓将雄略酬三顾，岂惮征蛮七纵劳"、苏颋《奉和幸韦嗣立山庄应制》中的"帝幄期松子，臣庐访葛侯"等。

四、对自身才华的自信和对怀才不遇命运的悲叹

唐代诗人钦羡诸葛亮和刘备君臣遇合的命运，但现实是极其残酷的，他们中的大部分人在人生的大部分时间里遭遇的都是怀才不遇的悲剧命运。其实，诸葛亮也有过人生平淡失意的时候。在《出师表》中，诸葛亮就曾自述："臣本布衣，躬耕于南阳。"平淡失意时候的诸葛亮其实是一条卧龙，《三国志・蜀书・诸葛亮传》："（徐庶）谓先主曰：'诸葛孔明者，卧龙也，将军岂愿见之乎？'"[①]后用"卧龙"喻隐居或尚未崭露头角的杰出人才。唐代诗人也借助于"卧龙"之典表达对自身才华的自信和对怀才不遇命运的悲叹。李白在《南都行》中写道："谁识卧龙客，长吟愁鬓斑。"南都即南阳，是光武帝刘秀的故里，刘秀即位后以此为别都，汉末诸葛亮曾于此地耕读以待其时。骆宾王是一个"年少而才高"的诗人，七岁即写下著名的《咏鹅》诗，但入仕之后的他经历着"官小而名大"的失意，在这种情形下，他在《幽絷书情通简知己》中写道："汉阳穷鸟客，梁甫卧龙才。"他在叹息着自己只是一条"卧龙"和一只"穷鸟"（无处可栖的鸟），这当然是一个怀才不遇的悲剧。与骆宾王一样，杜甫同样是一条"卧龙"，他在《阁夜》中写道："卧龙跃马终黄土，人事音书漫寂寥。"此诗是大历元年（766）冬，杜甫寓居夔州西阁时作，因闻"野哭"而知"战伐"之犹存让他彻夜无眠，此时的杜甫虽仍然"下笔如有神"，但已垂垂老矣，由此他想到了大名鼎鼎、志在兴汉的诸葛亮和"跃马称帝"、割据一方的公孙述，他们虽然也曾名震天下，但如今不过是化为夔州土地上的三尺坟茔、一抔黄土而已，从这故作看破之语中透露

① （西晋）陈寿：《三国志》，凤凰出版社 2012 年版，第 230 页。

出的是诗人那融家国之悲于一体的、哀莫大于心死的愁苦。白居易在《得微之到官后书备知通州之事怅然有感因成回章》中写道："伤鸟有弦惊不定，卧龙无水动应难。"借"卧龙无水"慨叹自己空有一身才华，但缺乏施展的空间。唐诗中运用"卧龙"之典的例子还有韩偓《寄隐者》中的"渭滨晦迹南阳卧，若比吾徒更寂寥"、刘禹锡《和杨侍郎初至郴州纪事书情题郡斋八韵》中的"一吟梁甫曲，知是卧龙才"、刘禹锡《洛中送杨处厚入关便游蜀》中的"早识卧龙应有分，不妨从此蹑丹梯"、吴融《和寄座主尚书》中的"不用裁诗苦惆怅，风雷看起卧龙身"、戎昱《上湖南崔中丞》中的"举世尽嫌良马瘦，唯君不弃卧龙贫"、李咸用《题陈将军别墅》中的"高虎壮言知鬼伏，葛龙闲卧待时来"、李山甫《蜀中寓怀》中的"蛙似公孙虽不守，龙如诸葛亦须休"、李德裕《忆金门旧游奉寄江西沈大夫》中的"已悲泉下双琪树，又惜天边一卧龙"、杜牧《川守大夫刘公早岁寓居敦行里肆有题壁十韵今之置第乃获旧居洛下大僚因有唱和叹咏不足辄献此诗》中的"龙卧池犹在，莺迁谷尚存"、杨嗣复《题李处士山居》中的"卧龙决起为时君，寂寞匡庐惟白云"、王仲舒《寄李十员外》中的"百丈悬泉旧卧龙，欲将肝胆佐时雍"、卢纶《奉和户曹叔夏夜寓直寄呈同曹诸公并见示》中的"龙卧人宁识，鹏抟鴳岂知"、窦庠《醉中赠符载》中的"时人莫小池中水，浅处无妨有卧龙"、薛能《游嘉州后溪》中的"当时诸葛成何事，只合终身作卧龙"、钱起《晚出青门望终南别业》中的"更怜归鸟去，宛到卧龙居"、陈子昂《岘山怀古》中的"犹悲堕泪碣，尚想卧龙图"、陆龟蒙《读襄阳耆旧传因作诗五百言寄皮袭美》中的"孔明卧龙者，潜伏躬耕耨"、雍陶《蜀中战后感事》中的"卧龙同骇浪，跃马比浮埃"、灵一《静林精舍》中的"无数烟霞色，空闻昔卧龙"、韩偓《寄隐者》中的"渭滨晦迹南阳卧，若比吾徒更寂寥"、韩翃《家兄自山南罢归献诗叙事》中的“池余骑马处,宅似卧龙边”等。

诸葛亮是一个卧龙,在杜甫的眼中,他亦是一棵古柏,一棵“柯如青铜根如石。霜皮溜雨四十围,黛色参天二千尺”(《古柏行》)的古柏。这棵古柏的枝条和树根如青铜和石头一样坚不可摧;树皮色白而润泽,树干粗达四十围;树冠暗绿,插入云天,树高可达两千尺。这棵古柏“未辞剪伐”(不避砍伐),愿意为大厦充当栋梁,最终却“谁能送”(无人引荐)。最后也只能感叹:“志士仁人莫怨嗟,古来材大难为用。”对此,王嗣奭评曰:“孔明材大而不尽其用,公尝自比稷、契,材似孔明而人莫用之;故篇终而结以‘材大难为用’,此作诗本意,而发兴于柏耳。”①

总之,唐代诗人对诸葛亮的接受主要表现在对治国救世才能的颂扬、对鞠躬尽瘁精神的肯定、对君臣遇合命运的钦羡、对自身才华的自信和对怀才不遇命运的悲叹等方面。

---

① (明)王嗣奭:《杜臆》,上海古籍出版社1983年版,第243页。

第三章 唐代诗人与齐鲁文化精神

以孔孟思想为核心的儒家文化是齐鲁文化的核心，亦是中国传统文化的核心。因此，从这个意义上讲，齐鲁文化的基本精神就是中国传统文化的基本精神。对于齐鲁文化精神的具体所指，郭墨兰先生主编的《齐鲁文化》中的说法比较具有代表性。该书将齐鲁文化精神概括为以下几点："自强不息的刚健精神、崇尚气节的爱国精神、经世致用的救世精神、民贵君轻的民本精神、厚德仁民的人道精神、大公无私的群体精神、勤谨睿智的创造精神等。"①其他学者虽有一些不同表述，但其实质内容是一致的。具体到唐代诗人对齐鲁文化精神的接受，笔者认为在四个方面表现得尤为突出，即爱国主义精神、仁民爱物精神、自强不息精神和创新精神。

第一节 唐代诗人的爱国主义精神

爱国主义是中国传统文化的核心精神，也是齐鲁文化的核心精神。孔子、孟子、晏子等齐鲁圣贤都是彰扬爱国主义精神的典范。《史记·仲尼弟子列传》载："田常欲作乱于齐，惮高、国、鲍、

① 郭墨兰：《泰山文化》，华艺出版社 1997 年版，第 31 页。

晏，故移其兵欲以伐鲁。孔子闻之，谓门弟子曰：‘夫鲁，坟墓所处，父母之国，国危如此，二三子何为莫出？’”[①]遂派子贡出游而救鲁国。据《孟子·尽心下》载：“孔子之去鲁，曰：‘迟迟吾行也，去父母国之道也。’去齐，接淅而行，去他国之道也。”[②]可见孔子对“父母之国”充满了热爱之情。孟子曾说：“乐以天下，忧以天下。”[③]又说：“穷则独善其身，达则兼济天下。”[④]晏子曾说：“利于国者爱之，害于国者恶之。”[⑤]这些话都鲜明地体现了他们的爱国主义精神。深受儒家思想教育的唐代诗人也继承了前人的这种爱国主义精神，这主要表现在以下几方面：

一、致君尧舜的功业理想

受传统的儒家思想或者说齐鲁文化精神的影响，唐代诗人们大都有着致君尧舜的功业理想。这种理想往往在他们年轻的时候就已经树立，而且在诗文中都有明确的表达。

“诗仙”李白的政治理想在《代寿山答孟少府移文书》一文中表达得十分清晰：“达则兼济天下，穷则独善一身，……申管晏之谈，谋帝王之术。奋其智能，愿为辅弼，使寰区大定，海县清一。”带着对自己才华的充分自信和极为强烈的入世激情，他要像管仲和晏婴一样成为国家的辅弼之臣，使得四海升平，百姓安居乐业。除了管仲和晏婴，李白在政治上还给自己树立了一个榜样，那就

---

① （西汉）司马迁撰，卢苇、张赞煦点校：《史记》，浙江古籍出版社 2015 年版，第 669 页。

② 杨伯峻：《孟子译注》，中华书局 2016 年版，第 259 页。

③ 杨伯峻：《孟子译注》，中华书局 2016 年版，第 24 页。

④ 杨伯峻：《孟子译注》，中华书局 2016 年版，第 236 页。

⑤ 汤化译注：《晏子春秋》，中华书局 2015 年版，第 23 页。

是东晋时的谢安。在《书情赠蔡舍人雄》一诗中，李白写道："尝高谢太傅，携妓东山门。楚舞醉碧云，吴歌断清猿。暂因苍生起，谈笑安黎元。"在《送裴十八图南归嵩山》中写道："谢公终一起，相与济苍生。"在《赠韦秘书子春》中又写道："谢公不徒然，起来为苍生。"这些诗句都赞美了谢安出山辅国济民之业绩，也是李白努力追求想要达到的目标。

年轻时的杜甫曾"窃比稷与契"，以传说中舜帝的两个大臣稷与契自比传达出两重含义，一重是杜甫自认为有稷与契一样的政治才华，另一重是他希望能够像稷与契一样辅佐当今的天子。在《奉赠韦左丞丈二十二韵》一诗中，杜甫更加明确地表达出自己的政治理想："致君尧舜上，再使风俗淳。"为了让自己的理想更具有可操作性，杜甫和李白一样，他也给自己树立了政治上的榜样，如稷、契、管仲、贾谊、匡衡、文翁、刘向、诸葛亮等，其中最值得关注的是诸葛亮。在杜甫的诗歌中多次用到诸葛亮之点，其中以《蜀相》一诗最为著名。杜甫以"三顾频烦天下计，两朝开济老臣心"两句诗高度概括了诸葛亮的一生。出句以著名的"三顾茅庐"之典，着重指出诸葛亮为"天下计"的济世雄才。对句以诸葛亮辅助刘备开创蜀汉、匡扶刘禅之功业，颂扬他为国呕心沥血的耿耿忠心。两句十四个字，刻画出一位忠君爱国、济世扶危的贤相形象。怀古伤今，杜甫作此诗时安史之乱尚未平定，国破民不安的局势使诗人忧心忡忡。他渴望自己能像诸葛亮一样匡扶社稷，整顿乾坤，恢复国家的和平统一。

陈子昂在及第之后不久的作品《答洛阳主人》中写道："方谒明天子，清宴奉良筹。再取连城璧，三陟平津侯。"以完璧归赵的蔺相如和平津侯公孙弘为榜样，希望自己能够做到"达则以公济天下"（《赠别冀侍御崔司议并序》）。入仕之初，陈子昂在递交给武则天的《谏灵驾入京书》《谏政理书》《谏刑书》《答制问事》等奏折中频繁提出自己的政治主张，虽然这些主张并没被武则天采纳，却真实地体现了陈子昂“致君尧舜”的理想。

李贺是一个短命的诗人，27 岁去世。在他有限的生命里，一直疾病缠身，但这并未妨碍他同其他相对长寿的诗人一样有着致君尧舜的远大理想。他在成名作《雁门太守行》中写道：“报君黄金台上意，提携玉龙为君死。”表达了手携玉龙宝剑视死如归以报答君王恩遇的理想。在《南园十三首》（其五）中，李贺写道：“男儿何不带吴钩？收取关山五十州。请君暂上凌烟阁，若个书生万户侯？”全诗表现出了“国家兴亡，匹夫有责”的豪情，虽然自己只是一介书生，但这并没有妨碍他拥有驰骋边塞、纵横沙场的勇气和理想。在《马诗》（其五）中，李贺又写道：“大漠沙如雪，燕山月似钩。何当金络脑，快走踏清秋。”此诗表面上是写马，从深层次上看其实是借马来抒怀，抒发自己怀才不遇、不被统治者赏识的苦闷，同时也表达了渴望为国建立功业的远大理想。

二、抗敌救亡的豪情壮志

唐代是中国历史上一个极为强盛的时代，它的强盛从一定程度上可以说是与国内敌对势力和外族不断斗争的结果。每当有国内敌对势力或外族威胁到唐王朝的统治时，诗人们的爱国热情便空前地被激发出来，这一点在唐诗主要题材之一的边塞诗中体现得尤为明显。

作为“初唐四杰”之一的杨炯，虽然一生在仕途上极不得意，但这并没有妨碍他在国家危难之时为国立功的战斗豪情。其代表作为《从军行》：

烽火照西京,心中自不平。牙璋辞凤阙,铁骑绕龙城。
雪暗凋旗画,风多杂鼓声。宁为百夫长,不作一书生。

此诗约作于唐高宗调露、永隆年间(679—681),时吐蕃、突厥曾多次侵扰甘肃一带,唐礼部尚书裴行俭奉命出师征讨。全诗写士子从戎、征战边庭的过程和心情,从而表达了国家有事、匹夫有责的使命感和建功立业的豪迈情怀。其中"宁为百夫长,胜作一书生"两句最能表现杨炯的抗敌救亡之志,他不以功名利禄之事为己念,而欲展鸿鹄之志,报效国家,脚踏实地干一番保国安邦的赤诚事业。

陈子昂边塞诗的代表作是《送魏大从军》:

匈奴犹未灭,魏绛复从戎。怅别三河道,言追六郡雄。
雁山横代北,狐塞接云中。勿使燕然上,惟留汉将功。

此诗约作于文明元年(684)至圣历元年(698)之间。这是一首赠别诗,出征者是陈子昂的友人魏大(姓魏,在兄弟中排行第一,故称)。此诗从大处着眼,激励出征者立功沙场,并抒发了作者的慷慨壮志。其中"勿使燕然上,惟留汉将功"二句激励友人不要使燕然山上只留汉将功绩,也要有我大唐将士的赫赫战功。这种奋发向上的精神,表现出诗人"感时思报国,拔剑起蒿莱"(《感遇》诗之三十五)的思想情操,洋溢着昂扬奋发的时代精神和爱国热情。

边塞诗的创作在盛唐达到了高潮,与此相应,诗人们抗敌救亡的爱国情怀也在盛唐达到了高潮。以高适、岑参、王昌龄为代表形成了一个以写边塞诗而著称的诗人群体,而其他一些不以边塞诗为主的诗人也大都有边塞诗的创作。高适边塞诗的代表作是《燕歌行》,此诗作于开元二十六年(738),自开元十八年(730)至二十二年(734),契丹多次侵犯唐边境,唐幽州节度使赵含章是个贪婪无能之辈,抵御不力。二十年(732)春,信安王李伟率军胜契丹。二十一年(733)春唐五将兵败,六千余唐军战死;同年十二月,张守珪为幽州节度使,胜契丹,次年受封赏。开元二十六年(738),部下兵败,张守珪隐瞒败绩。高适此诗所写即这场历时多年的战争。作品描写了出师、行军、接敌、激战、困守等战争各个片段,再现了官兵各方面的活动,揭示了军中深刻的矛盾,暗示了战争旷日持久的内外根源,表现了征人思妇的相思怨慕,反映了战士的豪情壮志和渴望,含蓄地批评了朝廷的用人不当和军政腐败。其中"战士军前半死生,美人帐下犹歌舞"二句将战士的英勇牺牲和将帅的流连声色形成鲜明的对比,有力地揭露了军中将士间苦乐悬殊的现实,也深刻地表现了高适在国难当头的爱国情怀。在另一篇边塞诗名作《塞下曲》中,高适写道:

万里不惜死,一朝得成功。画图麒麟阁,入朝明光宫。大笑向文士,一经何足穷!古人昧此道,往往成老翁。

诗人愿意不惜万里到金戈铁马的战场上去搏击,对以"一经"穷其一生的文士不屑一顾,表面上看是为了得到"画图麒麟阁,入朝明光宫"的封赏,深层次上又有力地表现了主人公安边定远的壮志。

王昌龄也是一位以写边塞诗而闻名的诗人,他的代表作《出塞》二首和《从军行》七首也让我们看到了他为国赴死的豪情壮志。在《出塞》二首(其一)中诗人写道:

秦时明月汉时关,万里长征人未还。但使龙城飞将在，不教胡马度阴山。

此诗表现了诗人希望起任良将，早日平息边塞战事，使人民过上安定的生活的愿望。“但使龙城飞将在，不教胡马度阴山”两句以汉喻唐，借怀念古代名将而批评当世无良将，反映了世世代代广大人民的共同心愿。在《从军行》七首（其四）中，诗人又写道：

青海长云暗雪山，孤城遥望玉门关。黄沙百战穿金甲，不破楼兰终不还。

其中“黄沙百战穿金甲”句尽管写出了战争的艰苦，但整个形象给人的实际感受是雄壮有力，而不是低沉伤感。“不破楼兰终不还”，这是身经百战的将士豪壮的誓言，这誓言铿锵有力，掷地有声。

三、对国势衰败的深沉忧患

忧患意识指一个人的内心关注超越自身的利害、荣辱、成败，而将国家和人民的前途命运萦系于心，对国家和人民可能遭遇到的困境和危难抱有警惕并由此激发奋发图强、战胜困境的决心和勇气。中华民族是一个饱经忧患的民族，因此在千百年生存发展进程中，它始终强调“生于忧患，死于安乐”（《孟子·告子下》）、“居安思危，戒奢以俭”（魏徵《谏太宗十思疏》）、“先天下之忧而忧，后天下之乐而乐”（范仲淹《岳阳楼记》）、“忧劳可以兴国，逸豫可以亡身”（欧阳修《新五代史·伶官传序》）。唐代诗人也大多具有浓重的忧患意识，尤其是在安史之乱前后唐王朝由盛转衰的时候，诗人们的这种忧患意识表现得更加深沉。

最能体现出这种忧患意识的诗人无疑是杜甫。早年的杜甫有着“致君尧舜上,再使风俗淳”(《奉赠韦左丞丈二十二韵》)的远大理想,然而他面临的是一个动荡不安的时代,是唐王朝由盛而衰的转折时期。这样的时代在一定程度上影响了他实现远大理想的可能性,但杜甫并没有因此而独善其身,一切不合理的现状,都进入了他饱含忧患的视野。在困居长安时的作品《同诸公登慈恩寺塔》一诗中,即已表现出了这种忧患意识。诗曰:

高标跨苍穹,烈风无时休。自非旷士怀,登兹翻百忧。方知象教力,足可追冥搜。仰穿龙蛇窟,始出枝撑幽。七星在北户,河汉声西流。羲和鞭白日,少昊行清秋。秦山忽破碎,泾渭不可求。俯视但一气,焉能辨皇州。回首叫虞舜,苍梧云正愁。惜哉瑶池饮,日晏昆仑丘。黄鹄去不息,哀鸣何所投。君看随阳雁,各有稻粱谋。

登高是古代文人借以抒怀的一种常见方式,年轻时候的杜甫登泰山时写下了“会当凌绝顶,一览众山小”(《望岳》)的经典名句,借以抒发自己的英雄主义气概与乐观主义精神。望岳时,正逢开元盛世;登慈恩寺塔时,已是天宝末期,社会积攒的各种矛盾呈一触即发之势,敏感的杜甫看到了盛世背后暗藏的隐忧,因此在诗中抒发了“自非旷士怀,登兹翻百忧”的惆怅忧患,其间的变化发人深省。钱谦益评曰:“高标烈风,登兹百忧,岌岌乎有漂摇崩析之恐,正起兴也。泾渭不可求,长安不可辨,所以回首而思叫虞舜”,“瑶池日晏,言天下将乱,而宴乐之不可以为常也”[①]。从“长安十

① (清)钱谦益:《钱注杜诗》,上海古籍出版社1979年版,第19页。

年”起，杜甫的这种忧患就愈来愈明显、愈深沉，诗歌中的表现也越来越多，如“百忧复相袭”（《送率府程录事还乡》）、“独立万端忧”（《独立》）、“穷年忧黎元，叹息肠内热”（《自京赴奉先县咏怀五百字》）、“不眠忧战伐，无力正乾坤”（《宿江边阁》）、“向来忧国泪，寂寞洒衣巾”（《谒先主庙》）等。杜甫的这种忧患意识贯穿一生，一向被人们认为是杜甫绝笔之作的《风疾舟中伏枕书怀三十六韵奉呈湖南亲友》一诗亦饱含这种忧患意识。唐代宗大历五年（770）冬，贫病交加的杜甫带着一家八口，从长沙乘船往岳阳，经过洞庭湖时，风疾愈加严重，半身偏枯、卧床不起。诗人预感将不久于人世，百感交集，作下此诗，寄呈给湖南的亲友。诗中叙述了自己的病情，回顾了半生颠沛流离之苦，并向亲友托付了后事。而就是在这样的一首诗中，杜甫仍然写下了“战血流依旧，军声动至今”的名句，其忧患意识可谓已深入骨髓。

现实主义的伟大诗人杜甫有着深沉的忧患意识，而李白虽然从总体上看是一个浪漫主义的伟大诗人，但通过他的作品，我们同样可以看到他深沉的忧患意识。开元二十三年（735），李白客居东都洛阳，目睹了统治者的骄横、奢侈，他怀着极其愤慨的心情写了《古风》（其十八），对统治者的这种丑行进了深刻的揭露。诗中写道：“衣冠照云日，朝下散皇州。鞍马如飞龙，黄金络马头。行人皆辟易，志气横嵩丘。”下朝后的官僚们趾高气扬、盛气凌人，普通老百姓像见瘟疫一样纷纷躲避，而回宅后又是“入门上高堂，列鼎错珍羞。香风引赵舞，清管随齐讴。七十紫鸳鸯，双双戏庭幽。行乐争昼夜，自言度春秋”。他们整日寻欢作乐、穷奢极欲，沉湎于纸醉金迷之中，朝政事务自然抛之脑后。在《古风》（其四十六）中，诗人又写道：“斗鸡金宫里，蹴鞠瑶台边。举动摇白日，指挥回青天。”斗鸡、蹴鞠本来是相传已久的游戏，但在开元、天宝年间，这些游戏均成为统治者腐败的象征。王侯贵族们整天沉浸于这种游戏玩乐之中，不学无术、玩物丧志，初唐时期那种奋发向上、积极进取的精神已荡然无存。对统治者的这些腐败荒淫的行为的描述，充分体现了诗仙李白的忧患意识。

对国势衰败的深沉忧患在唐代许多诗人笔下都有所流露。再如司空图的"空将忧国泪，犹拟洒丹墀"（《乱后三首》其一）、刘长卿的"忧国天涯去，思乡岁暮同"（《送梁侍御巡永州》）、罗隐的"可使御戎无上策，只应忧国是虚声"（《塞外》）、白居易的"退身江海应无用，忧国朝廷自有贤"（《舟中晚起》）、杜牧的"自睹宸居壮，谁忧国步艰"（《中秋日拜起居表晨渡天津桥即事十六韵献……兼呈工部刘公》）、李商隐的"爱君忧国去未能，白道青松了然在"（《偶成转韵七十二句赠四同舍》）、吕岩的"悠悠忧家复忧国，耗尽三田元宅火"（《赠刘方处士》）、戎昱的"无涯忧国泪，无日不沾襟"（《辰州建中四年多怀》）、曹唐的"海风卷树冻岚消，忧国宁辞岭外遥"（《奉送严大夫再领容府二首》其一）、贯休的"似圣悲增道不穷，忧民忧国契尧聪"（《蜀王登福感寺塔三首》其二）、薛能的"散地徒忧国，良时不在城"（《春日闲居》）等。

四、意味深长的借古讽今

咏史怀古诗是唐代诗歌的一个重要题材，这一题材最重要的主题便是借古讽今。无论是盛世还是衰世，敏感的文人们都能看到社会腐朽堕落的一面，从而感受到国家存亡的危机，因此他们借助于咏史怀古这一题材借古讽今，意味深长，表现了他们的爱国情怀。借助怀古咏史这一题材表达自己强烈的爱国主义情怀的唐代诗人主要有刘禹锡、杜牧、李商隐等。

刘禹锡借古讽今的怀古咏史之作包括《乌衣巷》《石头城》

《西塞山怀古》等。《乌衣巷》曰：

> 朱雀桥边野草花，乌衣巷口夕阳斜。旧时王谢堂前燕，飞入寻常百姓家。

乌衣巷是金陵城内街名，位于秦淮河之南，与朱雀桥相近，三国时期吴国曾设军营于此，为禁军驻地。当时的禁军身着黑色军服，故称乌衣巷。东晋时王导、谢安两大家族，都居住在乌衣巷。入唐后，乌衣巷沦为废墟。此诗凭吊昔日繁华鼎盛的朱雀桥和乌衣巷，以燕子作为盛衰兴亡的见证，巧妙地把历史和现实联系起来，引导人们去思考时代的发展和社会的变化，蕴含着深沉的忧患意识。

《石头城》曰：

> 山围故国周遭在，潮打空城寂寞回。淮水东边旧时月，夜深还过女墙来。

石头城在今南京市西清凉山上，三国时孙吴曾就石壁筑城戍守，称石头城。此诗表面上着眼于石头城周围的地理环境，借助“山”“潮”“淮水”“月”“女墙”凸显石头城的荒凉和寂寞，实寓有借古讽今之意，曾经的六朝古都如今已是一片荒凉，物是人非，原因何在？作者没有明言，但已寓意于字里行间。很显然刘禹锡希望君主能以前车之覆为鉴，避免重蹈历史的覆辙。

《西塞山怀古》曰：

> 王濬楼船下益州，金陵王气黯然收。千寻铁锁沉江

底，一片降幡出石头。人世几回伤往事，山形依旧枕寒流。从今四海为家日，故垒萧萧芦荻秋。

这首诗是刘禹锡于唐穆宗长庆四年(824)所作。是年，刘禹锡由夔州刺史调任和州刺史，在沿江东下赴任的途中，经西塞山时，他触景生情，抚今追昔，写下此诗。而此时的唐朝自安史之乱后，藩镇割据比较严重，国家在衰亡的路上越走越远。西塞山在今湖北省黄石市东面的长江边上，是六朝有名的军事要塞。西晋太康元年(280)，晋武帝司马炎命王濬率领西晋水军顺江而下，讨伐东吴，并一举灭吴。前四句，写西晋灭吴的史事，表现国家统一是历史之必然，阐发了事物兴废决定于人的思想；后四句写西塞山，点出它之所以闻名，是因为曾经是军事要塞，而今山形依旧，可是人事全非，拓开了诗的主题。诗咏晋、吴兴亡史事，慨叹山川之险不足以依恃，寓垂诫后世之深意。汪师韩《诗学纂闻》评曰："假使感古者取三国六代事，衍为长律，便使一句一事，包举无遗，岂成体制？梦得之专咏晋事，尊题也。下接云'人事几回伤往事'，若有上下千年，纵横万里在其笔底者。山形枕水之情，不涉其境，不悉其妙。至于芦荻萧萧，履清时而依故垒，含蕴正靡穷矣。所谓骊珠之得，或在于斯者欤?"①

杜牧借古讽今的怀古咏史之作包括《悲吴王城》《过华清宫绝句三首》《台城曲二首》等。《悲吴王城》曰：

二月春风江上来，水精波动碎楼台。吴王宫殿柳含翠，苏小宅房花正开。解舞细腰何处往，能歌姹女逐谁回。

① 陈伯海：《唐诗汇评》，浙江教育出版社1996年版，第1827页。

千秋万古无消息，国作荒原人作灰。

这首诗是会昌二年(842)杜牧任黄州刺史游览武昌时所作。这首诗带有浓重的历史感和虚空感怀，是杜牧怀古诗中比较有名的一首。楼台曾经是过去君王风流之所，君王得意，美女含媚，而如今昔日的繁华热闹、美人歌舞都化为了灰土，人们再也看不到它们的任何踪影了，谁又能把这些过往追回来，挽留住呢？昔日的一切已经成了过眼云烟，而今日的一切也将化为滚滚红尘，无处追寻。历史都是如此虚空，而人生也是如此空幻吧？

《过华清宫绝句三首》曰：

长安回望绣成堆，山顶千门次第开。一骑红尘妃子笑，无人知是荔枝来。(其一)

新丰绿树起黄埃，数骑渔阳探使回。霓裳一曲千峰上，舞破中原始下来。(其二)

万国笙歌醉太平，倚天楼殿月分明。云中乱拍禄山舞，风过重峦下笑声。(其三)

这三首诗是杜牧经过骊山华清宫时有感而作。华清宫是唐玄宗开元十一年(723)修建的行宫，唐玄宗和杨贵妃曾在这里寻欢作乐。后代有许多诗人写过以华清宫为题的咏史诗，而杜牧《过华清宫绝句三首》是其中的名作。第一首通过送荔枝这一典型事件，鞭挞了玄宗与杨贵妃的骄奢淫逸，对安史之乱这一使唐王朝由盛转衰的重大历史事件进行了深刻的反思。第二首前两句描写探使从渔阳经由新丰飞马回长安的情景。探使身后扬起的滚滚黄尘,是迷人眼目的烟幕,又象征着叛乱即将爆发的战争风云。后两句淋漓尽致地刻画了唐玄宗的耽于享乐和执迷不悟,这也是造成安史之乱爆发的重要原因。第三首首句写唐玄宗整日与杨贵妃在骊山游乐,不理朝政,举国上下沉浸在一片歌舞升平之中。次句谓骊山上宫殿楼阁高耸挺拔,在月光下显得格外分明。第三句语带讥刺,回忆当年安禄山在骊山上觐见唐玄宗和杨贵妃时,在大殿中拖着肥胖的身体翩翩作胡旋舞,竟引发了杨贵妃爽朗的笑声。第四句说杨贵妃的笑声随风越过层层峰峦,在山间久久回荡。此诗含蓄委婉,笔调看似轻快,实则对亡国之君的荒淫误国给予了辛辣无情的嘲讽。

《台城曲二首》其一曰:

整整复斜斜,隋旗簇晚沙。门外韩擒虎,楼头张丽华。谁怜容足地,却羡井中蛙。(节选)

台城位于金陵城内,是南朝的台省(中央政府)和宫殿所在地,系国家管理和统治的象征。这首诗反映的历史事件是:开皇九年(589)正月,隋军渡江,如入无人之境。隋军大将韩擒虎从南路、贺若弼从北路直逼金陵。陈朝大将任忠投降韩擒虎,引其进入朱雀门;贺若弼俘获陈朝大将萧摩诃,从北掖门进城。陈后主想出一条"妙计",与张丽华等藏入景阳宫枯井。隋军出而俘之,并俘其文武大臣。长江上游的陈朝军队闻金陵已破,后主已降,也都解甲投降。至此,陈朝灭亡。诗歌首两句描写当年隋军渡江攻打陈时的情景。当初隋与陈隔江对峙,时为行军总管的贺若弼,每次在隋军交班时,都让他们必须集合在历阳(今安徽和县),并且大列旗帜,营幕蔽野。陈人以为大兵来临,就调集兵马来防备。

后来得知只不过是换防,遂不再防备。等到贺若弼率领大军渡江时,陈军仍然没有发觉。第三四句"门外韩擒虎"和"楼头张丽华"形成强烈的对比,把当时紧迫的形势勾画出来,"楼头张丽华"表现的是陈后主荒淫的生活,揭示了陈朝灭亡的原因。五六句写陈后主在韩擒虎进入宫城后,与宠妃张丽华、孔贵人一起躲入枯井中,最后被隋军活捉。陈后主因荒淫而亡国,杜牧此诗借以讽谏晚唐的君主。

李商隐借古讽今的怀古咏史诗主要有《隋宫》《马嵬》《筹笔驿》等。《隋宫》曰:

> 紫泉宫殿锁烟霞,欲取芜城作帝家。玉玺不缘归日角,锦帆应是到天涯。于今腐草无萤火,终古垂杨有暮鸦。地下若逢陈后主,岂宜重问后庭花。

此诗约作于唐宣宗大中十一年(857),是诗人晚年江东之游时所作。诗借隋炀帝之事以讽今。隋炀帝是中国历史上臭名昭著的腐败国君的典型。他即位后开凿的大运河,虽然客观上带动了运河所经地区经济的发展,初衷却是便于他由洛阳乘舟到江都游玩。隋炀帝在位十四年中,曾三次巡游江都,据史载,每次随行人员竟多达二十万人,拖船的民夫多达八九万人。李商隐以此为根据,从国家的兴亡着眼,写了这首借古讽今的咏史诗。首联"紫泉宫殿锁烟霞,欲取芜城作帝家"点题。出句以紫泉宫(隋代本为紫渊宫,因避唐高祖李渊讳而改)代指都城长安,紫泉宫被烟霞所笼罩,意指长安此时已徒有都城之名,而无都城之实,隋炀帝政治上的腐败昏庸可见一斑。对句写出紫泉宫被烟雾笼罩的原因,隋炀帝到芜城去了,而且想迁都于此。芜城,隋时称江都,汉时称广陵,西汉吴王刘濞建都于此。南朝宋竟陵王刘诞据广陵反,兵败身死,城遂荒芜,鲍照作《芜城赋》以讽之,因得名。李商隐刻意用"芜城"代指"江都",讽喻之意已见。颔联"玉玺不缘归日角,锦帆应是到天涯"交代了隋炀帝迁都未成的原因,皇帝之位被有着日角(日角即额角突出,古时人称这是帝王之相)的李渊所占。颈联"于今腐草无萤火,终古垂杨有暮鸦"涉及有关隋炀帝逸游的两个故事。前者出自《隋书·炀帝纪》:"大业十二年,上于景华宫征求萤火,得数斛,夜出游山放之,光遍岩谷。"后者出自《开河记》:"诏民间有柳一株赏一缣,百姓争献之。又令亲种,帝自种一株,群臣次第种。栽毕,帝御笔写赐垂杨柳姓杨,曰杨柳也。"把"萤火"和"腐草"、"垂杨"和"暮鸦"联系起来,于一"有"一"无"的鲜明对比中感慨今昔,深寓荒淫亡国的历史教训。尾联"地下若逢陈后主,岂宜重问后庭花"用杨广与陈叔宝梦中相遇之事,以假设、反诘的语气,把批判荒淫亡国的主题深刻地揭示出来。陈叔宝因荒淫亡国,投降隋朝,和当时隋朝的太子杨广很相熟。杨广当了天子,乘龙舟游江都的时候,梦中与死去的陈叔宝及其宠妃张丽华等相遇,请张丽华舞了一曲《玉树后庭花》。这首舞曲是陈叔宝所作,被后人斥为"亡国之音"。诗人在这里特意提到它,意为杨广目睹了陈叔宝荒淫亡国之事,却不吸取教训,既纵情龙舟之游,又迷恋亡国之音,终于重蹈陈叔宝的覆辙,身死国灭,为天下笑。此诗取材于前朝亡国之典,以诗的语言,批判亡国之君,讽喻晚唐天子,充分体现了李商隐的爱国情怀。

《马嵬》曰:

海外徒闻更九州,他生未卜此生休。空闻虎旅传宵柝,无复鸡人报晓筹。此日六军同驻马,当时七夕笑牵牛。

如何四纪为天子，不及卢家有莫愁。

马嵬是杨贵妃缢死的地方。《旧唐书·杨贵妃传》："安禄山叛，潼关失守，从幸至马嵬。禁军大将陈玄礼密启太子诛国忠父子，既而四军不散，曰'贼本尚在'。指贵妃也。帝不获已，与贵妃诀，遂缢死于佛室，时年三十八。"李商隐此诗锋芒直指李唐前朝皇帝唐玄宗，同时也有现实讽喻意义。在白居易的《长恨歌》中，对杨贵妃思念至深的唐玄宗在临邛道士的帮助下进入了海中仙山，与已成为仙人的杨贵妃再度相见。但毕竟这只是一个虚构的故事，李商隐在诗的开头用"徒闻"否定了这一事件，与"他生未卜"形成鲜明对比的是"此生休"，现实生活中的人们看到的只是悲剧。颔联用宫廷中的"鸡人报晓筹"反衬马嵬驿的"虎旅传宵柝"，昔乐今苦、昔安今危的不同处境和心情已跃然纸上。颈联回顾了李杨爱情从天堂到地狱的转换，在曾经的七夕，李杨二人在长生殿上密约"世世为夫妇"，他们还讥笑牵牛、织女一年只能相见一次。然而在安史之乱爆发之后，在"六军同驻马"的紧急情势之下，唐玄宗也只能任由杨贵妃"宛转蛾眉马前死"(《长恨歌》)，两相映衬，杨妃赐死的结局就不难于言外得之，而玄宗虚伪、自私的品格也暴露无遗。而这样的结局又何尝不是玄宗沉溺声色之必然结果。尾联感叹"四纪为天子"(古时十二年为一纪，唐玄宗在位四十五年，取其整数)的皇帝唐玄宗还不如平民人家卢家，卢家虽然地位卑微，卢莫愁却在这个家里过着幸福的生活。这两句在嘲笑作为天子的唐玄宗无法保护自己的女人，但同时也引发读者进一步思考：为什么贵为天子，唐玄宗却保护不了自己最心爱的人？答案很明显，是唐玄宗晚年的荒淫生活造成的。归根结底，李商隐写此诗的目的还是要借古讽今，以让晚唐时期的唐朝皇帝得到警诫。

《筹笔驿》曰：

> 猿鸟犹疑畏简书，风云常为护储胥。徒令上将挥神笔，终见降王走传车。管乐有才原不忝，关张无命欲何如？他年锦里经祠庙，梁父吟成恨有馀。

此诗是大中十年（856）李商隐罢梓州幕回长安途经筹笔驿而作。筹笔驿，旧址在今四川省广元市北。相传三国时蜀汉诸葛亮出兵伐魏，曾驻此筹划军事。诗中极力推崇诸葛亮才比管仲、乐毅，却未能完成统一大业，后主刘禅最终成为亡国之君，遗恨千古。这沉痛的历史慨叹，和晚唐政局相关。首联谓猿鸟还在惊畏诸葛亮的简书，风云常常守护着军垒的藩篱栏栅。这实际上是在夸赞诸葛亮的治军严明。颔联写诸葛亮徒然在这里挥笔运筹，而后主刘禅最终却乘坐传车去投降。遇上"扶不起的阿斗"刘禅这样的君王，一切努力都是徒劳，这是诸葛亮的悲哀。颈联写诸葛亮不愧有管仲和乐毅的才干，但失去关羽、张飞这样的左膀右臂后，他也无法力挽狂澜。这是诸葛亮的无奈。尾联写诗人自己往年经过锦城时曾进谒武侯祠，也曾吟诵《梁父吟》为诸葛亮深表遗憾！这就把古与今联系起来了，一方面以诸葛亮晚年的不得志喻自己此时的怀才不遇，另一方面也以亡国前的蜀国喻每况愈下的唐王朝，凸显了借古讽今的主题。

总之，爱国主义精神是中国传统文化尤其是齐鲁文化的基本精神，唐代诗人们以他们的作品和实际行为表达出了对这一精神的接受。而这一精神也成了我们抗击外来侵略、捍卫民族尊严的强大精神力量。

第二节　唐代诗人的仁民爱物精神

“仁民爱物”语出《孟子·尽心上》:“君子之于物也,爱人而弗仁;于民也,仁之而弗亲,亲亲而仁民,仁民而爱物。”①意思是说,对于万物,君子爱惜它,却不用仁德对待它;对于百姓,君子用仁德对待他,却不亲爱他。君子亲爱亲人,因而仁爱百姓;仁爱百姓,因而爱惜万物。这种仁民爱物精神是儒家思想的基本精神之一,亦是齐鲁文化的基本精神之一,唐代诗人对这一精神的接受极其普遍透彻。

一、仁民精神

唐代诗人的仁民精神最突出的表现是对民生疾苦的关注,在他们的笔下,这些民生疾苦的主人公形形色色,包括田夫、征夫、水夫、采玉人、盐民、卖炭翁、织妇、寡妇、弃妇、负薪女等。

(一)田夫

“锄禾日当午,汗滴禾下土”(李绅《悯农》)、“足蒸暑土气,背灼炎天光”(白居易《观刈麦》)的田夫是处于社会底层最大的一个生活群体,唐代诗人们对这一群体的关注也最多,除了《悯农》和《观刈麦》外,此类作品中比较有名的还有高适的《自淇涉黄河途中作十三首》(其八)、张籍的《野老歌》、元稹的《田家词》等。

高适《自淇涉黄河途中作十三首》(其八)曰:

朝从北岸来,泊船南河浒。试共野人言,深觉农夫苦。

① 杨伯峻:《孟子译注》,中华书局2016年版,第252页。

去秋虽薄熟，今夏犹未雨。耕耘日勤劳，租税兼舄卤。园蔬空寥落，产业不足数。尚有献芹心，无因见明主。

在自淇河渡黄河途中，诗人遇上了正在田间耕作的农夫，通过交谈，高适深切地感受到了农夫所承受的痛苦。去年的收成一般，今年一直到夏天仍未下雨，这对靠天吃饭的农夫来说意味着灾难已不可避免。大旱之年，官府本来应该减免租税，但是他们不仅不减，甚至连寸草不生的盐碱地都不放过，农夫们别无他法，明知道没有结果，还是在田间辛苦劳作。田园一片寥落，肯定已满足不了官府的需求。对农夫的这种苦难，高适深为同情，为帮助农夫解除这些苦难，高适想出了一些良策，遗憾的是此时作为一介平民的他没有办法见到天子。身处盛唐时代的高适透过国家表面的繁荣，看到了社会底层民众的苦难，并苦思良策希望救民于水火之中，这种仁民之心是难能可贵的。

张籍的《野老歌》曰：

老农家贫在山住，耕种山田三四亩。苗疏税多不得食，输入官仓化为土。岁暮锄犁傍空室，呼儿登山收橡实。西江贾客珠百斛，船中养犬长食肉。

在山中居住的老农极其贫穷，他只有三四亩山田可供耕种。山田贫瘠，禾苗稀疏，官府的赋税却很多，因此收获的粮食全部输入了官仓，然而这些粮食在官仓中最终化为了土。刚刚结束了收获季节的老农，在岁末只能带着孩子们到山中采集橡栗以充饥。与老农的贫穷形成鲜明对比的是，西江上的珠宝商人丝毫不用考虑温饱问题，连他们养的狗都一直吃肉。这样鲜明的对比和杜甫的

"朱门酒肉臭,路有冻死骨"(《自经赴奉先县咏怀五百字》)可谓异曲同工。通过对比,既表现了诗人对统治者的揭露,又表达了对农夫的同情。

元稹的《田家词》曰:

> 牛吒吒,田确确,旱块敲牛蹄趵趵。种得官仓珠颗谷,六十年来兵簇簇,月月食粮车辘辘。一日官军收海服,驱牛驾车食牛肉,归来收得牛两角。重铸锄犁作斤劚,姑舂妇担去输官,输官不足归卖屋。愿官早胜仇早复,农死有儿牛有犊,誓不遣官军粮不足。

因为久旱不雨,土地极其坚硬,牛蹄踩在坚硬的土地上发出趵趵的声音。农夫挥动着鞭子,大声呵斥着牛,即使如此,耕作的进程仍然十分缓慢。如此辛苦劳作收获的庄稼颗颗如珍珠般珍贵,这些粮食最终全部输入了官仓。自安史之乱爆发至今已六十年了,其间战乱一直都没有停止,珍珠般珍贵的粮食也一车车源源不断地运往了前线充当军饷。此时,征讨淮西吴元济的战争正在激烈地进行,农夫赶着牛车把粮食运到前线,可官军不但收了粮食,驾车的牛也被士兵吃掉了,可怜的农夫只带了两只牛角归来。因为战争,农夫的农具也一并被征用改作武器了。归来之后的农夫仍然要缴纳租税,只能重铸犁锄斤劚,收获的粮食继续充作军饷。如此循环往复,战争不结束,农夫的悲惨命运就不会结束。他们只能期盼着战争早点结束,否则他们的子孙会继续这样的悲剧,农民的沉重灾难就会永无止境地继续下去。通过这样的作品,元稹在揭露战争罪恶的同时,也表达了对处于社会底层的农夫的同情。

（二）征夫

有唐一代，边塞战争几乎一直都没有间断过。初盛唐多是主动出击，而中晚唐多是被动防御。出击也罢，防御也罢，都需要大量的征夫，唐代许多诗人笔下都有关于征夫痛苦生活的描述，其中描写最直接、思想价值最高的当属杜甫的《兵车行》和“三吏”“三别”。

《兵车行》曰：

> 车辚辚，马萧萧，行人弓箭各在腰。耶娘妻子走相送，尘埃不见咸阳桥。牵衣顿足拦道哭，哭声直上干云霄。道旁过者问行人，行人但云点行频。或从十五北防河，便至四十西营田。去时里正与裹头，归来头白还戍边。边庭流血成海水，武皇开边意未已。君不闻汉家山东二百州，千村万落生荆杞。纵有健妇把锄犁，禾生陇亩无东西。况复秦兵耐苦战，被驱不异犬与鸡。长者虽有问，役夫敢申恨？且如今年冬，未休关西卒。县官急索租，租税从何出？信知生男恶，反是生女好。生女犹得嫁比邻，生男埋没随百草。君不见，青海头，古来白骨无人收。新鬼烦冤旧鬼哭，天阴雨湿声啾啾！

杜甫亲见征人服役惨状，遂作此诗。作品真实而深刻地揭露了穷兵黩武政策给人民带来的深重苦难。这首诗让读者触摸到诗人那颗同情人民的火热的心。更为重要的是，它表现了诗人反对“开边”战争的坚定立场。“边庭流血成海水，武皇开边意未已”，说明他认识到这种不义的战争是一切苦难的根源；他敢于把战争的责任加在最高统治者身上，这样的勇气是当时众多的诗人所不具有的。《唐宋诗醇》评曰："此体创自老杜，讽刺时事而托为征夫问答之词。言之者无罪，闻之者足以为戒，《小雅》遗音也。篇首写得行色匆匆，笔势汹涌，如风潮骤至，不可逼视。以下出点行之频，出开边之非，然后正说时事，末以惨语结之。词意沉郁，音节悲壮，此天地商声，不可强为也。"①

乾元元年（758）冬至乾元二年（759）春，郭子仪、李光弼等九节度使以六十万大军围攻相州（又称邺城，今河南安阳）安史叛军，遭到溃败，洛阳一带形势紧张，唐王朝为补充兵力强行征兵，虽老幼亦难免。这时作者由洛阳回华州，就沿途所见所闻，怀着矛盾的心情写下《新安吏》《石壕吏》《潼关吏》《新婚别》《垂老别》《无家别》这组传诵千载的史诗，即所谓"三吏""三别"。《新安吏》为组诗首篇，亦是组诗总领。题下原注："收京后作。虽收两京，贼犹充斥。"诗写官府凶暴地征集未适龄青年从征，呈现出"白水暮东流，青山犹哭声"的悲惨情景。王嗣奭评曰："此诗炉锤之妙，五首之最。……'短小'是不成丁者，盖长大者早已点行而阵亡矣。又就'短小'中，分出肥、瘦、有母、无母、有送、无送。此必真景，而描写到此，何等细心！……止一'哭'字，犹属'青山'，而包括许多哭声，何等笔力，何等蕴藉！……'泣血'与哭异，乃有涕无声者。临别则哭，既行则悲、用字斟酌如此。"②《石壕吏》写一个"老妪"在无可奈何的情况下"急应河阳役"的故事。《唐诗选脉会通评林》评曰："周珽曰：一篇苦情实状难读。末四语酸楚更甚，唐祚不几岌岌乎？吴山民曰：起二句劲；吏怒、妇啼，何等光

---

① 陈伯海：《唐诗汇评》，浙江教育出版社1996年版，第914页。

② （明）王嗣奭：《杜臆》，上海古籍出版社1983年版，第80－81页。

景。'三男戍',死其二,惨;'惟有乳下孙',危;'出入无完裙',可伤。'急应河阳役'二句,语非由心,强作硬口。'夜久语声绝'二句,泣鬼神语。结句尤难为情。"①《潼关吏》写士卒筑关之劳苦。《唐诗品汇》评曰:"王深父云:此诗盖刺非其人则举关以弃之,得其人虽旧险亦足恃。《孟子》所谓'地利不如人和'也。"②《新婚别》写一对新婚夫妇,在结婚的次日清晨,新郎就要赴前线。《唐诗选脉会通评林》评曰:"王深甫曰:此诗所怨,尽其常分而能不忘礼义。周珽曰:起兴'兔丝',愿情'鸡狗',羡心'百鸟',合情理、事势、节义,以劝勉誓守。如怨如诉,如泣如慕,一腔幽衷,令人读不得。胡应麟曰:起四语,子美之极力于汉者也。然音节太亮,自是子美语。陆时雍曰:此作气韵,不减汉魏。'妾身未分明,何以拜姑嫜',建安中亦无此深至语。吴山民:'自嗟'一字,含几许凄恻,又极温厚。"③《垂老别》写一个老翁出征,不忍与老妻话别的悲惨情景。浦起龙评曰:"忽而永诀,忽而相慰,忽而自奋,千曲百折,末段又推开解譬,作死心塌地语,犹云无一寸干净地,愈益悲痛。"④《无家别》写邺城败后还乡无家可归、重又被征的军人,通过他的遭遇反映出农村的凋敝荒芜及人民生活的悲惨。浦起龙评曰:"通首只是一片。起八句,追叙无家之由,'久行'六句,合里无家之景。'宿鸟'以下,始入自己,反踢'别'字……'近行'八句,木身无家之情。其前四极曲,言远去固艰于近行,然总是无家,亦不论远近矣。翻进一层作意。"⑤

---

① 陈伯海:《唐诗汇评》,浙江教育出版社1996年版,第973页。

② 陈伯海:《唐诗汇评》,浙江教育出版社1996年版,第971-972页。

③ 陈伯海:《唐诗汇评》,浙江教育出版社1996年版,第974页。

④ (清)浦起龙:《读杜心解》,中华书局2000年版,第56页。

⑤ (清)浦起龙:《读杜心解》,中华书局2000年版,第57页。

(三)水夫

李白《丁督护歌》曰:

云阳上征去,两岸饶商贾。吴牛喘月时,拖船一何苦。水浊不可饮,壶浆半成土。一唱督护歌,心摧泪如雨。万人凿盘石,无由达江浒。君看石芒砀,掩泪悲千古。

《丁督护歌》又作《丁都护歌》,是乐府旧题,属"清商曲辞"中的"吴声歌曲"。据传,南北朝时期宋武帝刘裕的女婿徐逵之为鲁轨所杀,府内直督护丁旿奉旨料理丧事,后来徐逵之的妻子(刘裕的长女)向丁旿询问殓送情况,每次发问就哀叹一声"丁督护",至为凄切。后人依声制曲,定下了这个名称(见《宋书·乐志》)。这首诗作于天宝六年(747)六月李白游丹阳横山时,描绘了纤夫拖船的劳苦情景,揭露了统治阶级穷奢极欲、不顾人民死活的罪行,对劳动人民的苦难命运寄寓了深切的同情。"水浊不可饮,壶浆半成土。"对于拖船的纤夫来说,他们的生活中最不缺的恐怕就是水了,然而他们又是缺水的,缺干净的水。在缺与不缺的对比中,纤夫的悲剧命运凸显了出来。

王建《水夫谣》曰:

苦哉生长当驿边,官家使我牵驿船。辛苦日多乐日少,水宿沙行如海鸟。逆风上水万斛重,前驿迢迢后淼淼。半夜缘堤雪和雨,受他驱遣还复去。夜寒衣湿披短蓑,臆穿足裂忍痛何!到明辛苦无处说,齐声腾踏牵船歌。一间茅屋何所值,父母之乡去不得。我愿此水作平田,长使水夫不怨天。

本篇的主人公是一群被官家征用在水上服役的纤夫。他们一年的大部分时间都在拖船中度过，如海鸟一样过着水宿沙行的生活。拖着船逆流逆风而上，船如有万斛之重，行进十分艰难。抬头看远方，前面的驿站仍杳无踪影。时间紧迫，日夜兼程，风雪无阻。虽然夜间十分寒冷，但纤夫们只披着短蓑，雨雪打湿了衣服，纤绳磨破了胸口，双脚也被冻裂了，但他们只能忍受着。即使到了天亮，他们的辛苦也无处诉说，仍然要喊着船歌继续拖船。纤夫们的全部财产其实只有一间破败的茅屋，但这里毕竟是他们的家乡，舍不得离开。他们只能寄希望于水变平田，然而这是不现实的，因此他们的痛苦实际上永远无法解除。

（四）采玉人

有唐一代，尚玉之风盛行，而玉往往产于险僻的地方，官府便征集平民进行采集。中唐时最受人们推崇的玉是蓝田县蓝田山蓝溪产的一种叫“水碧”的美玉，这种玉并不多见，而且蓝溪足有三十里长。采玉是极其艰难的，韦应物《采玉行》和李贺的《老夫采玉歌》都以同情的口吻描写了采玉人的痛苦生活。

韦应物的《采玉行》曰：

官府征白丁，言采蓝溪玉。绝岭夜无家，深榛雨中宿。独妇饷粮还，哀哀舍南哭。

官府为了满足少数人的骄奢淫逸欲望，临时从民间征集了一些壮丁来采玉。采玉人劳作了一天，仍然一无所获，没完成任务的他们被禁止回家，即使有狂风暴雨也不例外。他们只能在榛树下席地而眠。妻子前来送饭,看到丈夫所承受的痛苦,回到家仍止不住在舍南哀哀哭泣。

相比较而言,李贺的《老夫采玉歌》描写更细致,价值更高。诗曰:

> 采玉采玉须水碧,琢作步摇徒好色。老夫饥寒龙为愁,蓝溪水气无清白。夜雨冈头食蓁子,杜鹃口血老夫泪。蓝溪之水厌生人,身死千年恨溪水。斜山柏风雨如啸,泉脚挂绳青袅袅。村寒白屋念娇婴,古台石磴悬肠草。

首句叠用"采玉"二字,表示采玉的艰难程度。而采玉人费尽千辛万苦甚至以生命为代价换来的"水碧",却不过是被雕琢成步摇——色相上乘的装饰品而已。贵族妇女骄傲地把步摇戴在头上,尽情地搔首弄姿。她们从来都没有想到采玉人的辛苦。采玉的老夫忍受着饥饿在浑浊不清的蓝溪之水中艰难地采玉,这种情形甚至连水中的龙都为之忧愁。为了早日完成任务,老夫夜以继日地寻找,饿了就找一点野榛子来充饥,这样的悲剧足以和古代蜀帝杜宇死后化为杜鹃啼血哀鸣的传说相提并论。千百年来,蓝溪之水已吞噬了太多采玉人的生命,人们一提到蓝溪之水就充满了怨恨。采玉人临死前的情形大多一样:风雨交加的天气条件下,他们仍然被逼身系长绳从悬崖峭壁的顶端悬身入水,绳子在狂风暴雨中猛烈地摇晃。这一刻,采玉人也意识到了自己的死亡命运,看到古台石级上的悬肠草(又名思子蔓),不禁使他想起寒村茅屋中娇弱的儿女。对统治者的鞭挞和对采玉人的同情到此达到了一个顶点。《载酒园诗话又编》评曰:"此诗极言采玉之苦。以绳悬身下溪而采,人多溺而不起,至水亦厌之。采时又饥寒无食,唯摘榛子为粮。及得玉,仅供步摇之用,充玩好而已。伤心惨目之悲,及劳民以求无用之意,隐隐形于言外。”①

(五)盐民

唐时西北地区产盐,“《唐·食货志》:‘唐有盐井六百四十,成州、巂州井各一。’”②因此这里也产生了大量的盐民。杜甫于乾元二年(759)从秦州前往同谷的途中路过成州长道县,看到了盐民痛苦的生活,用他的“诗史”之笔给后人留下了《盐井》一诗,诗曰:

> 卤中草木白,青者官盐烟。官作既有程,煮盐烟在川。汲井岁搰搰,出车日连连。自公斗三百,转致斛六千。君子慎止足,小人苦喧阗。我何良叹嗟,物理固自然。

“《元和郡县志》:盐井,在成州长道县东三十里,水与岸齐,盐极甘美,食之破气。盐官故城,在县东三十里,在嶓冢西四十里,相承营煮,味与海盐同。”③杜甫路过这里时,看到草木在盐水的浸渍中都枯萎成了白色,半空中到处都是官家煮盐冒起的青烟。官家作业是有规程的,原野上到处都在煮盐。人们终年辛辛苦苦地从井中汲取盐卤煮盐,运盐的车每天不断。商人从官家那里用三百钱一斗买进,转手以每斛(一斛为十斗)六千的价格卖出,获利整整一倍。杜甫深深同情盐民的命运,他希望官家能够知足而止,不与民争利,那些商人也不要唯利是图。但杜甫也明白,有利必图本来就是天下商人的真理,盐民的命运是很难改变的。

---

① 陈伯海:《唐诗汇评》,浙江教育出版社 1996 年版,第 1962 页。

②③ (清)仇兆鳌:《杜诗详注》,中华书局 1995 年版,第 679 页。

（六）卖炭翁

烧炭，相传由战国时期著名军事家孙膑发明。烧成的炭在古代主要供宫廷及贵族之家冬天取暖之用。白居易的千古名作《卖炭翁》即记录了当时烧炭卖炭人的痛苦生活。诗曰：

> 卖炭翁，伐薪烧炭南山中。满面尘灰烟火色，两鬓苍苍十指黑。卖炭得钱何所营？身上衣裳口中食。可怜身上衣正单，心忧炭贱愿天寒。夜来城外一尺雪，晓驾炭车辗冰辙。牛困人饥日已高，市南门外泥中歇。翩翩两骑来是谁？黄衣使者白衫儿。手把文书口称敕，回车叱牛牵向北。一车炭，千余斤，宫使驱将惜不得。半匹红绡一丈绫，系向牛头充炭直。

本篇是白居易《新乐府》组诗中的第 32 首，诗下题注云："苦宫市也。"关于宫市，《顺宗实录》载："旧事：宫中有要市外物，令官吏主之，与人为市，随给其直。贞元末，以宦者为使，抑买人物，稍不如本估。末年不复行文书，置'白望'数百人于两市并要闹坊，阅人所卖物，但称'宫市'，即敛手付与，真伪不复可辩，无敢问所从来，其论价之高下者，率用百钱物买人直数千钱物，仍索进奉门户并脚价钱。将物诣市，至有空手而归者。名为'宫市'，而实夺之。"[①]白居易笔下的这个卖炭老翁因长期"伐薪烧炭南山中"，导致"满面尘灰烟火色，两鬓苍苍十指黑"。这样的肖像描写很容易使人联想到他劳作的辛苦。如此辛苦的劳动原本也只是为了解

① 陈伯海：《唐诗汇评》，浙江教育出版社 1996 年版，第 2071 页。

决最基本的温饱问题,然而此时天气极其寒冷,“夜来城外一尺雪”,他却“身上衣正单”。虽“日已高”,但仍“牛困人饥”。即使如此,这个卖炭老翁仍然“心忧炭贱愿天寒”,这样的愿望让人心酸心痛。然而接下来更让人心酸心痛甚至愤怒的事情发生了,两个“黄衣使者”直接将老翁的炭车拉到了宫中,千余斤的一车炭只给了“半匹红绡一丈绫”以“充炭直”。这样的报酬根本无法解决老翁的温饱。通过卖炭翁的遭遇,诗人深刻地揭露了“宫市”的本质,对统治者掠夺人民的罪行给予了有力的鞭挞与抨击,讽刺了当时腐败的社会现实,表达了作者对下层劳动人民的深切同情。

(七)织妇

中国古代社会主要以农桑为业,种地主要由男人负责,而养蚕织布主要由女人负责,因此便产生了织妇这一劳动群体。以写乐府诗而著称的元稹便写过一篇《织妇词》以描写她们的生活和命运。诗曰:

> 织妇何太忙,蚕经三卧行欲老。蚕神女圣早成丝,今年丝税抽征早。早征非是官人恶,去岁官家事戎索。征人战苦束刀疮,主将勋高换罗幕。缫丝织帛犹努力,变缉撩机苦难织。东家头白双女儿,为解挑纹嫁不得。檐前袅袅游丝上,上有蜘蛛巧来往。羡他虫豸解缘天,能向虚空织罗网。

此诗作于元和十二年(817),为《乐府古题》十九首之一,描写了织妇被剥削被奴役的痛苦。蚕种三卧之后就要老了,因此织妇们早早地便忙碌了起来。她们祈祷蚕神保佑蚕儿早点出丝,因为今年官家要提前抽征丝税。早征税的原因是去年发生的战争到现在仍没有结束,征士们需要布来包扎伤口,功高的将军们需要更换罗幕。一般的缫丝织作本来已够费力的了,织有花纹的绫罗更是难上加难。东家的两个女儿因为擅长挑纹工艺,如今头发已花白而仍未嫁。她们的命运甚至不如檐前的蜘蛛,蜘蛛尚可以自由地编制罗网。人不如虫,这到底是怎样的一种命运啊!

(八)寡妇

唐朝频繁的战乱给普通民众带来的极大灾难便是使许多已婚妇女变成了寡妇,唐代诗人们也关注到了由时势造成的这一特殊群体。比较具有代表性的作品是杜甫的《又呈吴郎》和杜荀鹤的《山中寡妇》。

杜甫的《又呈吴郎》曰:

> 堂前扑枣任西邻,无食无儿一妇人。不为困穷宁有此?只缘恐惧转须亲。即防远客虽多事,便插疏篱却甚真。已诉征求贫到骨,正思戎马泪盈巾。

此诗作于大历二年(767)秋。杜甫的一位亲戚吴郎从忠州搬来夔州,他就把原住的瀼西草堂让给吴郎住。西邻是一位无食无儿的寡妇,杜甫住时,任凭这位贫妇扑食堂前之枣。而吴郎搬来后,却插篱防人扑枣。杜甫即写诗委婉劝说吴郎不要这样做,同时也隐含着诗人对贫民的同情,对战争的痛恨。因前有《简吴郎司法》诗,故此题曰"又呈"。由于拙于生计,漂泊蜀地的杜甫自己的生活尚需要靠别人接济。然而就是在这样的情况下,他仍能对西邻"无食无儿一妇人"给予力所能及的帮助,这种仁民之心令人感动,同时他还能照顾到吴郎的感受,这同样令人佩服。仇兆鳌评曰:"此章告以恤怜之道也。上四悯邻妇,下四谕吴郎。'无食无儿一妇人'句,中含四层哀矜意:通章皆包摄于此。……此诗是直写性情,唐人无此格调。然语淡而意厚,蔼然仁者痌瘝一体之心,真得《三百篇》神理者。"[①]卢世潅评曰:"语云:'仁人之言,其利薄。'又云:'仁义之人,其言蔼如。'今观子美诗尤信。子美温柔敦厚,一本之恺悌慈祥,往往溢于言表。他不具论,即如《又呈吴郎》一首,极煦育邻妇,又出脱邻妇;欲开示吴郎,又回护吴郎。七言八句,百种千层,非诗也,是乃仁音也。恻隐之心,诗之元也。词客仁人,少陵独步。"[②]

杜荀鹤《山中寡妇》曰:

> 夫因兵死守蓬茅,麻苎衣衫鬓发焦。桑柘废来犹纳税,田园荒后尚征苗。时挑野菜和根煮,旋斫生柴带叶烧。任是深山更深处,也应无计避征徭。

作品中的女主人公因丈夫死于战争而成了寡妇,穿着粗糙的麻布衣服,鬓发焦黄的她独自守着自家破败的茅屋。然而,对这样一个可怜的寡妇,官府也并不放弃对她的压榨。虽然桑树已伐尽,但仍需缴纳丝税;虽然田地已荒芜,但仍征收青苗税。这种残酷的赋税剥削,使这位孤苦贫穷的寡妇生不如死。为了活着,她只能经常挖来野菜连菜根一起煮了吃,煮时燃的生柴还要"带叶烧"。这样困苦的生活不由得令人感叹官府的魔爪无处不在,哪怕是逃到再深的深山也无法躲避官府的赋税和徭役。《诗林广

---

① 仇兆鳌:《杜诗详注》,中华书局 1995 年版,第 1762 - 1763 页。

② 萧涤非:《杜甫全集校注》,人民文学出版社 2014 年版,第 5058 - 5059 页。

记》评曰："此诗备言民生之憔悴，国政之烦苛，可谓曲尽其情矣。采民风者，观之其能动心否乎？"①

（九）弃妇

在中国古代，妇女的地位极其低下，许多女子在嫁为他人妇后只能接受任人摆布的命运，这种地位也造成了大量弃妇的产生。人们也关注到了这一女性群体，给予她们深深的同情。其中比较具有代表性的作品是刘驾的《弃妇》和杜牧的《杜秋娘诗》《张好好诗》。

刘驾的《弃妇》曰：

> 回车在门前，欲上心更悲。路旁见花发，似妾初嫁时。养蚕已成茧，织素犹在机。新人应笑此，何如画蛾眉！（节选）

这首诗描绘了一个弃妇被赶出门的一瞬间的心理活动。即将乘车离开这个已不属于自己的家时，弃妇的内心充满了委屈和伤悲。此时此刻，她看到了路边的野花正灿烂开放，触景生情，想到自己在初嫁时也有如花般的美貌。嫁到夫家后，她终日养蚕织布，辛勤不辍，以致容颜早衰。被丈夫抛弃后她才意识到，勤俭持家远不比如花似玉对丈夫具有吸引力。这样的心理描写是刘驾对当时社会上一些男子耽于美色的谴责，亦表达了对弃妇的同情。沈德潜评曰："见妇之不当弃也。"②

《杜秋娘诗》是杜牧于大和七年（833）任职宣州（今安徽宣

---

① 陈伯海：《唐诗汇评》，浙江教育出版社1996年版，第2921页。

② 陈伯海：《唐诗汇评》，浙江教育出版社1996年版，第2644页。

城)宣歙观察使沈传师幕府时所作。诗的序言介绍了杜秋娘的身世经历:“杜秋,金陵女也。年十五,为李锜妾。后锜叛灭,籍之入宫,有宠于景陵。穆宗即位,命秋为皇子傅姆。皇子壮,封漳王。郑注用事,诬丞相欲去异己者,指王为根。王被罪废削,秋因赐归故乡。予过金陵,感其穷且老,为之赋诗。”这首长诗详叙了杜秋的生平,年轻时的杜秋有着不劳施粉的美貌,备受恩宠,最辉煌的时候是成为唐宪宗的妃子,杜牧在诗中这样描述杜秋的入宫承宠:“联裾见天子,盼眄独依依。椒壁悬锦幕,镜奁蟠蛟螭。低鬟认新宠,窈袅复融怡。月上白璧门,桂影凉参差。金阶露新重,闲捻紫箫吹。莓苔夹城路,南苑雁初飞。红粉羽林仗,独赐辟邪旗。归来煮豹胎,餍饫不能饴。”如今杜秋成了一个年老色衰的老妪,生活穷困潦倒,杜牧在诗中这样描述:“归来四邻改,茂苑草菲菲。清血洒不尽,仰天知问谁?寒衣一匹素,夜借邻人机。”在强烈的对比中深含人生之叹,也表现出对杜秋这个弃妇的深深同情。

杜牧的《张好好诗》作于太和九年(835)秋。诗的序言介绍了写作背景:“牧太和三年,佐故吏部沈公江西幕。好好年十三,始以善歌来乐籍中。后一岁,公移镇宣城,复置好好于宣城籍中。后二岁,为沈著作述诗以双鬟纳之。后二岁,于洛阳东城重睹好好,感旧伤怀,故题诗赠之。”年轻时的张好好拥有着美貌:“翠茁凤生尾,丹叶莲含跗。”身穿翠绿衣裙的她就像刚长出翠绿尾羽的凤凰,红润的脸庞如同含苞待放的红莲。她同时还拥有高超的歌技:“吴娃起引赞,低徊映长裾。双鬟可高下,才过青罗襦。盼盼乍垂袖,一声雏凤呼。繁弦迸关纽,塞管裂圆芦。众音不能逐,袅袅穿云衢。”这个吴地的美女在侍女的搀扶引领下登场,开始只是羞怯地低头摆弄衣服的前襟。她头上的双鬟高下相宜,缕缕发丝垂到丝织短袄之下。在短暂的怯场之后,她甩了甩衣袖开始放声歌唱,甩衣袖的动作让人想起贞元年间的名妓关盼盼,歌声如同雏凤之声清润圆美。她嗓音的持续拔高,高得甚至连伴奏的乐器都跟不上,以至于琴弦都快要迸散关纽,芦管也即将为之破裂,这歌声高过所有的乐器之声而直冲云霄。正是因为有着这样的美貌和歌喉,年轻时的张好好备受权贵宠爱,甚至得到沈传师的弟弟沈述师的专宠而被其纳为妾。然而当诗人与他再次相见的时候,张好好已被休弃,“婥婥为当垆”,成为一个酒家女了,这种悲惨的结局怎能不令人唏嘘。

(十)负薪女

在唐代的夔州,有一些以负薪为生的妇女,杜甫以一首《负薪行》描写了她们的艰辛生活。诗曰:

> 夔州处女发半华,四十五十无夫家。更遭丧乱嫁不售,一生抱恨堪咨嗟。土风坐男使女立,应当门户女出入。十犹八九负薪归,卖薪得钱应供给。至老双鬟只垂颈,野花山叶银钗并。筋力登危集市门,死生射利兼盐井。面妆首饰杂啼痕,地褊衣寒困石根。若道巫山女粗丑,何得此有昭君村。

夔州有一群四五十岁的妇女,头发已经花白但仍是处女之身,这是因为丧乱而使男子大量出征或战死造成的。这些老处女只能一生抱恨,在哀叹和泪水中苦挨岁月。当地的风俗是男坐女立,男子当家,女子出入劳作。十之八九的妇女都得上山砍柴,卖薪得钱以供给家里的各种支出。因为终生未嫁,因此到老还是处女的打扮:双鬟垂在颈上,野花山叶和银钗并插在头上。她们除了拼力登山砍柴到集市上去卖,还不顾生死去盐井背盐挣钱。虽然她们戴了首饰，但涂了脂粉的脸上夹杂着泪痕，身上穿着单薄的衣衫，困顿于狭窄的山脚。如果说巫山一带的女子长得粗丑，为什么这里却有出美女的昭君村？由此可见，是贫困和劳苦把夔州女子摧残得不成样子。王嗣奭评曰："'处女发半华'，五字便堪大噱。至云'丧乱嫁不售'，更堪流涕。盖男子皆阵亡，无娶妻者。女当门户，男坐女立，又往负薪卖钱以供给一家；而既'登危'，又'集市'，属之一人，又以'射利'忘其'死生'，而兼'盐井'，形容妇人之苦极矣！然以'野花山叶'比于金钗，则当之者以为固然，不知其苦也，尤可悲也！"①

二、爱物精神

与仁民精神主要表现为对民生疾苦的关注类似，唐代诗人的爱物精神主要表现为对自然中的弱小病残之物的深深同情。

爱物精神在大量的咏物诗中得到最集中的体现。虽然优秀的咏物诗都具有深层次的象征含义，但是就表层来说，这些作品包含了强烈的爱物精神。这在杜甫的作品中表现得尤为明显，杜甫曾在诗中写道："一重一掩吾肺腑，山鸟山花吾友于。"（《岳麓山道林二寺行》），他把自然万物都当作了自己身体的一部分或朋友，因此杜甫一方面热情地歌颂它们的美，另一方面也关心它们的命运，尤其是对那些弱小的、病态的、衰微的物体寄寓了更多的关注同情，寄托了无限的哀伤和怜悯。他的《白小》《蒹葭》《枯棕》《病马》等作品都表达了这种精神。

《白小》曰：

① （明）王嗣奭：《杜臆》，上海古籍出版社1983年版，第244页。

白小群分命,天然二寸鱼。细微沾水族,风俗当园蔬。入肆银花乱,倾箱雪片虚。生成犹拾卵,尽取义何如。

白小,又称银鱼、面条鱼,唐时是蜀地特产。杜甫大历元年(766)在夔州时看到当地人对白小的毁灭性伤害,有所感而写下了这篇作品。白小因为天然只有二寸之小,所以聚群而生以保护自己,然而蜀地的风俗却是把它们当"蔬菜"来吃,捕捞后成筐地运到集市上贩卖,甚至连它们的卵也不放过,何其残忍。仇兆鳌评曰:"咏白小,叹细微之不免也。"①王嗣奭评曰:"此诗起结,蔼然有万物一体之念,物虽细微,同沾水族,乃俗当园蔬,用之贱矣。乱肆倾筐,取之多也。但此群分之命,亦属造物生成,今犹拾卵而尽取之,有伤于义矣。"②黄生评曰:"三四形容其小,五六形容其白,语甚松秀。生成,应上分命。尽取则不仁,而讥其非义者,用物撙节之谓义也。"③

《蒹葭》曰:

摧折不自守,秋风吹若何。暂时花戴雪,几处叶沉波。体弱春苗早,丛长夜露多。江湖后摇落,亦恐岁蹉跎。

此诗咏秋日之蒹葭。蒹葭即芦苇,作为一种草本植物,它不能保全自己不被折断,在坚硬的秋风面前,它只有任人宰割的命运。此时芦花还没落,但已有几处叶子沉入水中。芦苇在春天早早地

---

① (清)仇兆鳌:《杜诗详注》,中华书局1995年版,第1536页。

② (明)王嗣奭:《杜臆》,上海古籍出版社1983年版,第286页。

③ (清)黄生:《杜诗说》,黄山书社1994年版,第181页。

发芽，然而它的茎叶始终柔弱，这种丛生的芦苇在秋夜还要承受露水的侵袭。在江湖边生长的芦苇虽凋零较迟，但仍怕岁月白白度过。仇兆鳌先生认为此诗乃“伤贤人之失志者”[1]，但笔者认为亦可以当作一首纯咏物的作品，是杜甫以一颗爱物之心表达出的对蒹葭这种弱小之物命运的同情。

《枯棕》曰：

> 蜀门多棕榈，高者十八九。其皮割剥甚，虽众亦易朽。徒布如云叶，青青岁寒后。交横集斧斤，凋丧先蒲柳。伤时苦军乏，一物官尽收。嗟尔江汉人，生成复何有！有同枯棕木，使我沉叹久。死者即已休，生者何自守？啾啾黄雀啅，侧见寒蓬走。念尔形影干，摧残没藜莠。

此诗作于上元二年（761），时杜甫在蜀中。诗写棕榈树被剥割摧残，亦借此慨叹横征暴敛给百姓带来的痛苦。蜀地多棕榈树，十之八九都很高大。因树皮被割得厉害，也容易因此而枯死。棕榈树徒然伸开如云的树叶，在天寒后仍树色青青，由于横加砍伐，倒比蒲柳凋落得还早。之所以会出现如此情形，是因为此时蜀地有段子璋之变，苦于军需缺乏，家里东西都被官家搜罗殆尽了。杜甫不由得为已一无所有的蜀中百姓慨叹，就像枯死的棕榈树，让诗人深深地叹息良久。无论是棕榈树，还是蜀地百姓，死了的也就算了，活着的又怎能保全自己？黄雀啾啾叫着啄食树皮，从旁看去就像是蓬草飞走。用枯棕被摧残至形影干枯而埋没在野草中的命运类比众生的命运，反映出的是杜甫的惦念和感伤。

---

① （清）仇兆鳌：《杜诗详注》，中华书局1995年版，第613页。

《病马》曰：

乘尔亦已久，天寒关塞深。尘中老尽力，岁晚病伤心！毛骨岂殊众，驯良犹至今。物微意不浅，感动一沉吟！

此诗是杜甫于乾元二年(759)在秦州时所作。诗中的病马当是诗人由华州长途跋涉至秦州所骑之马，因此作品一开始便说骑了它很久了，天气寒冷，边关路又遥远，但这匹马在风尘中仍尽力行走，在晚秋之时诗人为它的病而伤心。这匹马的毛骨与众马没有什么不同，难得的是至今还是那么驯良。马是微不足道的，而对人的情谊却不浅，不仅使人陷入沉思。仇兆鳌评曰："病马，见爱物之心。上四治病之由，下四病后伤感。"①

除杜甫外，其他诗人也有一些咏物诗表现出了爱物精神。这些咏物诗一方面具有象征含义，是作者借物言志的手段，另一方面也包含着对所咏之物本身深深的同情。如白居易的《鹦鹉》、杜牧的《早雁》、崔涂的《孤雁》等。白居易的《鹦鹉》曰：

陇西鹦鹉到江东，养得经年嘴渐红。常恐思归先剪翅，每因喂食暂开笼。人怜巧语情虽重，鸟忆高飞意不同。应似朱门歌舞妓，深藏牢闭后房中。

"陇西"是鹦鹉的家乡，但它们被带到了"江东"，背井离乡已"经年"，此时的它们经过人工喂养而"嘴渐红"，容貌更加鲜红艳丽，更为主人宠爱。为了避免这些鹦鹉因思乡念家而展翅飞去，残忍

---

① (清)仇兆鳌：《杜诗详注》，中华书局1995年版，第621页。

的主人把它们的翅膀剪短了，让它们欲飞不得，每天只能在主人喂食的时间获得非常短暂的“开笼”自由。主人怜爱鹦鹉巧言善辩，对其百般宠爱，可谓情义深重，但是这笼中之鸟怀念的却是在“陇西”的“高飞”岁月，心意与主人并不相同。这些鹦鹉就像“深藏牢闭后房中”的“朱门歌舞妓”一样，都只不过是权贵们的玩物而已。全诗对被朱门权贵们摧残、扼杀天性的鹦鹉表现出了深深的同情。

杜牧的《早雁》曰：

金河秋半虏弦开，云外惊飞四散哀。仙掌月明孤影过，长门灯暗数声来。须知胡骑纷纷在，岂逐春风一一回？莫厌潇湘少人处，水多菰米岸莓苔。

首联写鸿雁遭射而四散的情景。秋半八月，正是大雁南飞的季节，在北方边地金河，正在云霄展翅翱翔的雁群忽然遭到胡骑的袭射，立时惊飞四散，发出凄厉的哀鸣。颔联描述这些“惊飞四散”的征雁飞经都城长安上空的情景。诗句以“仙掌”和“长门”代指长安，“仙掌”指的是汉武帝时所铸金铜仙人，其手上有一承露盘，汉武帝用其所接露水冲服玉屑以求长生不老。魏明帝时强拆金铜仙人欲运往洛阳，“仙人临载，乃潸然泪下”（李贺《金铜仙人辞汉歌》），造成了“天若有情天亦老”（李贺《金铜仙人辞汉歌》）的悲剧。“长门”是汉武帝时被汉武帝冷落的陈皇后（阿娇）所居之宫殿，陈皇后曾花千金买得司马相如的《长门赋》，希望能够重新获得汉武帝的恩宠，但无济于事，只能独自承受“脉脉此情谁诉”（辛弃疾《摸鱼儿》）的悲剧命运。而此时征雁经历的悲剧正如同“仙掌”和“长门”的悲剧一样，令人哀伤。颈联由征雁南飞遥想到它们春暖花开时的北归,由于胡骑仍在北方大量存在,征雁们一旦归来,在秋半时所经历的悲剧命运可能再次重演,因此诗人劝告他们不必随着明春气候转暖而回归,关切之情溢于言表。尾联写潇湘之地虽然人烟稀少,水中泽畔却长满了菰米莓苔,可以为征雁提供充足的食物,这可算是不幸中的万幸吧!诗至此,杜牧的爱物精神体现得淋漓尽致。

崔涂的《孤雁》曰:

几行归塞尽,念尔独何之。暮雨相呼失,寒塘独下迟。渚云低暗度,关月冷相随。未必逢矰缴,孤飞自可疑。

在潇潇暮雨中,一只孤雁因失群而形单影只,诗人关切着它的命运,它将飞往何处?它悲鸣着,希望雁群能够听到自己的声音,然而任由它再怎么努力,一切都只是徒劳,它在静静的寒塘上面盘旋,欲下却又迟疑,只恐遇险。这只孤雁的命运让诗人似乎感同身受,爱物之情油然而生。

总之,通过对民生疾苦的关注,体现了唐代诗人的仁民精神,而通过对弱小病残之物的吟咏,则体现了唐代诗人的爱物精神。

第三节　唐代诗人的自强不息精神

刚健有为、自强不息是中国文化和齐鲁文化的基本精神,这种精神可以追溯到《尚书》和《诗经》。《尚书·尧典》中有对先王"克明峻德,以亲九族""历象日月星辰,敬授人时"功业的歌颂,《诗经》中的《公刘》和《生民》描写了周部落诞生之初的创业艰难。孔子对这一思想有所发展并身体力行,《论语·述而》中的

“发愤忘食，乐以忘忧，不知老之将至”之语，《易传·乾卦》中“天行健，君子以自强不息”之语，都体现了这一精神。唐代诗人继承了这一精神并和孔子一样身体力行。

一、早年生活环境恶劣仍求学不辍

纵观有唐一代，我们可以发现大多数唐代著名诗人早年生活环境比较恶劣，其中有些诗人因父亲早逝而家境中落，有些诗人因社会动乱而四处漂泊。但无论生活环境多么艰难，他们始终以一颗自强不息之心而求学不辍。

作为“初唐四杰”之一的骆宾王曾随父到博昌（今山东博兴），但父亲死于任上，因家庭经济窘困而无法把灵柩运回老家，只能就地安葬。后来，他奉母命迁居兖州瑕丘（今山东兖州），生活于极端穷困中，但骆宾王并没有因此而颓唐，而是继续“从师负笈，私默识于书林”（《上瑕丘韦明府启》）。高适幼年曾随父旅居岭南，但父亲在其尚幼时便去世，他的家境也迅速败落，甚至过着“求丐取给”（《旧唐书·高适传》）的生活。但就是在这种艰苦的环境下，他仍孜孜不倦，终于学就了一身文武本领。韩愈三岁时父亲便去世，十一岁以前随长兄韩会生活，兄死后，由嫂郑氏抚养。时逢中原战争，韩家只好避地江南。社会的不安，家庭的变故，使他从小过着流离困顿的生活。而孤苦的身世，又激发他从小刻苦学习，“愈自以孤子，幼刻苦学儒，不俟奖励”（《旧唐书》本传）。研习古文，潜心古道，读书经世，他一生努力的方向可以说在青少年时代就已经确定。韩孟诗派的另一个代表性诗人孟郊父亲亦早逝，无所附依，在母亲裴氏的独自抚养下生活。此时他的家庭生活极其艰难，但是艰苦的环境促使孟郊愈发奋发向上，他自称是“夜学晓不休，苦吟鬼神愁”（《夜感自遣》）。元稹八岁时父亲去世，随母投靠舅舅，过着寄人篱下的生活，这是他生活的不幸，但对于意志的磨炼，却又是幸事。求学不易，便知发愤。元稹家贫无师，由母课读，学习的自觉性很高。经过努力，元稹终于在十五岁时以明经擢第。杜牧出生于世代仕宦并有浓厚文化气氛的家庭，其祖父杜佑是中唐时期著名的政治家、史学家，先后任德宗、顺宗、宪宗三朝宰相。但是，杜牧十岁时，杜佑去世，其后不久，父亲杜从郁亦去世，其后他的家庭经济状况越来越糟糕，甚至有时“食野蒿藿，寒无夜烛”(《上宰相求湖州第二启》)。然而就是在这样艰难的环境下，杜牧一方面研习诗文，一方面研究兵法，注解了《孙子》十三篇。李商隐九岁时父亲便去世，此时他的生活就像他在《祭裴氏姊文》中所写到的：“浙水东西，半纪漂泊。某年方就傅，家难旋臻，躬奉板舆，以引丹旐，四海无可归之地，九族无可倚之亲。”无奈之下，他只能随母返乡，过着艰苦清贫的生活。尽管生活艰难，李商隐却没有放弃学业，而是回乡后就跟从一位精通五经和小学的堂叔受经习文，十六岁便以擅长古文而闻名。

骆宾王、高适、韩愈、孟郊、元稹、李商隐等人因早年家庭环境恶劣而表现出自强不息的精神，而韦应物、白居易等人则主要是因为早年社会环境的恶劣而表现出自强不息的精神。韦应物出身名满京城的世族，但到他父亲这一代，家境已是“家贫无旧业，薄宦各飘飖”(《发广陵留上家兄兼寄上长沙》)。虽然他以贵胄子孙的身份得以在宫中谋得一个皇帝侍卫的官职，但在二十岁时便因安史之乱爆发后的长安沦陷而失职流落。在朝廷收复长安后，他得以恢复太学学籍，但皇帝侍卫的身份已无法恢复。他在太学里也沦落到了“憔悴被人欺”(《逢杨开府》)的地位，在这种情况下，他深悔“读书事已晚”(《逢杨开府》)，于是痛改前非，折节读书。可以说正是因为社会环境的改变,才有了一个发愤图强的韦应物。白居易出生于一个中小官僚家庭,北方战乱频仍,民不聊生,青少年时代的生活正像他在一首诗中所写到的:“时难年饥世业空,弟兄羁旅各西东。田园寥落干戈后,骨肉流离道路中。”(《望月有感聊书所怀……》)在漂泊流离的生活境遇中,白居易读书写作勤奋至极,甚至到“口舌成疮,手肘成胝”(《与元九书》)的地步。天道酬勤,十七八岁时白居易便写下了至今仍广为传诵的名作《赋得古原草送别》,并因此而得前辈顾况的赏识。

二、科举考场屡败屡战直至成功

隋朝开始的科举考试给普通士子们提供了入仕途径,但这种考试好比千军万马过独木桥,能够一举通过的人极少,因此唐代许多诗人都有科举失利甚至是多次失利的经历,在失败面前,她们很少有人退缩,而是继续努力,直至成功。

陈子昂于二十一岁时远离家乡,西入长安,其后的第一次科举考试以失利而告终。回到家乡的他并没有放弃,在经过了一段时间的准备之后,再度入京,并于文明元年(684)终于考中进士。高适二十岁时由宋中奔赴长安寻找机会,碰到的却是“白璧皆言赐近臣,布衣不得干明主”(《别韦参军》),失望而归的他继续潜心攻读。开元二十三年(735),唐玄宗下诏开制科试,高适被“征指长安”(《酬秘书弟兼寄幕下诸公》序),但再次以失利而告终。其后的十几年,他仍一直在谋求入仕,但四处碰壁。天宝八载(749),唐玄宗下诏开“有道科”,高适在睢阳太守张九皋的举荐下再度进入科举考场,这一次,已年约五十的他终于成功登榜。刘长卿的前半生基本上是在开元、天宝的“盛世”中度过的,然而处于“盛世”中的他,生活却极其窘困,就像他在诗中所写到的“岁月蹉跎飞不进,羽毛憔悴何人问"(《小鸟篇上裴尹》)。为了改变困境,他刻苦攻读,大约于开元二十五年(737)第一次进京应举,落第后返嵩山继续攻读。天宝四载(745),他第二次赴京应举,遗憾的是再次名落孙山。但他仍没有放弃,终于大约天宝十四载(755)进士及第,此时的他已是四十出头的年纪了。韩愈于贞元二年(786)十九岁时离家赴京城参加进士科考试,其后可以说是屡败屡战,直到贞元八年(792)第四次参加科举考试才得以中第。但韩愈并没有就此而停下脚步,而是其后又连续三次参加了博学鸿词科考试,都没有入选。韩愈后来在回忆这一段生活时说:"仆在京城八九年,无所取资,日求于人以度时月,当时行之不觉也,今而思之,如痛定之人思当痛之时,不知何能自处也。"(《与李翱书》)储光羲年轻时离家赴长安应举,在经历了两次失败后,直到开元十四年(726)第三次进入考场才得中进士。常建第一次参加科举考试也经历了失败的命运,他的《落第长安》诗写道:"家园好在尚留秦,耻作明时失路人。恐逢故里莺花笑,且向长安度一春。"由此可知,落第后的他虽然心情比较压抑,但他仍在努力为下一次的科考做准备;并终于在天宝十五载(727)与王昌龄同榜中第。钱起年轻时离家赴长安应试,然而屡试不第。在他的作品中以落第为题材的诗有八九首之多,但屡败屡战的他终于在天宝十载(750)以一首《湘灵鼓瑟》而一举成功。孟郊早年屡试不第,直到四十六岁时才金榜题名,及第后,异常得意的他还写下了《登科后》以表达自己的心情:"昔日龌龊不足夸,今朝放荡思无涯。春风得意马蹄疾,一日看尽长安花。"

三、出仕后身处逆境仍不改初心

通过科举考试或其他途径,大部分唐代诗人都有入仕的经历，但入仕后的他们生活并不顺利，几乎所有人都有被贬谪的经历，甚至还有人进过监狱。但他们身处逆境时大都不改初心，坚持自我。

仪凤三年(678)冬天，骆宾王在侍御史的官位上因“坐赃”下狱，狱中的他没有向诬陷他的人屈服，而是发出了“无人信高洁，谁为表予心”(《在狱咏蝉》)的呐喊。第二年秋天遇赦出狱后，骆宾王进入正在和突厥作战的裴行俭的幕府，他在写于此时的作品《于易水送人》中写道：“此地别燕丹，壮士发冲冠。昔时人已没，今日水犹寒。”诗借对古代侠客荆轲的深切向往，表达了自己激昂慷慨的心情。在同时的另一篇作品《宿温城望军营》中，他又写道：“投笔怀班业，临戎想顾勋。还应雪汉耻，持此报明君。”由此可见，入狱的经历并没有改变他的初心，仍然一如既往地希望和汉代的班超一样立功边塞。张九龄是开元名相，在任左补阙时，曾直言上书，劝宰相姚崇应任人唯贤而不徇私情，在引起姚崇的不满后毅然拂衣告归。在任宰相时，张九龄因守正不阿而遭到一些奸人嫉恨，并最终被李林甫等人排挤出京。但他始终坚持自我，他说自己的性格是“木直几自寇，石坚亦他攻。……终始行一意，无乃过愚公”(《杂诗五首》其五)。虽然有时也会对自己的遭遇表示困惑，但张九龄始终坚守自己的节操，“草木有本心，何求美人折”(《感遇》)，正是张九龄美而不媚、坚贞自守高洁情怀的最好写照。王昌龄于开元二十二年(734)登博学鸿词科，授汜水(今河南巩义东北)尉，开元二十七年(739)曾谪岭南。开元末返长安，开元二十八年(740)任江宁县(今江苏南京)丞，天宝间又因“不护细行”(《新唐书·文苑传》)贬龙标(今湖南黔阳)尉。虽然经历了两次被贬的命运，但王昌龄始终不言退，他在迁谪路上曾吟唱道：“明时无弃才，谪去随孤舟。鸷鸟立寒木，丈夫佩吴钩。

何当报君恩，却系单于头。”（《九江口作》）可见，坎坷的经历并没有消磨掉他的报国之心。刘长卿入仕后的道路极其坎坷，乾元元年（759）正月，他暂摄海盐（今属浙江）令，但没几天便被罢官，不久又因“刚而犯上”（高仲武《中兴间气集》下）而身陷囹圄，贬谪南巴（今广东电白）。大约在大历十一年（776）秋，刘长卿因被诬“犯赃二十万贯”（《旧唐书·赵涓传》）而再度遭贬睦州（今浙江建德）。对于他的两次遭贬，元人辛文房《唐才子传》写道：“长卿清才冠世，颇凌浮俗，性刚多忤权门，故两逢迁斥，人悉冤之。”由此可见，刘长卿在逆境中仍不改自己刚直的本性，这是自强不息精神的体现。在王叔文所倡导的“永贞革新”失败后，刘禹锡开始了“巴山楚水凄凉地，二十三年弃置身”（《酬乐天扬州初逢席上见赠》）的贬谪生涯，虽然此时远离京城，但刘禹锡的政治热情丝毫未减，他写了大量比兴体的讽喻诗表达对当朝权贵的极度不满。在《聚蚊谣》中，他以“聚蚊”作为弥漫于朝廷上下的反改革势力的集体象喻；在《昏镜词》中，他以“昏镜”讽刺统治者的炫美遮丑、讳疾忌医心理，展示作者不避时忌针砭痛处的决心。在《飞鸢操》中，他用“鹰隼仪形蝼蚁心，虽能戾天何足贵”之语痛斥那些手握重权却尸位素餐的守旧官僚。无论生活多么艰难，刘禹锡始终坚信“沉舟侧畔千帆过，病树前头万木春”（《酬乐天扬州初逢席上见赠》），这是一种乐观精神，亦是自强不息的精神。与刘禹锡并称为“刘柳”的柳宗元亦因“永贞革新”失败而被贬为永州司马，在永州，虽然没有了职权，但他对自己的正直清廉依然充满自信，此时的《愚溪对》《牛赋》《瓶赋》等作品即寄托了这种思想。此时，他换了一种方式来关注社会，一方面他用寓言的方式讽刺社会病态、批判政敌们的罪恶，如《三戒》（包括《临江之麋》《黔之驴》和《永某氏之鼠》）《骂尸虫文》等；另一方面他又用现实主义的笔法写出了不少同情和关怀劳动人民疾苦的作品，如《捕蛇者说》《河间传》等。韩愈一生经历过两次大的仕途波折，第一次出现在贞元十九年(803)由四门博士迁监察御史时，这一年关中旱灾，他亲眼看到“饿者何其稠，亲逢道边死”(《赴江陵途中寄赠王二十……》)的惨状，于是向工部尚书京兆尹李实上《上李尚书书》，恳切要求“特敕京兆府”停征赋税。然而事与愿违，韩愈因此事得罪幸臣而被贬阳山令。韩愈在阳山有哪些政绩史书无载，但李翱在《韩吏部行状》中写道：“政有惠于下，及公去，百姓多以公之姓以名其子。”可见韩愈并没有因被贬而一蹶不振，在阳山他还是尽职尽责的。韩愈第二次大的仕途波折出现在元和十四年(819)，这一年唐宪宗有迎佛骨之举，整个长安城都为之轰动，韩愈却向唐宪宗上《论佛骨表》极力谏阻，然而“一封朝奏九重天”换来的结局是“夕贬潮州路八千”(《左迁至蓝关示侄孙湘》)，其后又被贬袁州，在潮州和袁州这样的“瘴江边”之地，韩愈虽然也产生过人生失意之感，但还是满腔热情地投入到了两地的治理中。在潮州，他建置学校，对潮州文化事业的发展有一定影响。在袁州，他把当地已没入富家为奴的七百余人赎还各家父母，禁绝了押卖儿女的风俗。

总之，通过早年生活环境恶劣仍求学不辍、科举考场屡败屡战直至成功、出仕后身处逆境仍不改初心等表现，唐代诗人表现出了强烈的自强不息精神。

第四节　唐代诗人的革新精神

作为齐鲁文化名人，人们对孔子的定性一般是这样的：孔子是中国古代著名的思想家、教育家和儒家创始人，很少有人明确提及孔子的革新精神,实际上思想家、教育家和儒家创始人的定性本身就包含着对孔子革新精神的肯定。一个只会因循守旧、没有任何革新的人是不可能成为“家”的,“创始人”一说更是无稽之谈。从思想家的角度看,孔子的礼乐文化便是他个人的创造;从教育家的角度看,孔子的有教无类、因材施教、启发诱导等思想的革新精神也是很明显的。孔子之外,其他齐鲁文化名人同样具有革新精神,如政治家管仲的改革、军事家孙武的军事思想、土木工匠祖师鲁班的发明、地理学家邹衍的大九州说等。唐代诗人也大都具有很强的革新精神,这是对齐鲁文化为代表的传统文化中革新精神的继承。唐代诗人的革新精神主要体现为两点:文学革新精神和政治革新精神。

一、唐代诗人的文学革新精神

唐代是一个诗的时代,而这个诗的时代的形成与唐代诗人在理论和创作实践上的不断革新密不可分。

(一)初唐诗人的文学革新精神

初唐时期的文学革新是从唐太宗及其群臣开始的,魏徵在《隋书·文学传序》中写道:

> 江左宫商发越,贵于清绮;河朔词义贞刚,重乎气质。气质则理胜其词,清绮则文过其意。理深者便于时用,文华者宜于咏歌。此其南北词人得失之大较也。若能掇彼清音,简兹累句,各去所短,合其两长,则文质彬彬,尽善尽美矣。

南北朝时期,国家分裂,造成了南北文学迥然不同的特点,北方文学重质(思想内容)而轻文(艺术特色),南方文学重文而轻质,很显然这两种文风都具有很大的局限性。以唐太宗李世民和魏徵为代表的初唐文人意识到了这一点,他们借助自己在政治上的地位,开始倡导"文质彬彬,尽善尽美"的文风。在这一主张的影响下,初唐诗人们也开始了创作上的实践,虽然最初的效果并不明显,但是给以后的文学发展提供了方向。

其后"初唐四杰"登上文坛,他们具有变更文坛绮艳诗风的自觉意识,并且有十分明确的审美追求,提倡刚健有骨气的文风,如杨炯就曾指斥龙朔文风是"争构纤微,竞为雕刻""骨气都尽,刚健不闻"(《王勃集序》)。在诗歌内容方面,唐诗突破了宫廷诗的狭小范围,扩大了诗歌的题材,把诗歌从宫廷移到了市井,从台阁移到江山和塞漠,使诗歌有了充实的社会内容、严肃的思想和真实的感情,显示了诗歌创作的健康方向。在诗歌的感情基调上,他们的诗歌变得更加充实,或在诗歌中宣泄抑郁不平之气,或写追求功名的热望,都具有一种昂扬、壮大、浓烈的情感。在诗歌的形式方面,王、杨擅长五律,五言律诗由他们初步定型。卢、骆以七言歌行见长,歌行体诗在他们手中获得改进与发展。如王勃的《送杜少府之任蜀州》,题目就已经明确显示诗歌内容已经从台阁移向了关山和塞漠,"风烟望五津"之句描写的就是关山之景,而作为诗中的名句"海内存知己,天涯若比邻"则充满了刚健之气和昂扬、壮大、浓烈的情感,这与前代一写到离别就是"悲莫悲兮生别离"(屈原《九歌》)、"黯然销魂者,唯别而已矣"(江淹《别赋》)的感情相比,无疑也是一种革新。再如杨炯的《从军行》,题目就显示这是一个与战争相关的题材,远离了宫廷和台阁,作为一介书生,作者在诗中发出了"宁为百夫长,胜作一书生"的呐喊,再加上五律的形式,都反映了杨炯的革新精神。卢照邻和骆宾王的代表作分别是《长安古意》和《帝京篇》，其七言歌行的形式也是诗人革新精神的表现。

随后，沈佺期、宋之问、杜审言等人在诗歌体裁方面进行了革新。沈、宋以遵守粘对规则为声律格式对五言律诗进行定型，在唐代近体诗的演变过程中具有关键性的意义。在五言律趋于定型后，杜、李（峤）、沈、宋等人成功地把这种律诗的粘对法则应用于七言体诗歌，于中宗景龙年间完成了七言律诗体式的定型。杜审言的《和晋陵陆丞早春游望》、宋之问的《度大庾岭》、沈佺期的《独不见》等作品亦成为五七言律诗体式的范例。

初唐最具革新精神的诗人无疑是陈子昂，他在《修竹篇序》中明确提出了自己的文学革新主张：

> 文章道弊五百年矣。汉魏风骨，晋宋莫传，然而文献有可征者。仆尝暇时观齐梁间诗，彩丽竞繁，而兴寄都绝，每以永叹。思古人常恐逶迤颓靡，风雅不作，以耿耿也。一昨于解三处见明公《咏孤桐篇》，骨气端翔，音情顿挫，光英朗练，有金石声。遂用洗心饰视，发挥幽郁。不图正始之音，复睹于兹，可使建安作者相视而笑。

陈子昂认为，“汉魏风骨”是一种健康优良的文风，然而晋宋没有把这一优良文风继承下来，尤其是到了齐梁时期，诗歌走向了“彩丽竞繁，而兴寄都绝”的极端。这种不良文风盛行了足有五百年时间，好在借助于文献资料，人们仍然可以看到具有风骨之美的汉魏诗歌。因此他积极主张诗歌创作要继承建安文学的传统，要有“风骨”，有“兴寄”。陈子昂还提出了对于建立新诗风的要求，这就是要“骨气端翔，音情顿挫，光英朗练，有金石声”。他的《感遇》三十八首即代表着他在诗歌创作上的实践。如其二:“兰若生春夏,芊蔚何青青!幽独空林色,朱蕤冒紫茎。迟迟白日晚,袅袅秋风生。岁华尽摇落,芳意竟何成!”诗用托物言志的手法,以香草、兰草、杜若自喻,表面上赞其因“朱蕤冒紫茎”而“幽独空林色”的风姿,实则是借此比喻自己出众的才华。通过“白日晚”“秋风生”“尽摇落”等语句,以兰若之枯败悲叹自己的年华流逝、理想破灭。这首诗很好地实践了他的“兴寄”主张。再如其三十五:“本为贵公子,平生实爱才。感时思报国,拔剑起蒿莱。西驰丁零塞,北上单于台。登山见千里,怀古心悠哉。谁言未忘祸,磨灭成尘埃。”此诗通过自己从军的所见所感来表现慷慨报国的精神、英勇豪迈的气概和对国事的忧虑。这首诗很好地实践了他的“风骨”主张,周履靖《骚坛秘语》评陈子昂诗曰:“陈子昂初变齐梁之弊,以理胜情,以气胜辞。”[1]钟惺、谭元春《唐诗归》亦评曰:“唐至陈子昂,始觉诗中有一世界。无论一洗偏安之陋,并开创草昧之意亦无之矣。”[2]

(二)盛唐诗人的文学革新精神

盛唐时期的诗人们在继承初唐诗人成果的基础上又进行了大胆的创造,使诗歌得到空前的发展。这个时期的诗歌题材大大扩展,大至国家命运,小至各种日常生活情趣,无不入诗。各色人物,上至天子,下至社会最底层的乡村农夫、农妇等,都成为诗歌的描写对象。艺术上注重情景交融的意境创造,五七言古近体诗的各种形式在这一阶段都得到充分发展,达到了尽善尽美的境地。此时期最具革新精神的诗人无疑是李白和杜甫。

李白诗歌最具革新精神的体裁是乐府诗。他的 230 首乐府

---

①② 陈伯海:《唐诗汇评》,浙江教育出版社 1996 年版,第 175 页。

诗,虽拟古题者居多,但创新意识明显,或借古题以写现事,或借古题以抒己怀。借古题以写现事的作品如《丁都护歌》《长干行》《子夜吴歌》等。《长干行》是乐府"杂曲歌辞"旧题。长干,地名。《文选·左思〈吴都赋〉》:"长干延属,飞甍舛互。"刘逵注:"江东谓山冈间为'干'。建业之南有山,其间平地,吏民居之,故号为'干'。中有大长干、小长干,皆相属。"宋王象之《舆地纪胜》卷十七:"长干是秣陵县东里巷名。江东谓山陇之间曰干。"建业,今南京市。据考,大长干在今南京中华门外;小长干在今南京凤凰台南,西通长江。长干在长江下游,商业经济极为发达,经商的人往往在水中过着漂荡的生活,经久不归。李白的《长干行》约为开元年间其初过金陵(今南京)时作。这首诗叙述了一个年轻商妇完整而动人的爱情故事,表现了她对幸福爱情生活的炙热向往和追求。《子夜吴歌》,六朝乐府吴声歌曲。《唐书·乐志》:"《子夜吴歌》者,晋曲也。晋有女子名子夜,造此声,声过哀苦。"《乐府解题》:"后人更为四时行乐之词,谓之《子夜四时歌》。"李白的《子夜吴歌》也是分咏四季,分以四时情景写了四件事。第一首写秦罗敷采桑的春景故事;第二首写西施若耶溪采莲的夏景故事;第三首写戍妇为征人织布捣衣之秋景故事;第四首写戍妇为征夫缝制棉衣之冬景故事。每一首可以独立成篇,而连起来就是一组彩绘的春夏秋冬四扇屏美人图。借古题以抒己怀的作品还有《蜀道难》《行路难》《将进酒》等。《蜀道难》是汉乐府旧题,属于"相和歌辞"中的"瑟调曲"。郭茂倩《乐府诗集》卷四十引《乐府解题》说:"《蜀道难》备言铜梁、玉垒(都是四川山名)之阻。"对李白《蜀道难》的写作背景,从唐代开始人们就多有猜测,一般认为,这首诗很可能是李白于天宝元年至天宝三载(742—744)身在长安时为送友人王炎入蜀而写的,目的是规劝王炎不要羁留蜀地,早日回归长安。此篇是李白最著名的诗篇之一，它以山川之险言蜀道之难，充分显示了诗人的浪漫气质和热爱祖国河山的感情。《行路难》是乐府旧题，属于“杂曲曲辞”，内容多写世路艰难和离别悲伤之意。李白的《行路难》作于天宝三载（744）初离朝廷之时。在诗里，他以行路艰难比喻世路的艰难，“欲渡黄河冰塞川，将登太行雪满山”，抒发了不平之感和继续追求理想的愿望。《将进酒》是乐府旧题，属“鼓吹曲辞”中的“铙歌”，内容多写饮酒放歌时的情感。将进酒，即请饮酒。李白的《将进酒》作年说法不一，一般认为这是李白天宝年间离京后，漫游梁、宋，与友人岑勋、元丹丘相会时所作。诗歌借饮酒表达了李白对生命的焦灼，对现实的怨愤，以及他的自信与傲岸、清白与飘逸。李白的歌行诗也极富创造性，他的这类诗歌以多变的笔法完全打破了诗歌创作的一切固有格式，创造出变幻莫测、摇曳多姿的神奇境界，呈现出豪迈飘逸的神奇境界，具有壮大奇伟的阳刚之美。如《梦游天姥吟留别》《宣州谢朓楼饯别校书叔云》《庐山谣寄卢侍御虚舟》等。《梦游天姥吟留别》通过梦游，抒写了对山水名区和神仙世界的热烈向往，表现了作者鄙弃尘俗、蔑视权贵、追求自由的思想。《宣州谢朓楼饯别校书叔云》全诗灌注了慷慨豪迈的情怀，抒发了诗人怀才不遇的强烈愤懑，表达了对黑暗社会的强烈不满和对光明世界的执着追求。《庐山谣寄卢侍御虚舟》是上元元年（760）李白在庐山写给友人卢虚舟的一首抒情诗。诗人在湖光山色的描绘之中，寄托着历经挫折之后希望超脱现实的心情。李白诗歌的艺术个性同样具有很强的革新精神，他以大胆的想象和夸张创造出神奇的艺术境界，如“白发三千丈，缘愁似个长”（《秋浦歌》）、“君不见黄河之水天上来，奔流到海不复回”（《将进酒》）、“狂风吹我心，西挂咸阳树”（《金乡送韦八之西京》)等;以喷发式的表达方式抒发强烈的主观情感,如《将进酒》《上李邕》《蜀道难》等;将壮美意象和优美意象进行大跨度的衔接组合,如《渡荆门送别》中的“山随平野尽,江入大荒流。月下飞天镜,云生结海楼”、《月下独酌》中的“举杯邀明月,对影成三人”等,用“清水出芙蓉,天然去雕饰”的语言表达无尽的情思。

杜甫诗的革新精神主要体现在乐府诗和律诗上。杜甫是新乐府运动的先驱,他以“三吏”“三别”为代表的新乐府诗“突破了汉魏古乐府及拟乐府表现力的局限,大大扩展了乐府的规模和容量,使传统的叙事方式产生史诗般的艺术魅力,并兼有抒情和议论的最大自由”①。杜甫律诗的革新,首先在于扩大了律诗的表现范围,主要表现为用律诗写时事,如创作于广德元年(763)的《征夫》:“十室几人在? 千山空自多! 路衢唯见哭,城市不闻歌。漂梗无安地,衔枚有荷戈。官军未通蜀,吾道竟如何?”诗歌描写了当时吐蕃围松州而蜀中人民苦于征戍的历史事实。用律诗写组诗,以表现一些较难表现、较宽泛的内容,这是杜甫在律诗表现手法上的一个创造,其中最成功的作品是《咏怀古迹五首》和《秋兴八首》。杜甫律诗的另一个革新是它的语言,杜甫自称:“为人性僻耽佳句,语不惊人死不休。”(《江上值水如海势聊短述》)在拙著《杜诗语言艺术研究》中,笔者曾指出杜甫语言的创造性主要表现在四个方面:一是七律中当句对的使用,如“即从巴峡穿巫峡,便下襄阳向洛阳”(《闻官军收河南河北》)、“桃花细逐杨花落,黄鸟时兼白鸟飞”(《曲江对酒》)等;二是拗

---

① 葛晓音:《诗国高潮与盛唐文化》,北京大学出版社 1998 年版,第 210 页。

体律诗的创作，杜甫在晚年“愁起于心，真有一段郁戾不平之气，而因以拗语发之”[①]，《望岳》（西岳崚嶒竦处尊）、《白帝城最高楼》是这类诗歌的代表作；三是某些动词、口语词的创造性运用，动词如“细推物理须行乐，何用浮名绊此身”（《曲江二首》其一）中的“绊”，“拂云霾楚气，朝海蹴吴天”（《秋日夔府咏怀奉寄郑监李宾客一百韵》）中的“蹴”，“但看古来盛名下，终日坎壈缠其身”（《丹青引赠曹将军霸》）中的“缠”等，它们在杜诗中的实际意义都是在其本义或基本义基础上进行的比喻和引申，而这种用法用在唐诗中是杜甫的首创。“吴楚东南坼，乾坤日夜浮”（《登岳阳楼》）中的“坼”，其本义或基本义涉及面比较狭窄，但很富有特色，很多人运用时会有一种难以为继的感觉，相比较而言，它们的比喻义或引申义更加容易把握，对这类动词，杜甫有时会运用它们的本义，“坼”的本义用在唐诗中也始创于杜甫。口语词如“花飞有底急，老去愿春迟”（《可惜》）中的“有底”、“羯胡事主终无赖，词客哀时且未还”（《咏怀古迹五首》其一）中的“无赖”等口语词用在诗歌中是杜甫的首创；四是丁卯句法的创制，即“□平□仄仄平仄，□仄□平平仄平”（“□”代表可平可仄）的平仄格式，如“映阶碧草自春色，隔叶黄鹂空好音”（《蜀相》）、“未闻细柳散金甲，肠断秦川流浊泾”（《即事》）、“江天漠漠鸟双去，风雨时时龙一吟”（《滟滪》）等。

（三）中唐诗人的文学革新精神

中唐诗人的革新精神很明显，孟二冬先生曾指出：“以创新求变为突出特征的中唐诗歌，特别是元和诗歌，不甘落盛唐之窠臼，

---

① （明）王嗣奭：《杜臆》，上海古籍出版社 1983 年版，第 245 页。

另辟蹊径，体现出‘中唐之再盛’的繁荣局面。”[①]

与社会上的改革思潮相联系，诗坛上形成了韩孟诗派和元白诗派双峰对峙的局面。虽然在盛唐时期也有以王维、孟浩然为代表的山水田园诗人群体，以及以高适、岑参为代表的边塞诗人群体，但由于他们并没有明确的理论主张和自觉的集体活动，因此他们只是一些松散的群体而已，并不能称为诗派。而韩孟诗派和元白诗派既有明确的理论主张，又有一些自觉的集体活动，因此中国诗歌史上真正的流派是从中唐开始有的。以韩愈、孟郊、李贺为代表的韩孟诗派以“不平则鸣”和“笔补造化”为创作准则，追求雄奇怪异之美。韩孟诗派的诗歌创作理论“突破了过于重视人伦道德和温柔敦厚的传统诗教，由重诗的社会功能转向重诗的抒情特质，转向重创作主体内心的展露和艺术创造力的发挥，这在诗歌理论史上是一个值得重视的现象”[②]。就文学创作而言，韩孟诗派中最具革新精神的无疑是具有“诗鬼”之称的李贺，他的诗构思奇特、想象怪异，诗境幽奇冷艳，被人称为“长吉体”。他的《苏小小墓》《金铜仙人辞汉歌》《梦天》《天上谣》等咏仙讽鬼类的作品令人印象深刻。而以白居易和元稹为代表的元白诗派的革新精神主要体现在新乐府运动中。新乐府是与古题乐府相对而言的，是一种用新题写时事的乐府诗。它始创于杜甫，元结和顾况有所发展，中唐新乐府运动是由张籍、王建、李绅等人开始的，李绅写《新题乐府》二十篇，后元稹写《和李校书新题乐府十二首》，白居易又在元稹的基础上扩充为五十首，名曰“新乐府”。在

① 孟二冬：《中唐诗歌之开拓与新变》，北京大学出版社 1998 年版，绪论页。

② 袁行霈：《中国文学史（第二卷）》，高等教育出版社 2014 年版，第 260 页。

思想内容方面,他们主张“文章合为时而著,歌诗合为事而作”(白居易《与元九书》)和“惟歌生民病,愿得天子知”(白居易《寄唐生》);在艺术形式方面,他们主张:“其辞质而径,欲见之者易谕也;其言直而切,欲闻之者深诫也;其事核而实,使采之者传信也;其体顺而肆,可以播于乐章歌曲也。”(白居易《新乐府序》)。白居易和元稹还开创了次韵相酬的元和体,虽然后人对这一诗歌体式的评价不高,但是它的革新意识十分明显,在当时也产生了极大的影响。韩愈和柳宗元的文学革新精神还体现在他们倡导的古文运动中,这场运动“自内容言,是明道载道,把散文引向政教之用,和当时的政治形势有密切的关系;自形式言,是由骈体而散体,是散文自身发展的一种要求。这是一次有目的、有理论主张、有广泛参与者并且有深远影响的文学革新”[①]。另外,像刘禹锡以《竹枝词》《杨柳枝词》为代表的民歌体诗,柳宗元以《江雪》《渔翁》为代表的山水之作各具独到的成就,也体现出诗人的革新精神。

(四)晚唐诗人的文学革新精神

从整体上来说,相比于前三个阶段,晚唐时期诗人们的革新精神要稍差一些。但就个人而言,这一时期还是出现了像李商隐、杜牧、温庭筠这样具有独特风格的作家。李商隐的诗歌对心灵世界做出了前人未曾有过的深入开拓与表现,开拓了一个全新的艺术表现的领域,在无题诗、咏史诗、咏物诗三种类型诗歌的发展上做出重要贡献。尤其是他的“无题诗”,构思缜密,意境朦胧,造语绮丽,含蕴幽深,风格凄艳浑融,在诗歌中成为一种富有特色

① 袁行霈:《中国文学史(第二卷)》,高等教育出版社 2014 年版,第 299 页。

的新体式。杜牧的诗歌情致俊爽，风调悠扬。他的怀古咏史诗革新精神最为突出，或直接评论历史人物事件，对历史上兴亡成败的关键问题发表自己独到的见解，如《赤壁》《乌江亭》等；或意味深长地借古讽今，如《过华清宫三绝句》。温庭筠的诗偏于华美巧丽，也为唐诗增添了一种新色彩。

二、唐代诗人的政治革新精神

对于唐代大部分诗人而言，成为一个伟大的诗人并不是他们的真正的目标，他们更渴望在政治上有一番作为，实现经世济民的理想。因此一旦步入仕途，他们的政治革新精神便凸显出来了。

（一）初唐诗人的政治革新精神

初唐著名诗人中最具政治革新精神的是陈子昂。陈子昂于文明元年(684)进士及第，因上《谏灵驾入京书》和《谏政理书》受到武则天的赏识并被召见，此时诗人的政治热情空前高涨，又先后上了《上军国利害事》三条、《谏雅州讨生羌书》、《谏用刑书》、《谏曹仁师出军书》、《答制问事》八条、《谏刑书》、《上蜀川军事》等。在这些谏疏中，陈子昂就现实的政治、经济、边防等问题，提出了自己的主张。这些主张概括起来主要由以下四点：一、反对横征暴敛，主张“安人”(《谏政理书》)；二、反对无名征伐，主张息兵；三、反对滥刑，主张措刑；四、反对“外有信贤之名，而内实有疑贤之心”(《答制问事》)，主张任贤信贤。虽然这些呕心沥血写下的谏疏往往得到“奏闻辄罢”①的结局，但陈子昂的政治革新精神在这些奏疏中体现得淋漓尽致。

---

① 欧阳修、宋祁：《新唐书》，中华书局1975年版，第4077页。

(二)盛唐诗人的政治革新精神

盛唐是中国封建社会的顶峰时期,然而敏感的文人们却透过盛世的繁华看到了社会隐藏的危机。为了避免重蹈历史的覆辙,他们无论在朝在野,都密切关注着国家的政治形势,也提出了一系列政治革新主张。这其中张九龄、高适和杜甫堪为代表。张九龄曾官至宰相,在位期间他廉明正直,敢于谏诤,也表现出了一定的政治革新精神,在政治、经济、军事等方面提出并推行了一系列利国安民的措施。他主张朝廷高官应有地方任职的经历:"虽官高第,不能任侍郎、列卿;不历县令,虽有善政,不得任台、卿、给、舍;都督,守令,虽远者无令十年在外。"[①]这种思想对今天仍有借鉴意义。他主张举贤任能,反对徇情授官;他提倡施行仁政,注重农桑,使百姓安居乐业。高适的政治革新精神主要体现在他在蜀中任职期间,看到蜀中人民"赋税如山崖"(《酬裴员外以诗代书》)的境遇,他实行"政存宽简,不严而理"的政策,以解民倒悬之苦。杜甫虽然在政治上并不得意,但这不妨碍他的政治革新意识。透过他的诗歌,我们可以看到杜甫的政治革新意识主要体现在两个方面。一是把以尧舜为代表的三代之治当作统治者效法的德治典范。在《同元使君春陵行》中,基于对当代社会政风民俗的不满,杜甫写下了"致君唐虞际,纯朴忆大庭"之句,表现出对远古时代"纯朴"政风民风的赞美。这种"纯朴"在杜甫的眼中就是:"狱讼永衰息,岂唯偃甲兵,凄恻念诛求,薄敛近休明。乃知正人意,不苟飞长缨。"战争停息,租税减免。这种思想表面上是复古,实则具有革新的意义。二是把贞观之治时唐太宗的善于纳谏作为榜样。在《别李义》中,杜甫写道:"先朝纳谏诤,直气横乾

① 欧阳修、宋祁:《新唐书》,中华书局1975年版,第4426页。

坤。”在《往在》中，他又写道：“端拱纳谏诤，和风日冲融。”“纳谏”从某种角度上说其实就是一种政治革新。而杜甫在短暂的为官生涯中曾做过左拾遗这样的谏官，尤其是在疏救房琯事件中表现出了作为一个谏官的应有的担当。

（三）中唐诗人的政治革新精神

由于安史之乱的爆发，唐朝的社会形势急转直下，以韩愈、柳宗元、刘禹锡、白居易为代表的中唐文人都有一种中兴的愿望，因此在为官之任上他们都表现出了很强的政治革新精神。韩愈在任刑部侍郎时，上《论佛骨表》，竭力谏阻唐宪宗自凤翔迎佛骨至京师；任潮州刺史时，他建置分校，对潮州的文化教育事业产生了积极影响；任袁州刺史时，他准许男女奴隶七百余人由父母赎回。刘禹锡和柳宗元的政治革新精神与“永贞革新”事件紧密联系在一起。永贞元年（805），唐顺宗李诵即位后，重用素有改革之志的王叔文，王叔文、王伾、刘禹锡和柳宗元组成的“二王刘柳”作为领袖人物共同发起了历时约半年的“永贞革新”，革新的主要措施包括：一、抑制藩镇势力，重建中央集权；二、抑制宦官势力，夺回国家军权；三、惩贪鄙，用贤能，免苛征，恤百姓。这场政治革新运动虽然也以失败而告终，但这些改革措施打击了当时专横跋扈的宦官和封建割据势力，顺应了历史的发展，具有一定的进步意义，也同样体现了刘禹锡和柳宗元的政治革新精神。白居易的《策林》七十五篇代表了他的政治思想，其中很多思想都表现出了其政治革新精神，如“人之困穷由君之奢欲”（《策林》二十一）、“戒厚敛与杂税”（《策林》二十二）、“节财用，均贫富，禁兼并”（《策林》二十五）等。

（四）晚唐诗人的政治革新精神

和文学革新精神类似，晚唐诗人的政治革新精神比前三个时期也要差一些。这主要是因为国家形势的由盛转衰自唐敬宗和唐文宗始越来越明显，国家在分裂的道路上愈走愈快，科举考试几无公平可言，士子们仕进无路、报国无门，即使侥幸在朝为官，也痛感国事日非，无力回天，于是在这些人中间便不可避免地产生了对于李唐王朝的离心倾向。当然也有少数诗人表现出了一定的政治革新精神。如杜牧在任黄州刺史时，除去吏胥向民间索取的过节牲酒费、乡正向农民搜刮之费、官府向农民收取的丝和谷的苛捐等（见《黄州祭城隍神祈雨第二文》）。皮日休在风雨飘摇的晚唐再次提倡“罢黜百家，独尊儒术”，其目的是通过振兴儒家道统的权威，发挥其治世济民的功能，以维持唐王朝的统治。他还在《请行周典》一文中，以恢复古制为名，提出应大力发展农桑的革新主张，主张加重那些广占田宅、不事农桑的游闲惰民的赋税。

总之，在齐鲁文化革新精神的影响下，唐代诗人们在文学和政治两方面都体现出了强烈的革新精神，这对于文学的发展和社会的进步都起到了积极的作用。

图书在版编目（CIP）数据

唐代诗人的齐鲁文化情结 / 于年湖著. -- 济南：齐鲁书社，2018.12

ISBN 978-7-5333-4084-1

Ⅰ.①唐… Ⅱ.①于… Ⅲ.①唐诗－诗歌研究 Ⅳ.①I207.227.42

中国版本图书馆 CIP 数据核字（2018）第 301095 号

唐代诗人的齐鲁文化情结

TANGDAI SHIREN DE QILU WENHUA QINGJIE

于年湖　著

主管单位	山东出版传媒股份有限公司
出版发行	齊鲁書社
社　　址	济南市英雄山路 189 号
邮　　编	250002
网　　址	www.qlss.com.cn
电子邮箱	qilupress@126.com
营销中心	（0531）82098521　82098519
印　　刷	山东新华印务有限责任公司
开　　本	880mm×1230mm　1/32
印　　张	7
插　　页	2
字　　数	158 千
版　　次	2018 年 12 月第 1 版
印　　次	2018 年 12 月第 1 次印刷
标准书号	ISBN 978-7-5333-4084-1
定　　价	28.00 元